U0680829

光脚的步

《光之声——新时代他们和他们的作品》编委会　主编

光之声

新时代
他们和他们的作品

人民日报出版社
北　京

图书在版编目（CIP）数据

光之声：新时代他们和他们的作品 /《光之声：新时代他们和他们的作品》
编委会主编. -- 北京：人民日报出版社, 2024.10. -- ISBN 978-7-5115-8467-0

Ⅰ. I217.1

中国国家版本馆 CIP 数据核字第 2024JK0003 号

书　　　名：光之声：新时代他们和他们的作品
　　　　　　GUANGZHISHENG：XINSHIDAI TAMEN HE TAMEN DE ZUOPIN
主　　　编：《光之声：新时代他们和他们的作品》编委会

出 版 人：刘华新
责任编辑：陈　佳
装帧设计：武汉泰祥和新文化传媒有限公司
出版发行：人民日报出版社
社　　　址：北京金台西路2号
邮政编码：100733
发行热线：（010）65369509　65369527　65369846　65363528
邮购热线：（010）65369530　65363527
编辑热线：（010）65363486
网　　　址：www.peopledailypress.com
经　　　销：新华书店
印　　　刷：武汉新鸿业印务有限公司
法律顾问：北京科宇律师事务所 010-83622312

开　　　本：787mm×1092mm　　　1/16
字　　　数：260千字
印　　　张：18
版次印次：2025年2月第1版　　　2025年2月第1次印刷

书　　　号：ISBN 978-7-5115-8467-0
定　　　价：80.00元

编　委　会

序

习近平总书记指出，文艺是时代前进的号角，最能代表一个时代的风貌，最能引领一个时代的风气。

当我们用新时代作为一个定义区段，将来自鄂电职工原创的文艺作品集腋成裘，进行审视和剖析时，我们不难发现，无论是自发创作还是命题创作的成果，都能折射出科技日新月异、思潮多元碰撞下时代个体和企业社群相互作用而催生出的电网人文精神。

"文章合为时而著，歌诗合为事而作。"这些人文精神成果由时代思潮的经线和荆楚地域的纬线编织而成，在电网企业文化的浸润下，散发出独特的魅力，既能呼应社会文化的发展，记录一个时代创造的行业文化；同时，"文以载道"，唤起电网社群的共情，凝聚企业发展的向心力。

从文化地理而言，它根植于荆楚沃土，是由"务实求真、崇德守信、开放包容、敢为人先"的精神孕育而生，深怀道路自信和文化自信，有着鲜明的文化辨识度和独特的地域文化涵养，兼具庙堂之雅、文哲之思、质朴之诚及乡俗之亲。

从表达内容而言，它体现了个体抒发和电网书写之间的渐进式融合，从职工的自发式文艺实践向企业文化实践逐步过渡，彰显了思想引领在企业中发挥的重要作用。

从传播成效而言，它由过去职工社团单一文化方向的有限辐射，成为如今多艺术门类互涉、多创作元素交叠、多传播平台共享的开放式传播，深刻影响着广大职工和社会群体。

这套职工文艺作品集，代表了广大职工朝气蓬勃的精神风貌，以及向上而思、向善而行的精神世界。

有思想、有高度、有内涵，并不乏情趣，是这套书特别值得肯定之处。尤其难得的是，作者大多承担着电网运维、供电服务等工作，在电力保供的繁重工作之余，仍然保有创作的激情与书写的情怀，令人动容。

　　这样的激情与情怀里，藏着一种珍贵的人生态度，一种不辜负时光、不错过成长的态度。我们的作者们，用作品点缀着那些看似平淡无奇的日复一日，心无旁骛地投入，尽心尽情地创造，并在这样的付出中获得成长。

　　从"旅行天下"的美好时光，到心灵深处的情绪诉说；从人文历史的探索思考，到随书行走的灵光闪现，丰富的情感表达，尽在一行行的文字与一幅幅的书画中。

　　面对大地、面对生活之时，我们也面对投身的鄂电事业，面对我们的岗位和同事。我们敏锐地洞察闪光点，挖掘正能量，热情讴歌、深情礼赞，这些作品沾泥土、带露珠、冒热气，具有格外强的感染力，也必将有恒久的生命力。

　　十年来，我们曾经在逆境中守望相助，我们也携手共进迎接春天。与企业共鸣共情，与时代同频共振，湖北电力文艺百花齐放，各争其艳。这批有筋骨、有温度的作品，正是火热十年的真实画卷。因为捕捉了生活中温暖的火光，因为刻绘了平凡中的伟大，因为勾勒了最接地气的鄂电群像，这批作品为提升湖北电力软实力作出了贡献。

　　一笔书青绿，一纸画彩虹。我相信，这缕文艺之光必将点亮更光彩的鄂电未来。希望我们的作者们，一如既往地深入生活，吮吸汩汩甘泉，用浸染温润、洒脱奔放的作品，勇攀文艺高峰，让鄂电文艺百花园焕发盎然生机，为鄂电事业的蓬勃发展贡献向上向阳的精气神。

（国网湖北省电力有限公司职工董事、
党委委员、工会主席）
2024年12月

以光之名 用心抒写

——国网湖北电力职工文学艺术创作十年回眸

电，是人类文明的火花。荆楚之地，沧浪之洲，光明使者始终肩负着播火的使命，以光的名义，不辞艰辛，不停奔跑，跨入了新时代。

如果要回望和体察十年来走过的路，文学艺术的表达是一个很好的角度；如果要捡拾和盘点十年来精神层面的收获，文学艺术则堪称一个高密度、大容量的硬盘。

在一个企业的精神构架内，文学艺术创作是职工文化的根脉，而职工文化构成了企业文化的风景线。如果从这个角度来审视十年来的耕耘和收获，国网湖北电力的实践无疑是一个很好的例证。这也正是我们编辑出版这套《光的脚步》的初衷。

在展开描述之前，我们可以想象一下关于光的图景。如果你翻到书中的某页，看到一个场景，这个场景里的人正在奔忙——对，他们总在奔忙；作家只是记录了他们——而这个场景刚好与现实中的某个瞬间撞个满怀。生活中的电力工人毫不起眼，因为现在很少停电。不过，在街角或者村口匆匆一瞥，你或许偶尔会发现他们的身影。但你发现了吗？你看到的这些身影总是在奔忙，似乎从未停下。

他们本身不会发光，但似乎，他们只要不停地奔跑，就会带来光明；他们的脚步，便是光的足迹。这本书中的每一个篇章，都在试图告诉人们这个事实。

以光之名，用心抒写。本书展示的正是被称作光明使者的新时代电力人的精神图景。

赋能：开掘文学艺术的"富矿"

电力是文学艺术创作的富矿，但要真正充分开掘这座富矿并非易事。如果把它比作一项工程，那么，企业会面临一道选择题：这样一项浩大的工程，是依靠职工本身的力量还是借助外力？

国网湖北电力的选择，更多的是前者。职工是企业文化建设的推动者，更是职工文化的创造者，是文学创作当仁不让或者说责无旁贷的重要力量。对国网湖北电力来说，这不再是一种理念，而是生动的文本实践。"电力人写电力人""电力人表达电力人"，其产生的作品效应，与其他一些企业或者组织依靠外力呈现出来的结果相比，至少是不遑多让的。

显然，这样的效应和效果是一个从自发走向自觉的过程，可以用一个词来描述：赋能。就是说，这个过程，是一个赋能的过程。

赋能是价值共享的关键环节。当"快乐工作，健康生活"成为企业工作场景或者文化活动现场的一种宣示时，当精神的愉悦和心灵的丰富成为企业给予职工的一种显性福利时，这样的赋能就是必需的了。具体说来，可以从三个层面来探究。

赋能阵地建设，提升人文素养。国网湖北电力拥有职工书屋、职工文化工作室、职工文体活动中心这三种阵地，为职工开展多元化活动提供了平台。职工书屋拥有政治类、技能类、生活类等多种类型的图书供职工借阅。职工文化工作室按摄影类、音乐创作类和书画类分类，能为职工发展兴趣爱好、创作文艺作品提供场所。"国网印吧"依托于书画工作室开展活动，教授职工群众篆刻技艺。职工文体活动中心一般含有乒乓球场地、羽毛球场地和健身房，有的公司更包含篮球场地。近年来，国网湖北电力共建成各级职工书屋179个、文体俱乐部15家、职工文化工作室45个、"国网印吧"5家，新建、改建职工活动中心102个，总面积9.1万平方米，实现职工活动中心省、地、县公司三级全覆盖。

赋能阵地建设，充分发挥平台作用有助于促进多种类型职工文化活动的顺利开展，在丰富职工精神文化生活的同时能够有效提升职工人文素养。

赋能激励机制，激发创造热情。国网湖北电力把繁荣职工文化工作作为统一思想、凝聚力量的重要举措，相继出台《进一步加强先进职工文化建设的实施意见》《职工文化工作室建设指导意见》《职工文体俱乐部管理办法》，健全完善组织体系、运行机制、考核标准，通过实践和创新，建立有利于出精品、出人才的目标管理机制、资源整合机制、监督保障机制和激励表彰机制，发挥俱乐部（社团）自我管理的积极性，延展工会职工文化建设工作支点。结合地域文化特色，开展职工文化建设项目制管理，形成了分层组织、上下联动、横向交流、内外结合的职工文化建设格局。

赋能培养体系，培育骨干人才。常态化组织开展职工文艺骨干座谈会、文化沙龙等活动，评选表彰优秀文艺工作者。依托中国电力作家协会湖北电力分会，每年举办职工文学创作培训班，聘请知名作家授课，加强与地方文化单位联动，进一步开阔文学爱好者的眼界、提高其素质。积极支持职工文艺骨干创作活动，组建李萍文化创作工作室、吴平涛艺术创意工作室等职工文化阵地，充分发挥文艺骨干"传帮带"和文化工作室的辐射引领作用。

抒写：弹奏电网放歌的"旋律"

"为电网放歌、为职工抒写"，是国家电网公司的文学艺术创作导向。弹奏好为电网放歌的主旋律，也成为国网湖北电力职工作家和文学艺术爱好者的群体意识。考察十年来他们的主要创作活动和成果，不难发现这一点。

不妨列举其中几位重要的作家，考察他们的创作经历，一窥堂奥。

徐建国，国网荆门供电公司干部，两届湖北省报告文学大赛一等奖获得者。依照前述关于"富矿"的比喻，徐建国应该算是"有矿的人"了：先后走进全国20多个省、30多个市县、300多个乡村，采访各类人员1000多人。记录了50多万字的笔记，搜集了500多万字的资料，撰写了200多个小故事。徐建国的创作实践，生动地阐释了他自己秉持的"为电网放歌、为职工抒写"的精神旨归。

荆门女作家何红梅在出版她的代表作《热血作证》之后进行自我剖白："曾经我看铁塔，之所以觉得它们冰冷坚硬，就是因为我还没有拥有穿透那些坚硬的事物触摸到内质的力量。直到深入一线走过一段路，我才明白事实上铁塔不会凭空诞生，每一座铁塔背后必定都站立着一群人，他们是孩子的父亲，妻子的丈夫，父母的儿女，他们没有超能力，都是凡胎肉体有泪有痛的平凡人，我才发现在一份平凡的工作背后原来凝结着如此不为人知的汗水与艰辛。"中国报告文学学会会长徐剑对何红梅的作品给予这样的评价："一直昂然的激情和情感的大潮最终淹没了我，不少地方令我热泪如瀑，我被这种感情的大潮簇拥着，奔涌向前。因为热爱，所以感动；因为感动，所以震撼。"

来自电力系统的另一位报告文学女作家，近年同样引起社会广泛关注，她就是宜昌的李萍。而真正成就李萍的，还是企业的信任和召唤。2020年，李萍突然接到省公司通知，省公司让她执笔撰写武汉供电公司参与建设火神山医院、雷神山医院以及方舱医院的报告文学。李萍何许人也？不知情者以为她至少是企业一个中层干部。实际上，李萍不过是宜昌长阳土家族自治县的一个普通电力职工。而她接到任务后，却像一个真正的战士一样，马上投入了战斗。

李萍克服疫情带来的重重困难而写就的这篇报告文学《为江城高擎明灯的人》，给她的创作带来了质的飞跃。她在创作谈中写道："我曾经受到过那么多的培养，也到了我回馈各级公司的时候了。"

李萍的故事，是企业与职工互相成就的一个例子。实际上，在国网湖北电力系统内，这样的互动是很多的。只是反映在文学创作领域，形成了有影响力的作品，才为外人称道。

邹小民，国网湖北送变电工程有限公司员工，刚开始他是拍花卉和人文的，但后来他的题材几乎集中在电网建设者身上："拍好他们就是我的使命。"为真实记录电力工人们危险的工作环境，有一次，他系上延长绳和安全带，在高空人员监控下， 40分钟登上200米高塔，爬下20多米长的绝缘瓷瓶串，行走在导线上，拍摄下许多珍贵的镜头。而他能够给人们带来令人震撼的摄影作品，原因只有一个："我被那些可爱的电力同事深深感动了！"

说到底，文学艺术创作更多的是"个体手工劳动"，哪怕经历了"换笔"甚至AI自动写作，作家仍然是"一个人在战斗"。从理论上说，企业是有能力改变这种现状的组织，但有意愿这样做的企业可能并不多。国网湖北电力的做法值得很多组织参考和借鉴：他们构建职工文艺创作"生态圈"——上述列举的作家，在他们身上都可以找到生态圈效应投射的影子。

国网湖北电力文艺创作生态圈并不只是一个构想，而是一项工程，其建设框架包括重点实施六大工程，即思想价值引领工程、职工素质赋能工程、互联网+载体工程、职工心理关爱工程、品牌精品提升工程、文化价值转化工程。

这些工程期待的是实现职工文化建设的

三大转变：文化参与主体由职工被动接受向主动参与、主动创造转变，文化建设方式由自上而下建设向融入生产、由下而上建设转变，文化活动内容由主要聚焦文体活动类向综合素质提升类转变。

企业是卖产品的，电网企业是提供供电服务的，既要搞好服务，又要出文化人才和精品力作，需要制度做保证，或者说更加需要相应的制度保证。只能说，生态圈的策划和建设是一个更高层面的安排。它就像一首交响曲，是企业与职工共同谱写的，企业所有的生产活动和文化活动，都是同一个主旋律下的同频共振。

经过多年的努力，这个生态圈建立了两个库，即文艺创作人才库和文艺创作作品库。前者，已有省级以上美术、书法、摄影家协会会员200多名，各级作家协会会员100多名。其中，袁忠宣、何红梅、俞继岷等文艺骨干成功"走出去"，向社会传播公司职工文化，展示了公司职工文化实力和影响力。后者，文艺作品涵盖了文学、音乐、影视等多个类型。文学作品方面，坚持34年主办职工文学刊物《三弦琴》，该刊物刊登职工优秀文学作品，成为文学爱好者学习交流的重要载体；音乐作品方面，《一生一个祖国》《我宣誓》等作品影响广泛，歌曲《我宣誓》及其ＭＶ在全社会产生强烈反响，荣获湖北省"金编钟奖"；影视作品方面，一系列反映湖北电力一线职工工作生活与扶贫工作的作品，在广大职工群众中引起强烈共鸣，如《长幅互动连环画——神秘的北纬30度，有电有水天上来》，在"国网湖北电力"微信服务号上一经发布，阅读量在短时间内突破了十万。

引领：点亮奋楫前行的"航标"

2014年10月15日，习近平总书记在京主持召开文艺工作座谈会并发表重要讲话。他强调，文艺是时代前进的号角，最能代表一个时代的风貌，最能引领一个时代的风气。实现"两个一百年"奋斗目标、实现中华民族伟大复兴的中国梦，文艺的作用不可替代，文艺工作者大有可为。

新时代十年，国网湖北电力的文学艺术

创作实践，足以说明文艺作品不可替代，文艺工作者大有可为。

2012—2022年，对国网湖北电力来说，是一个非常重要的发展时期，它经历了很多不平凡的事件，经受住了很多历史性的考验。

作家靠作品说话，这十年，电力作家们没有辜负，《百姓电工左光满》记录了左光满"把客户当家人、把服务当家务"、服务为民的动人事迹；微电影《梅坪故事》讲述了林丽用无悔的青春守护偏远山区万家灯火的故事，在第二届"中国梦 劳动美"全国微影视大赛中荣获故事类金奖；反映胡洪炜成长历程的报告文学《在通天塔上，点亮万家灯火》在《光明日报》上刊发，《胡洪炜工作法》入选中国工人出版社"大国工匠工作法"丛书。

围绕脱贫攻坚和抗疫主题组织创作的长篇报告文学《点亮山乡》《生命交响》，全面展示国家电网作为责任央企的使命担当，由中国电力出版社和中国工人出版社正式出版发行。人民日报出版社为公司职工何红梅作品《热血作证》举办读书分享会。反映公司履行央企大国重器责任、践行"顶梁柱""顶得住"电网铁军精神的舞蹈作品《砥柱中流》，在全国总工会"喜迎二十大　建功新时代"全国企（行）业歌曲、职工舞蹈、职工曲艺小品征集展演活动中获评优秀舞蹈作品。职工文创作品《西兰卡普系电情》铁塔图形生活用品套装获国网职工文创大赛金奖。

国网湖北电力能够取得这些精神文化的成果，首先缘于对职工内在精神需求的观照。应该说，文学的作用首先是对写作者身心的滋养，从某种意义上说，这是他们人生前行的"航标"。

谌胜蓝，国网咸宁供电公司职工、湖北省作协会员、咸宁市作协副主席，其历史文化散文集《回眸·思索——小女子品读大历史》《文人·炼狱——小女子品读向阳湖》等在社会上影响广泛。她在描述工作与写作时说："我有一个原则，且一直在把握，就是工作放在第一位，有了时间再写作。如果我一直工作，没有时间写作，我想我也很容易枯萎。就是有了写作，滋养了我的心灵，我才可以充满热情地投入工作中。"

张静，国网十堰供电公司职工、湖北省作协会员，著有诗集《花开茉莉》《有风来过》和诗歌散文集《草的轻语》。她是一位供电所普通职工。与谌胜蓝相比，她的感受更加真切："过于忙碌的生活对诗歌是一种伤害，但同时工作的忙碌和人在基层的磨损让我时常陷入思考中，而这种思考促进了向内深挖。纵观和回望这么多年的写作，仿佛自己和自己谈了一场旷世的恋爱。但有一点是内心更充盈。因为诗歌和文字，在现实里，自己更坚定，活得更执着一些。"

王锋，国网宜昌兴山供电公司职工、中国散文协会会员，出版散文集《暗香浮动》《最美遇见》和书法集《墨上香溪》。她描述书法在生活中的地位："她是提升我人生品质的知音知己，我所有的喜怒哀乐、精神意趣都将对她倾诉表达。"

还有一些从电力系统退下来的老同志，文学艺术创作成为他们"老有所学""老有所乐"的最佳载体和"精神养老"的不二选择。最具代表性的是从武汉电力职业技术学院退休的沈松柏，因其独具匠心的剪纸艺术，被联合国教科文组织授予"民间工艺美术家"称号，他出访了20多个国家和地区，成为名副其实的"文化使者"。

由此可见，职工创作和阅读其实是一种刚性需求，而且，由此产生的精神推动力对职工工作和事业的影响不可小觑。

为此，国网湖北电力创新性地开辟线上"职工之家"，打通服务职工文化生活的"最后一公里"。结合湖北电力的区域发展特点，设立"鄂电家""鄂电安全你我他""湖北电力"等APP和微信公众号，并依托APP和微信组织开展文体活动，开发应用预约场地、自发组队等功能。例如，黄石公司"e家"手机APP对广大职工全覆盖；送变电公司利用网络新媒体平台，组织有声阅读作品录制；黄龙滩电厂将经典诗歌、散文与现代新媒体传播平台相结合，通过多渠道、多平台、多形式进行推送；荆州公司依托职工服务中心的平台功能，实施文体技能大培训等。职工文化的线上阵地打破了活动组织的时间、地域限制，有效增强了活动的吸引力和参与度。

国网湖北电力着眼于"融入"，把"围绕中心、服务大局"的文章做足做实。具体说来，就是：融入发展战略，用文化传播企业形象，用文化打造企业品牌；融入日常管理，提高职工文化素质；融入生产过程，满足职工对美好生活的需求，特别是美好精神文化生活的需求；融入班组建设和职工工作与生活，通过文化活动把企业的文化理念、管理需求和员工的价值展现连接到一起。

本书编辑汇集的国网湖北电力文学艺术作品，就是企业文化和职工文化融入融合的具体成果，是企业价值和职工价值的生动展现。

奋进新时代，开启新征程。我们祝愿国网湖北电力的文学艺术创作以此为新的起点，以笔为桨，破浪前行，奋力抵达新的港湾。

目 录
C O N T E N T S

作家访谈

创作心得

作品欣赏

　　张静，笔名静子、艾静子。中国电力作协会员、湖北省作协会员，供职于国网丹江口供电公司。

　　曾先后在《诗选刊》《中国诗》《青年文学》《诗月刊》《长江文艺》等报刊发表诗、散文。有作品收入2013年度《湖北诗现场》。诗集《花开茉莉》获第九届湖北产（行）业文艺楚天奖文学类特等奖；组诗《变压器台架上的月亮》荣获第二届"星星点灯"全国电力诗征文大赛优秀奖；在中国共产党成立100周年之际，诗作《红船故事》在"跨越百年的对话"主题征文活动中分别荣获国网湖北省电力有限公司一等奖、十堰文联二等奖；诗作《祖国呀，我终将向你捧出新一轮的日出》荣获十堰市工会一等奖。著有诗集《花开茉莉》《有风来过》，诗歌散文集《草的轻语》。

潘能军：您是从哪一年开始写作的？最早激发您写作的灵感是什么？

张静：开始是父亲的启蒙，大约是1992年进入丹江口市供电公司工作以后，公司要求写东西。我想这是种督促，把20多年来没有表达的以文字的形式说出来。丹江公司的《供电通讯》便有我或长或短的文字。1992年我的小文《为了那份真》被当地报刊编发，这应该是我的写作初始。继而，原《湖北电力报》副刊给了我大量的版面，我笨拙的文字得以停留。1992年到2006年之间，是我整个文字的习练期，当然我现在仍是文字的习练者。

后来，随着生活的推动，我体会到世事万象对女性的苛责，人情冷暖带来的痛苦和喜悦，开始拿起笔进入有意识的写作中。

潘能军：这些年诗歌到底改变了您什么？

张静：其实，我们无须赋予诗歌更多的意义。诗歌是支撑是力量，是一次次与生活、与自己的和解。当你痛了、爱了、苦了，无言以诉、无人以诉时，于我，唯有文字出场。那些无法言表的、混沌的情绪，无以言状的事物需要文字的呈现、文字的出口、文字的声音。如果非要说改变，诗歌赐予我以美，以尊严，让我感到富足。我骨子里是个常常忧伤的人，幸亏有诗歌的救赎。诗歌让我更柔软，有了悲悯世间万物的情怀，世界由此于我有不同。

潘能军：您是怎么处理日常生活、工作与诗歌的关系的？您说您活得漏洞百出，是现实还是精神上的紧张与压力所致？

张静：我在完成工作、过好生活的前提下，读书写作。近30年的工作经历中，我一直在最基层供电所，在服务电力客户的一线，除了日常工作，每周都会值班，忙于抢修、处理客户报修工作。只有在工作间隙或者夜晚没有报修时，我才会阅读或者看喜欢的文字，有的只是片段式的浏览。这种行业对女性是一种挑战和考验。

过于忙碌的生活对诗歌是一种伤害，但同时也促使我向内深挖。

我是个悲观主义者。女性经受世事的磨砺、琐碎事务的侵蚀似乎更多一些。这些细碎的世俗几十年如一日地磨砺着一个人的心智，稍有懈怠便有来自异性甚至女性的责难和鞭挞，让人挣脱不得，弃之不去，无法逃离。人生仿佛一块缝了又补补了又缝的被单，始终网不全一段规整和舒顺的岁月，我不认为到今为止我的人生有多完美，反倒总是漏洞百出。

潘能军：这些年您的改变在哪里？我发现您的写作量也不少，其支撑力在哪一点？

张静：纵观和回望这么多年的写作，我感觉自己似乎没写出啥名堂，仿佛自己和自己谈了一场旷世的恋爱，但内心更充盈。因为诗歌和文字，在现实里，我更坚定，活得更执着。对自己的所爱所憎所恶更清晰、澄明。

我现在写作量的递增，源于热爱、欢喜。尽管这几十年没写出啥名堂，但是读书和写作已成为我生命里的一部分，仿佛是日常的衣食住行，是一种生命的必然，是一股溪流行至山前的宛转，是一片树叶到秋季的盘旋，是一场雪对冬季的交代，是麦子与镰刀的纠缠，是月的盈满余亏。

潘能军：能否介绍您几本书的创作情况？

张静：我以为，出书绝非必然，正如行走，在写作途中，你忽然想回望一下以前那段蹒跚的心路历程，那时的泪水和喜悦，便结集成书。

《草的轻语》题材广泛，从家国大事到个人情感，从故乡风物到工作岗位，亲情、友情、爱情，人生瞬间感悟，身边凡人琐事，乃至大自然里的风吹草动、一草一木，无不触及生命里最为细密的触角和灵性的视野。我始终保持对自己内心的忠诚，倾心磨砺现代诗歌艺术技巧。作为女性，我内心有无限的热爱；作为诗人，我将对事物的悲悯赋予了这本书散文式的絮叨和诗歌的分行，思想、笔力比较青涩，但那正是跳跃的青春呀。

尔后的《花开茉莉》犹如我种植多年茉莉后最喜欢的肥白茉莉的清香，也是我人到中年生命里的体悟和触觉。我天生对痛感比较敏锐。《花开茉莉》讲述的是2008年到2012年之间我的中年生活。人到中年会有尘世的颠沛和挣扎，而我习惯把自我置身黑夜。一个女人在属于自己且盛满黑夜的屋子里自在、安全、舒适，只有自己，唯有自己，无须遣词造句。是一种躲避，也是隐匿，能舐舔生活的痛楚。有一种内在情感的孤独感、漂泊感。黑夜，一个人独处的时光里，我孤独且富足，黑夜让我在纷乱中坚守内心。

《花开茉莉》的诗歌创作依然青涩，但暗合我漏洞百出的人生，是我关于生命的思考和留痕。

《有风来过》这本诗歌集收录了我2012年到2019年所写的诗歌。是我在2012年到2019年间行走的途中，所经历的人文和事物与思想的契合和撞击。这些山川、河流、昆虫、风雨雷电、四季变换乃至世间人性的冷暖留存下来、沉淀后，以文字的形式呈现。也是2011年我前一本诗歌集的继续和又一阶段的表述和收拢。

潘能军：于您，文学有什么意义？

张静：文学于我是精神、灵魂上的成就和摆渡，是一种救赎和打捞，也是一件虚无的事情。

它的虚无在于不用刻意，而是漫无目的随性而为。或许没有终点，仅仅是心灵那一刻的悸动，仿佛只为倾吐和述说。诗歌的成长和积淀就是内心的守候和抵达。"诗要过心"，没有"过心"的诗只能抵达浅陋和苍白。我不多的文字始终从内心出发，以女性特有的视角观照日常和身边的事物。我留存的文字都经过了我的心，或者说是心灵的需要，也是精神生命的承载形式，仿如衣食起居，文学正以诗歌的形式逐渐构筑成我心灵、工作、生活的日常。

我不是一个聪颖的人，甚至很是愚笨。因为文学，我明白了很多事。读书写作让我找到自己，触摸到心灵最深处。

身为女性，我个人的思索和"痛"感非常尖锐和密集。而能"絮叨"的情节始终没有一个合适的倾听者，于我，倾注于文字成为必然。

中年是人生很特殊的分水岭，也是生命感悟力和写作力最为旺盛的时期。前有年轻的莽撞稚嫩与生活摩擦的伤痕，现有正结痂的伤口，加上中年女性身体的痛感和疲惫，这时，文学出场，文学一直在场。我将自己对于时光、生命的思考倾诉于笔端。文学也是种探秘，它能掏出我们心里幽暗的地方，照亮我们的生活。

潘能军：您认为诗歌写作最重要的要素有哪些？

张静：热爱。因为热爱才会千里奔赴，才会不远万里。热爱是行动的源泉，因为热爱才会关注，给予热情和力量。因为热爱山河湖泊方显壮丽和温柔，夜空方漫天星光；因为热爱，鸡零狗碎的生活方有星辰大海，整个世界呈现出应有的温柔。

读书。阅读可以拓宽视野，看见远方，看见世界的浩瀚和博大。有了广泛的阅读、丰厚的积淀，一个诗人方能精准表达想表达的事物。读书即是行路，读万卷书行万里路。读书的过程是自我发现的过程，读书修饰和完美你的眼光，让你在蝇营狗苟的尘俗里找到自己，拓宽生命，增加厚度。读书时即是开悟时，读书能让你领略到更广阔的风景。

语言。无论是小说还是散文诗歌，一定会选有魅力的语言表达，故，我看重语言这一精妙的武器。精准的语言能精准地抵达内心，抵达你想要抵达的地方。好的语言使得读者有妙不可言的阅读体验。

潘能军：请您谈谈文学和故乡的关系。

张静：一个人在行走中碰撞、跌落、起伏，经过沉淀、思想与之交织、暗合，而后交给心灵，在心灵急需述说时，一份关于诗歌的作品就出现了。我想说的是心灵是最终的故乡，最厚实的那片土地，最需要驰骋的天空。

在心灵故乡停留的文字必将带着你的血脉、你的印痕、你的气息，你读过的书、流过的泪、展开过的笑颜，乃至历经的坎坷。

至此，我从没有轻待每一次文字的行走，我敬畏每一次的文字之旅。我的每一次文字之路都经过心灵又到达心灵。书写会放置。等时光的打磨，或者任自己站在时光的远方和高度以他人的目光重新对这些文字予以审视，而后予以修订和完善。

潘能军：下一步您会怎么写？请谈谈现在诗歌写作最大的困扰是什么。

张静：让诗歌书写生命现场。书写当下，书写生命的每个场景，每个生活状态。即使不写，我也将是一直和诗歌在一起的人。

目前，诗歌写作的最大困扰是我感觉自己知识面不广、诗歌深度不够。我本身学历不高，知识面窄无疑制约了诗歌写作的广度和深度。这就需要我多进行深度阅读，打开眼界。作为一个体制内的人，我几乎大部分时间都是圈定在一定的范围内，生活单一。

下一步，阅读和思考将是今后一段时间内的必然。以此获取更丰富的语言和词汇，以此更精准地表达内心所需。

以这首诗结尾，我想这也是我在诗歌路上对自己的淬炼和锻打，也是我文学的故乡矢志不渝的追寻。

我选择不睡

这样　夜色就向里再推深一点

大片的屋舍　草场

我清空　冥想　漫步云端

我已被炼成一块生硬的铁

无力于任何一块板结地

或者无惧任何形式的进入

作为一块进入黑夜的铁

我试图通过夜色

再次成为铁

　　刘奇，中国电力作家协会会员、湖北省作家协会会员、中国电力作家协会湖北分会小说组组长，供职于国网十堰供电公司。

　　2001年12月小说《滔河湾》获得湖北省第五届楚天文学奖，2015年长篇小说《犁花火龙》获十堰市武当文艺奖，2018年中篇小说《光伏办主任》获国家电网公司职工文学创作奖一等奖，2020年中篇小说《大音自成曲》获得国网湖北省电力有限公司第二届职工文学创作奖一等奖，2022年中篇小说《茶具》荣获国网湖北省电力有限公司第三届职工文学创作奖一等奖，小说《解密》荣获中央保密办（国家保密局）庆祝中国共产党成立100周年宣教作品二等奖，组诗《苟坝的马灯》荣获中国电力作家协会"庆祝长征胜利八十周年"诗歌征文三等奖。

马帮：刘奇您好！我们观察到这么多年您每年都有小说作品在《脊梁》杂志刊载，能否谈谈您对小说创作的体会？

刘奇：谢谢。感谢你的关心！在《小说的艺术》一书中，约翰·加德纳写道："小说的原理是，在读者的脑海中创造一个鲜活而持续的梦。"故事，不论是短篇还是长篇，都在于要在读者的脑海中造梦。关于小说的创作体会，我很认同刘庆邦老师的说法，即写中短篇小说要求"三不放过"：不放过每一句话，不放过每一个字，不放过每一个标点，对字字句句都要进行推敲。如果你开始写，不妨把最想表达的情感，最真挚的情感，不吐不快的情感，表达出来。我始终认为，小说创作一定要贴着人物写。一个作者创作的作品首先要感动自己，才有可能感动读者，才能引起读者共情、共鸣。

马帮：您的中篇小说《光伏办主任》给我的印象特别深，能否探讨创作过程？

刘奇：《中国作家》杂志原副主编、《脊梁》杂志创办主编萧立军曾对我反复强调："小说胜在细节。"萧立军老师还曾对我的中篇小说《光伏办主任》不吝赐教，推心置腹地对我说怎么样才能把细节写细。重要的是要把细节心灵化，赋予细节心灵化的过程。其实，我的中篇小说《光伏办主任》一定程度上也属应景之作。2017年9月，省电力公司系统的十余人组成写作班子，主要任务是宣传国家电网在湖北四县区开展扶贫的成果。写作班子组成采访团，分成散文、报告文学、小说、诗歌四个组，到长阳、秭归、巴东、神农架林区进行为期两周的采访，我被分在小说组，又被任命为小说组组长。我想既然自己和采访组一起参加采访了，还是必须给组织一个交代，就构思创作了《光伏办主任》这部中篇小说。小说梗概为：县光伏办主任杨光来到石板坪村开展光伏扶贫，让他感觉不错的是，连老上访户秦六指也对建设村级光伏电站非常支持。秦六指得知杨光女儿在县公安局上班后，就在通往光伏站施工现场的路上挖了一个坑躺在坑里，要挟工程队帮他寻找失踪20多年的女儿，导致施工无法正常进行。光伏电站建设工程队长胡世林求告无门，作为建设方负责人的杨光只得出面协调。秦六指从坑里爬上来了，一块更沉重的石头却压在了杨光的心头。杨光把秦六指领进了县城寻找女儿，胡世林的光伏站施工得以顺利进行。在县城，杨光带着秦六指去联系寻人公司无果，路上意外与女儿杨阳相遇。秦六指误把杨光的女儿杨阳当成自己丢失的女儿"兰兰"。杨光和秦六指各怀心事，都有自己的事情急需完成，就此别过。杨光忙于光伏站建设，缺乏与家人正常沟通，加上秦六指纠缠杨阳惹出的麻烦，弄得家里女怨妻怒，鸡飞狗跳。杨光既要管总，还要负责跑片。正在光伏站建设节骨眼上，照看外孙的保姆又失踪了，光伏站建设施工队长胡世林为报答杨光，让妻子从老家带来家政服务人员帮助杨光带外孙。石板坪光伏站投运那一天，杨光、胡世林的工程队技术员全部到齐，工程队长胡世林的妻子也来到石板坪看望丈夫。秦六指在光伏站投运庆典上要疯撒泼，要求杨光归还他的女儿"兰兰"。工程队长胡世林的妻子幼时的某些记忆被唤醒，她记起来石板坪这里就是自己曾经的家，秦六指就是自己的父亲，秦六指丢失了25年的女儿回到了父亲的身边。我用三天时间把稿子写好，又逐字逐句认真修改了几遍，还算满意。在将稿件交给省公司的同时，我也将此稿投寄给《脊梁》杂志，过了两周，《脊梁》

杂志社编辑打电话通知我，拟采用这个中篇小说。当时，省电力公司举办了一个文学培训班，邀请了萧立军老师来讲课，我因为个人原因没有参加。在讲课时，萧立军老师讲到了《光伏办主任》故事情节，认为小说立意不错。后来得知，萧老师足足讲了半小时，最后发现我居然没有在场听讲座。他让培训班老师打电话找我，我立马赶到武汉，聆听他对《光伏办主任》稿件的指点。在和我的交谈中，萧老师反复强调的就是细节。他说要把细节写充分，就必须把它心灵化。细节描画这个过程就是一个心灵化的过程，在心灵化的过程当中找到自己的内心，找到自己的真心，也就是一定要找到自己，和自己的心结合起来。萧老师的指导让我深受启发。后来，这部作品在2018年获得国家电网公司第一届职工文学创作奖小说类奖。我们电力系统人才济济，有好几位同行的小说创作享誉全国文坛，获奖让我感到很意外，当然这跟萧老师的真心指导也不无关系。

马帮：您在小说创作过程中最大的困惑是什么，或者说，您的小说创作是否遇到过

瓶颈问题?

刘奇:这个问题问得好。作为一个业余作者,我觉得自己最大的困难,就是怎样才能够突破自己,怎样才能让自己的小说创作进入更高一个层次。小说是什么?我非常认同把小说分成三个层面来评判的说法:第一个层面,就是小说是讲述一个故事;第二个层面,就是小说不只是讲述一个故事;第三个层面,就是小说是不是故事根本不重要。如果把这三个层面用塔形分层,第一层在下,第二层在中,第三层在上。像我这样的小说写作者大多一直待在第一层,就是努力讲好一个故事。第二个层面:在怎么讲好故事的基础上,找到一个与众不同的角度进入小说的内核,这是小说努力的方向,也就是这个小说是否在探寻人性的深度。这类小说超越于现实之上,但比现实更真实、深刻。第三个层面,小说的故事完全可以忽略不计,没有一条真实的故事线,或若隐若现,或梦中之梦,或是一种意念,或努力把现实打碎,然后用这些碎片,拼接成另一种真实。它超越你的视野,有种你"看不到"只可回味、想象的境界,是深层次的虚构所造

就的一个更加真实的内心世界。如果这些闪光的语言珠子或故事碎片,散乱一片,那连穿起它的"隐线",都是多余的。它超越你的普遍经验,从而进入形而上的哲学层面的深思,进入一种"高级的愉悦"。这是小说的难度。像我这样的作者,有时连第二个层面就无法抵达,遑论第三个层面了。因为我觉得自己还处在努力把一个故事写得好看一点的层面。为此,我必须不断努力,才能"逐步上升"。

马帮:您的小说创作中最大的困难是什么?有哪些创作经验要跟大家分享?

刘奇:我知道自己的瓶颈在哪里,我也一直在努力地寻求突破自己。我知道文字是很有脾气的,你不亲近她,她就会远离你,不听从你的调遣,这就是我们常说的词不达意。

这么多年来,我唯一的经验,就是必须坚持写,如果有一段时间没写东西,我就会很失落,很焦虑,觉得没法给自己交代。不管写得好坏,总要坚持写起来。

我认为,人在这个世界上,总要有一点

爱好。我就把文学当作自己的一个爱好，靠阅读来充实自己，靠动笔写点东西来打发时间。

我最大的苦恼是，自己的爱好有时候并不能得到家人的完全认同。我最害怕听到家人对我的抱怨：谁愿意做家务？谁不想拿本小说坐在那里悠闲？谁不愿意坐在那里玩电脑？家人的抱怨，大概因为认为我这些都是在玩障眼法，是不想做家务，做样子给她看的。这让我很是苦恼。当然，家人的反感是有道理的。在其看来，我这叫"城里误了乡里也误了"。在家人看来，我文学创作一直没有取得令人满意的成就，自己不注重结交朋友不会走关系，成天像书呆子一样，也不是一个成大器的料。如果有天分早就成名成家了。

对于家人的不满与不认同，我一般隐忍不发，并拿出一番非常真诚的知错就改状，等对方火气过去，依然故态复萌。我知道如若对家人的不满报以不满，只会适得其反。我认为自己不可能放弃阅读，也不会轻易放弃写作。本人愚钝，不像人家那些聪慧者，过目不忘，读遍天下书。我认为自己的阅读非常有限，过去也没有读几本书，现在只能抓紧时间读一点吧，尽量把过去荒废的时间再找回来。谢谢！

谌胜蓝

谌胜蓝，中国散文学会会员、中国电力作家协会会员、湖北省作家协会会员、咸宁市作家协会副主席，供职于国网咸宁供电公司。

出版个人历史文化散文集《回眸·思索——小女子品读大历史》《文人·炼狱——小女子品读向阳湖》（中华书局）、《那些年，他们在五七干校》（中国文史出版社）、《一亿诗人的摇篮》（天津出版社，与人合作编著）。历史文化散文《项羽之死》获2007年中央电视台《百家讲坛》栏目读《史记》征文比赛一等奖、咸宁文学奖金奖。

胡成瑶：您是学电力专业的，为什么后来迷上了历史研究？

谌胜蓝：我对历史的喜爱好像是与生俱来的，记得小时候到亲戚家看到历史书，就抱着看，看得如痴如醉。但凡手里有点钱，我就去买历史书。有一回，妈妈给我钱让我去买袜子，结果袜子没买，买了两本历史书回来。夏天停电，我就打着手电筒坐在门口看，阅读时有种发自内心的喜悦。历史书中的那些波澜壮阔的事情，让我特别震撼，那些了不起的人物也让我仰慕。

胡成瑶：作家出第一本书都是最难的，哪怕是余华、莫言在创作初期都遭遇了若干次退稿，您能谈谈第一本书出版的经历吗？

谌胜蓝：我出版第一本书，算得上阴错阳差。当时因为很喜欢历史，看了大量的书，到了周末就写，写着写着有几十篇。我特别感谢赵志荣老师，那时她是原《湖北电力报》的编辑，报纸有一个"史海钩沉"栏目。有一天，我试着给她打电话，我说我可以投稿吗？她特别鼓励，说可以，欢迎你投稿。然后我就投过

去，一投即中，以后这个栏目就发了我大量的文章，而且绝大部分都是刊发在版面头条，给了我很大的鼓励。我就这样一篇一篇地往下写，不知不觉就写到了一本书的厚度。积累到相当的数量后，就有人跟我说：你为什么不试着出版呢？正好我有一个认识的老师在湖北人民出版社，引荐了一下。我就抱着书稿去了，没想到编辑看后觉得内容挺好的，从书稿交付到出版，总共就两个多月的时间。现在想起来有点不可思议，而且也很幸运。

胡成瑶：从第一本漫谈大历史到后来五七干校的专项研究，是什么机缘促使您转型的？

谌胜蓝：这个转型其实是一个很神奇的过程。第一本书出版之后，我一心一意想读个历史方面的博士，研究先秦历史。读完博士之后，我想写一套先秦历史的书，会像《明朝的那些事儿》，写得生动一些。这是我当时的想法，但考博士的话，我必须过英语这一关。

就在我学英语时，有一天我陪儿子去参

加一个围棋比赛，他在里面比赛，我在外面要等几小时，怎样打发这几小时呢？我就带一本书。当时我在书柜里找呀找，想找一个比较薄一点的，方便放在包里。这个时候，正好有一本研究向阳湖五七干校的书比较薄，我就带上了。

那个上午，我沉浸在向阳湖文化里，非常震撼。我没有想到自己工作和生活的咸宁还有这样一段历史。这一段历史跟古代史相比，优势在哪里？古代历史你只能揣摩，不能亲自触摸，比如，诸葛亮当时的所思所想，你只能通过他的文章，通过一些文物去猜测，到底当时是什么样的，每个人有每个人的看法，每个人有每个人的观点，如果你的运气好，你的观点跟这个出土文物吻合了，那是一件很高兴的事情，但是这个概率并不大。其实我在写漫谈大历史《回眸·思索——小女子品读大历史》的过程中，一直被这个问题困扰。而向阳湖文化却不一样，这是一部活着的历史，你可以采访到当事人，或者他的子女，或者他的房东，你可以近距离地去触摸它。

而且我的家族在那一段历史中也有一些

重大的变化，所有这些都很吸引我要去研究那一段历史。但是问题来了，学英语、读博士，是我很长时间以来的一个期待，现在我可以实施了，可是却要放弃，我不忍心也不愿意。很多时候我一手拿着五七干校的资料，一手拿着英语书，不知如何是好。英语书我不忍心丢下，但是五七干校深深地吸引我。就这样纠结了几个月，我还是尊重我当下的心灵需求，放下英语书。其实就是跟着心的感觉在走。

胡成瑶：在五七干校的研究上，您遭遇过什么瓶颈？又从哪些方面寻求了突破？

谌胜蓝：研究五七干校，我遭遇的最大瓶颈就是资料缺乏。很多时候，有些文章我写着写着，实在找不到资料就放弃了，因为这篇文章实在没法完成。这其实是挺痛苦的一件事情。我突破瓶颈，主要是两方面。第一方面就是在旧书网、收藏热线上淘，我在网上淘的资料有上千件吧，以至于我跟很多旧书网的店主都成了朋友，他们看到与五七干校相关的资料就会发给我，有的还给我写信，有的主动给我打折。有时候，我也逛旧书摊，也会有一些收获。第二方面就是自己采访。从湖北到北京到河南到很多地方，有时候是实地走访，有时候是电话采访，或者微信采访，我走近了许多当事人，这也算是一种突破。

胡成瑶：近几年您在业余时间又开始做口述史，能谈谈未来的写作计划吗？

谌胜蓝：是的，我做了接近6年的口述历史，总共采访了不下200人吧。目前，我正在整理口述历史，准备交给出版社。我下一步的写作方向是这样的：我曾经想写一本关于五七干校的比较好看的书，就是可读性比较强的书，投给我最喜爱的三联书店出版社。我希望这个计划能够完成。后续的口述历史，我还会接着做，遇到一些值得采访的人，我还是会采访。我是一个跟着感觉走的人，就像我做口述历史好几年，2022年我并没有计划说2023年一定要把它整理出来，但是2023年就特别想整理。也许未来的某一天，我会突然想到一个什么事情又来做，又来写，也是很有可能的。

胡成瑶：2023年是湖北办电130周年，您参与撰写了两本关于湖北电力史的书，能介绍一下这两本书吗？能谈谈写作过程中的酸甜苦辣吗？

谌胜蓝：2023年是湖北办电130周年，我参与了"百年鄂电"这套书的写作和整理。首先感谢领导的信任，以及提前给定的一些写作方向，还有方方面面的支持和帮助。在写作的过程中，我触摸到了非常波澜壮阔的湖北电力史，内心一直很澎湃。很感谢给我机会，让我参与这一套非常有意义的书的撰写整理工作。写作过程中困难最大的也是资料，虽然我们之前已经从电力博物馆得到很多资料，但是要把它写得生动，还需要很多鲜活的人、具体的故事。在整理阅读大量资料的同时，我也采访了很多人。从文字到图片，再到联系采访人，湖北省电力系统内许多朋友提供了大量的帮助，我收集到了丰富的素材。这个过程中领导也提供了极大的帮助。

"百年鄂电"这一套书展现了湖北办电130周年的历史。这130年，我们经历了无数的艰难困苦，我们曲折前行，真正经历了苦难与辉煌。有许多的大事值得永远铭记，许多人物让人不能忘怀。

胡成瑶：您是如何平衡工作与业余写作的？它们是相互补充、相互助力，还是有冲突？

谌胜蓝：我觉得写作和工作有一定的冲突，但有时候两者也可以互补。这是因为业余的写作给我提供了能量和滋养，才让我有很多精力和动力投入工作中。但是，我一直在把握一个原则，就是工作放在第一位，有了时间再写作。如果我一直工作，没有时间自己写作，我想我也很容易枯萎。正是有写作滋养我的心灵，我才可以充满热情地投入工作中。

胡成瑶：您对年轻的写作者有什么建议？

谌胜蓝：我的这些书出版比较顺利，可能和我写作的题材相关吧。从这方面说可能我比较幸运。对年轻作者的建议：你认真去写，首先享受写作的过程。我个人觉得写作的过程所收获的远远超过出版发表本身，这个过程中的极致心流的享受和个人成长是最重要的。然后静待时机，该来的就会来。

作家访谈

　　胡成瑶，中国电力作家协会会员、湖北省作家协会会员，供职于国网湖北省电力有限公司融媒体中心。

　　曾出版随笔集《爱那么短，遗忘那么长》（再版时更名为《最美最感伤的相遇》）、《今夜，不喜欢人类，我只喜欢你》，多篇散文发表于《三联生活周刊》。

刘贤冰：您作为一个"山里人"，能否说说恩施小山村的那个小女孩，是怎样走上文学之路的？

胡成瑶：对我来说，写作是一种宿命，而不是一种使命。从很小到现在，我清楚地知道自己对写作有特别的感应，于其他的事，我都笨拙至极。

换言之，写作几乎是一种本能，是一种需要，而不是任何人强加于我的使命。

我的家乡藏身于湘鄂交界的大山，雄奇的自然，独特的少数民族民俗，有趣的乡邻，让我从小就产生一种去倾听、讲述它的欲望。我出生时才三斤多，小时候屡弱多病，冲突激烈的户外活动与幼年的我无缘。我更喜欢在炉火边听老人摆古。为了让他们不停地讲下去，我还不时地发问，有一次我缠着一位土家族老人讲了整整一天。

除了听故事，我还如饥似渴地阅读一切有字的书。这要感谢我的家庭，一直有很好的阅读传统。在20世纪八九十年代的乡村，我的父母居然通过邮局订了四五种杂志，其中有一本《父母必读》，他们俩没读完，倒是我每本必读，而且读了好多遍，完成了对自己的教育。在《今古传奇》上，我读到了当时最好的武侠小说，比如，《玉娇龙》《春雪瓶》，后来李安导演的电影《卧虎藏龙》便是脱胎于此；在《布谷鸟》上读到了最好的通俗小说，比如，王亚樵、斧头帮、戴笠、杜月笙的上海滩传奇。我们家还是《故事会》《知音》最早的拥趸。

"世界上没有闲书"，父亲对于阅读的选择出奇地宽容，大部分父母都认为课本和教辅之外的书都是"闲书"，有百害而无一益，禁止孩子阅读。但我的父亲不同，他自己是个书迷，总是尽一切能力去搜寻各种书籍，搜罗回来之后，他当然有权利从第一本读起，我就从第三本倒着读。如今想起来，童年最幸福的场景就是我们父女俩就着一盏煤油灯，各自捧读金庸古龙的书，读到会心处，忍不住抚掌大笑。在阅读中，我们忘记了晨昏，忘记了饮食，陷入极致的心流中。

直到今天，我都认为阅读是写作的底肥，海量的阅读是基础。然后才是天赋，然后才是人生阅历，然后才是坚持。

刘贤冰：家乡与童年在文学创作中，有着举足轻重的地位，几乎每一个作家都是从这儿出发的。那么，故乡和童年，对您意味

着什么?

胡成瑶:故乡的风土人情和温暖的大家庭是我写作的起点,故乡的那些往事,我写了一遍又一遍,写不厌。高中课业最重的时候写,大学中文系创作课写,工作之后还写,高兴的时候写,思乡的时候写……童年的经历是一座创作的富矿。

但我很遗憾而且很羞愧的是,对于故乡这座富矿我并未好好开发。我10岁就出去读寄宿学校,对于故乡,我更像是一个外乡人。也许等退休后有更多时间,我会再次去亲近它、了解它、书写它。

刘贤冰:您是那种很小就发表文章的天赋型写手,还是"晚熟型"?

胡成瑶:在我们读书的那个年代,北大才女田晓菲是我的偶像,后来又有湖北老乡蒋方舟,她们都是"天才少女"。虽然艳羡崇拜,却是学不来。天赋、环境、机遇、努力缺一不可。

我是晚熟型加鸵鸟型。《繁花》的作者金宇澄说上海人爱用一个词:不响。我从小到大都"不响"。在没有电脑的年代,一直是在手抄本上写,也不投稿,就是闷头写,

写了之后在同学之间传阅,如此而已。后来在QQ空间上写,相当于把文字从纸质的手抄本搬到了网上的手抄本。有时候连身边的人都急了:你干吗不投稿啊?你干吗不去写穿越文啊?你干吗不去写言情剧啊?现在那个最火,最赚钱。

可是思来想去,那个钱我挣不了,那个名也出不了。我实在不适合。

那么,现实主义小说呢,宏大叙事的,家国民生的,改革阵痛的?

这种真正可以称为"文学"的题材,我动心过,摩拳擦掌过,但最终放弃了。

那种宏大的厚重的悲壮的痛苦的东西,我向来写不好。最大的原因是和我的天性相违背。我无法承受那种痛,缺乏直面的勇气,缺乏那种大的才气。

我喜欢的还是轻灵的有趣的愉悦的。适合我的体裁还是散文或者随笔。

拧巴了一阵子,我终于放下那些虚妄的执念,放下那些所谓的"使命感",写我能写的,写我擅长的,写我自己喜欢的。

也有人嘲讽过:也没见赚过一分钱稿费,还写得那么起劲!

这种冷嘲热讽丝毫没有影响我的心情,

相比拿稿费，我更喜欢的是写作过程，我像一个单恋者，更像一个"纯爱战士"。

我第一次正式发表文章，已经30岁了。还记得那是2007年的秋天，我第一次读到《三联生活周刊》杂志，冲动之下往"个人问题"栏目投了一篇《父亲与玄学》，也没抱多大希望。没过两天，突然有一个上海的同学打电话来，说在三联上见到我的稿子，虽然天底下有同名的人，但他想那个人一定是我。下班后，我赶紧冲去书报亭，翻到最新一期杂志的最后一页，果然是我的文章，我一口气买了三本杂志！当时恨不得对杂志摊老板说：你知道吗？这个作者是我呢！

我从此一发不可收，在《三联生活周刊》上发了好多文章。这是故乡和童年给我的回馈，是对一个写作者持之以恒付出的回报。

2007年是特别值得纪念的一年。那年，在湖南文艺出版社工作的同学做了一个选题——西方艺术家的才与情。她第一时间想到我，约了这部书稿。这对于我是一次极大的挑战，不仅对写作速度提出了极高的要求，要在半年内完成十万字的书稿，而且要兼顾商业价值和文学性。

每天下班后，我匆匆吃完饭，便开始搜集资料，找选题，寻角度，几乎夜夜写到凌晨三四点。睡上三小时，爬起来上班。

我写得苦不堪言，又妙趣横生，一次一次挑战自己的极限后的成果是《爱那么短，遗忘那么长》一书的出版。

所以，站在编辑的角度，我特别想对湖北电力的文学作者说：只要你努力，总会被人看到；只要你好好写，即使再小众的文章，都会有人读。在这个世界上，你总能找到自己的同类，惺惺相惜，相互烛照。

刘贤冰：我们再说你的第二本书，解读《聊斋志异》的《今夜，不喜欢人类，我只喜欢你》。很多人认识您，都是通过那本书。虽然我知道您在这之前，尝试过很多种写作方式，但这本书是不是您找到的最适合您的表达方式？

胡成瑶：是的。躲在别人的故事里，躲在古代的故事里，甚至是躲在狐妖鬼神的世界里，可以最安全地借古讽今、臧否人物、嬉笑怒骂，借他人酒杯浇自己块垒。我原本不是一个勇敢的人，但解读别人的故事，给了我最大的安全感和勇气，甚至有时暴露出面目狰狞的自己。

2015年，微信公众号开始流行，我赶紧申请了一个自己的公众号：成瑶的瑶。开始经营自己的小园地。

微信公众号的广告词写得很好，正合我意：再小的个体，也有自己的品牌。

开通公众号最大的好处是逼迫我不再懒惰。从2016年年初开始，我给自己制定了一个小目标：从情感角度解读《聊斋志异》的部分篇章，也可以说是谈《聊斋志异》中的情场。

《聊斋志异》博大精深，里面的官场和情场最值得一说，对于官场我一无所知，不敢妄言，只有去解读里面的人鬼狐妖之恋。

人的年龄和阅历总是和创作有着同样的频率。30多岁之前，写作主要靠激情和本能，写来写去，写的都是自己。

读《聊斋志异》，是踩在30岁的尾巴上，从年龄到心理，都经过了一个坎儿。这时候，从临水照花只爱自己，开始去观照他人，去洞察人性。

解读《聊斋志异》的过程，是有意识地训练自己的过程，训练自己的耐力、敏感度和思辨力。

无论多么奇幻的故事，穷尽想象力的世界，终究离不开人性。就像一朵花，即使有上千的花瓣，一层一层地剥开，总能看到最核心的那个蕊。

我着迷于去挖掘、去品味、去探索聊斋中那些人鬼狐妖恋的人性部分。

如此深不可测，如此叹为观止，如此可惊可叹。

刘贤冰：算起来，解读《聊斋志异》的《今夜，不喜欢人类，我只喜欢你》出版也有五年时间了。时代变化太快，作为普通的个体每天都要面对许多新情况，不断产生新的焦虑和新的排除焦虑的药方。很长一段时间，您的创作似乎进入了一种随心所欲的境界，从此告别了奋笔疾书的状态。如果说文学仅仅是治愈的途径，您是找到了另一种药方吗？

胡成瑶：《今夜，不喜欢人类，我只喜欢你》出版于2018年。众所周知，2019年年底，疫情来袭，整整三年，经历了许多物是人非、悲欢离合，那三年时光仿佛无形中被偷走。我的写作几乎陷入了停顿，不是找到了另外的疗愈的药方，也没有更大的企图心，只是经历了太多，反而失去了表达欲。一方面是在职场和家庭中，角色日益吃重，无暇他顾，没有完全属于自己的时间。轻舟已过万重山的年纪早就过去。

正像黄庭坚的诗：

花气薰人欲破禅，心情其实过中年。

春来诗思何所似，八节滩头上水船。

扛着纤绳，逆流而上。——这就是中年人的生活。

另一方面，陈丹青说过，艺术顶顶要紧的，是本能，是骚动，是可贵的无知。这偏偏是人到中年逐渐失去的。我们在残酷的生活里得到了一点生存的智慧，却失去了可贵的无知和一腔孤勇。

如今，一年最多更新三两篇推文，被人取绰号为"年羹尧"（年更瑶）——以年为单位更新的瑶，也算贴切。

但是我并不拧巴，人生阶段不同，责任不同，重心不同，关键是我还继续热爱文学，继续热爱着尘世。

刘贤冰：继这本书之后，是否有什么写作计划？未来有什么更大的目标？

胡成瑶：这本书后劲很大，直到现在，总有人一见我，就一脸坏笑地说："今夜，我不是人……"然后大家哄堂大笑，顿时充满了快活的空气。只要大家开心，我就高兴。

我是一个怕亏待别人的人，曾惴惴不安地问出版社的编辑：出我的书，你们亏本了没？

对方回答：放心，我们还赚了点钱呢。

我一颗悬着的心才放回去。

对于红和赚钱，我没有企图心，或许大家说起我的某个句子拊掌大笑，更让我欣喜。

对所谓的"流量密码"，我略知一二，然而我有自己的坚持。我要让我的读者感受到：我从头到尾付出的都是真心。

要说近期的计划，可能有两个算得上我在努力的方向：一是影评，二是故乡的植物。

远期计划暂时没有，但我会一直写下去，像我最初开始写作那样，真诚地、笨拙地写下去。

作家访谈

马小强，湖北省作家协会会员，供职于国网湖北直流运检公司。出版诗集《我生活在有风的日子里》和《树叶的用途》，在《芳草》《星星》《诗潮》《诗林》《诗选刊》《诗探索》《散文诗》《草堂》等文学刊物发表多篇文学作品，曾获国网湖北省电力有限公司主题征文一等奖、中国"普安红"全球茶诗大赛优秀奖、"2018台州江海诗歌奖"佳作奖、首届"天宇杯"全国岑参诗歌大赛优秀奖等文学奖项。

张静：您第一次发表文章是什么时候？

马小强：在文学之路上给我最大惊喜和鼓励的是我的高中——陕西延安中学，这是中国共产党创办的第一所中学。当时，延中校团委办有一本刊物《少年先锋》，在高一时刊发了我的一首诗《山里的汉子》，我现在只记得最后几句："山里的汉子比山高/山里的汉子比山大/山里的汉子和山一样美。"这是我的文字第一次变成了铅字，拿到刊物的那个晚上，我步履轻快，感到一种力量驱使我的脚步。如果那时我有一双滑板鞋，我想我也会在地上摩擦摩擦，但我忘了那晚是否有皎洁的月光。

张静：您有没有思考过为什么写诗？您的基本诗观是什么？

马小强：当我的文字变成铅字，变成更多的铅字，当我期待的首部诗集正式出版，当我的第二本诗集问世的时候，为什么要写诗又开始困扰着我。当我在床上辗转反侧无法入眠的时候，我开始自问自答。我突然想起我说过的一句话：诗歌不仅是我生活的有益补充，而且成了我生活的重要组成部分。

这一部分，似乎有神奇的魔力，总在指引着我前行。

关于诗观，我想只有一点，那就是"我在其中"。贾平凹在《暂坐》后记里说，"在这个年代，没有大的视野，没有现代主义意识，小说是难以写下去的。"新诗似乎也陷入了这种地步，似乎悲悯整个宇宙，激发出无穷的力量，或者让人醍醐灌顶，才是最佳的呈现。当我静下来深思的时候，我发现我没有这个能力，我的诗只是我的生活，我没有让一首诗走出我生活的意愿和力量。

张静：90后诗人刘金祥在给您的诗歌评论《生活之歌和生命诗学》中说，您的笔触穿行在广袤的大地上，诗中多次提及的书贝村是您对生命原乡的回归。请您介绍一下您的书贝村。

马小强：书贝村是生我养我的地方，这是陕北一个偏远的小山村，这里是典型的黄土高原地貌，沟沟壑壑，峁峁梁梁，高高低低，深深浅浅，山脚下有一条无名的小河，但河里连一条鱼也没有。

我的书贝村，在上君东村和宋家窑科村

中间，安静寂寥地躺着。我的亲人们，还在那片土地上默默耕耘着。村里的老人们已说不出"书贝"二字的来历，而我杜撰的故事《小村故事》讲出了"书贝"二字的来历，一直讲到《农村大众报》和《山东科技报》上。

我的童年是在无忧无虑中度过的，吃的是自家种的粮食，喝的是小河边悬崖上流下来的泉水。大家都一样穷，我那时以为全世界都是如此。也没有书读，偶尔找到一本，管它什么内容，都要翻几遍。

给我留下深刻印象的是村人的善良，尽管村里几大姓之间也有矛盾，但人性的善却是显而易见的。还有干旱给我的印象，尤其是种子下地后，几天不下雨，能把人急死。还有，我的父母与别的父母不同，他们不在乎我愿不愿意参与劳动，他们只希望我多读书，多识字，他们相信知识改变命运。

我的书贝村，满眼都是厚重的黄土地。这干裂的黄土地，倔强地长出小麦、玉米、棉花，倔强地长出苹果树、梨树、桃树，倔强地长出柳树、杨树、槐树，倔强地长出我眼里最美的花朵——山丹丹花。有的野菜人吃，有的驴、骡子还有猪吃；有的我能叫出土名，有的土名也没有。

我们住土窑洞（儿时都是土窑洞，后来变成砖窑洞和石头窑洞，是在平地上盖起来的，土窑洞是在土质好的崖上挖出来的），吃土地上长出的，游乐场就是黄土地，是金黄的麦田。记忆中躺在山洼里看云，云朵变化万千；躺在院子里看星星，稠密的星星洒满头顶；躺在碾盘上看月亮，那么圆那么亮，夜晚都快变成白天了。

现在虽远离书贝村，但它却时常出现在我梦里，窑洞、小路、村头的柳树、村里的老人和儿时的玩伴。所以，当我写诗的时候，我的书贝村就钻进了我的文字里，赶也赶不走。

张静：我们一般说，文学创作来源于生活而高于生活，您的生活是什么样的状态？

马小强：我的生活是书贝村的冬天，雪地里有野鸡和野兔，我想要野鸡的长尾毛。我的生活是书贝村冬天院落里觅食的麻雀，我想给它们念课本上的唐诗。我的生活是书贝村的河流，耕地归来的牲口一头扎进去饮水的河流，我在里面游泳扎猛子的河流，这么多年过去了，日月更替，它还在循规蹈矩地流淌着。我的生活是书贝村的窑洞，生锈的锄头，袅袅的炊烟，飞上天空的棉花，垂落到地上的茄子，红彤彤的苹果和枣儿，墙角下拥挤的南瓜，墙头上金黄的玉米。

我的生活是还没有去过书贝村的女儿，是1岁8个月认识"马、大、多、儿、又"等简单汉字的小女孩，是5岁时和我用树叶做贴画模拟出好多树木最后竟变成一片森林的小朋友，是6岁半上小学一年级给我讲故事出六宫格题目难倒我的小学生，是9岁了敢离开父母去参加夏令营的大孩子。

我的生活是离书贝村1300多公里的宜昌，是奔腾不息的长江。我在宜昌这座城市已经生活了快20个年头了，我在这里第一次吃到藕，这是一座让我对"藕断丝连"这个成语有真正理解的城市。这座城市的亲人、老师和朋友，如同家乡的亲人、老师和朋友；流经这座城市的长江，也和书贝村的无名小河一样，从我心间缓缓流过。

我的生活是城市里像大号饼干盒的公共汽车，我的生活是阳台上的葱莲、朱顶红和登山时看到的三脉紫菀，我的生活是在黑夜里仍洁白无瑕的雪花。我的生活也是云南那个深冬了还穿着破烂凉鞋有一双大大眼睛的小女孩，她遇到了一个帮助他的蜂蜜企业家，甜美的蜂蜜我们都喜欢。

我的生活是爱，我希望恨少一点。我的生活是坚持，我希望放弃少一点。我的生活是理想，我希望无法实现的少一些。我的生活是朋友，我希望敌人少一点。我的生活是想象，天马行空也无妨。我的生活是远方，路途遥远也无妨。我的生活是隐忍，扛一扛也无妨；我的生活是流浪，迫不得已又如何。

张静：青年诗人杨孟婷在评论《万物皆有灵》中说，《树叶的用途》中弥漫着挥之不去的乡愁，也充满了趣味横生的童话，故乡记忆和孩童眼光最终指向了生命的灵气，诗句的字里行间都可见到诗人思想中深藏的生命平等观。诗人用敏锐的感官去观察一些细微的植物、动物甚至无生命的物体，并赋予它们以思想。请谈谈您第二本诗集取名《树叶的用途》的缘由？

马小强：树叶到底有什么用？我之前从没有想过。女儿5岁时和我用树叶做贴画模拟出好多树木最后竟变成一片森林。她知道我爱读书我会写诗，我也喜欢教她读古诗，她喜欢翻我的书，从我的书中知道了蒙塔莱和里尔克。女儿教我唱歌、弹钢琴，给我讲谱子和乐理，问我奇奇怪怪的问题。和女儿的相处，让我对我的父母更加愧疚，身为父母后才能理解父母，理解后只有愧疚。女儿让我对自然、生命、亲情有了重新认识，让我对平等、诚信、责任、友善有了重新考量，女儿让我的诗更有温度。

张静：您远离家乡，有孤独感吗？

马小强：现在远离书贝村，但书贝村时常出现在我梦里，窑洞、小路、村头的柳树、村里的老人和儿时的玩伴。现在远在宜昌，回去得少，有的亲人也故去，我在异地他乡有时候是孤独的，有时候非常孤独。有一次中秋节看电视，电视上一个准备回家看父母的人对记者说，不经常回家看父母的人是卑劣的人，我当时眼泪都下来了。一首诗也旋即出现在脑海——

方向感

月亮，你会不会来

你能不能替我去看看

那些山，那条河

一个卑劣之人的小胸怀里

也能装下不少的河山

离开黄土的人还要走向黄土

高原有包容一切的大胸怀

这让我无比羞愧

我对太多事物的理解

出现了不可饶恕的偏差

时光根本不是一架正向机器

它其实一直在倒着走

最终回到熟悉的原点

在这之前，时光之海风平浪静

我们几乎没有方向感

孙颖

孙颖，供职于国网湖北省电力有限公司本部后勤服务中心随州供电公司数字化工作部。喜欢用文字记录电影与心灵碰撞的时刻。在省公司内网"文学天地"开有专栏"爱电影就像爱生命"。

汪琛：您是怎么喜欢上看电影的？

孙颖：我的妈妈挺喜欢看电影的，小时候偶尔会被她带到电影院去。我起初对大银幕感到很新奇，会发光，五颜六色的样子，银幕上还有很多很好看的人，不停地说话，感觉是真人版活灵活现地讲着故事，然后一群人聚在大银幕下面，时而哄堂大笑，时而悲伤流泪，很有意思。《泰坦尼克号》和《珍珠港》在中国上映的时候，都是和她一起在电影院看的。

妈妈应该算是我的电影启蒙人，读小学的时候，每个寒暑假学校都会发给我们电影票，可以免费看电影，我家离电影院挺近的，放假的时候常常往那儿跑，现在我还记得那时候看的讲传统技艺传承的电影《变脸》、抗日题材电影《少年英雄王二小》、武侠电影《决战紫禁之巅》、科幻电影《疯狂的兔子》，发现电影里有很多超出日常范围的故事，我会记在脑子里，假如别的小伙伴没有看过，我觉得能给别人讲一下还挺得意的。在家里没事的话，我也会经常看看电影频道在放什么，《宝莲灯》《花季雨季》就是在央视电影频道看的。

我上中学后学习很忙，也没什么机会看电影。上了大学以后，我们英语老师张老师很喜欢给我们介绍经典电影，课上常常播放一些电影片段，像《闻香识女人》《美国丽人》《费城故事》，都是我从张老师那里知道的。我对《闻香识女人》中的弗兰克、《美国丽人》中的莱斯特这些角色很好奇，不明白为何他们会表现出暴戾、矛盾等。于是，课后我就会自己去看完整的电影，慢慢自己也去搜索一些电影。

汪琛：那您觉得电影有什么特别的地方，让您如此痴迷？

孙颖：有的电影其实是来源于生活的，你去看一些电影，会觉得自己生活里好像也有类似的人和事，会让自己去思考、去回忆，发现对自己很重要的东西，或者生出一些感悟吧，比如，像《天堂回信》《佐贺的超级阿嬷》这样的祖孙亲情电影，因为隔代亲我们都有体会过，看到老人对孙辈的那种爱，会很自然地想起自己的亲情故事，都是很珍贵的记忆，很温暖，我就会想起已经去世的外婆，还有和她在一起的温馨时光；又比如，像《寻梦环游记》

《心灵奇旅》这样聚焦梦想、死亡、生活体验本身的电影，其实和我们每个人都息息相关，不同的人都可以找到自己共鸣的地方，梦想和家人、梦想和生活到底该如何平衡。我们又该如何记住已经过世的亲人。

另外，电影的故事属性可以拓展人生的体验，就像杨德昌电影《一一》中说的：电影发明之后，人类的生命，比以前延长了三倍。其实，甚至不止三倍，应该更多吧，你的生活是你的经历，你看电影会发现世界如此多姿，别人还有你不知道的曲折离奇，《爱在黎明破晓前》中在火车上邂逅的赛琳娜和杰西携手共游维也纳并进行灵魂对话，《触不可及》里瘫痪的白人富豪被黑人混混治愈，《卧虎藏龙》里九门提督之女玉娇龙叛逆地要去搅动江湖，甚至在《星际穿越》里你可以领略浩瀚的太空，《X战警》里看特异的科幻，人物的喜怒哀乐你能体验，光怪陆离的世界你也能体验。

汪琛：您是怎么挑选电影的？有什么要求吗？

孙颖：一开始看电影，习惯去豆瓣榜单上找，看它的评分，然后去搜一下这部电影，再看一下导演和演员，想着评分高的受到广大影迷认可的是经受时间检验的，应该会值得一看，或者关注一下当时的院线电影，看最新宣传的。有时候我的同学会给我分享一下，告诉我她看过的觉得不错的电影。后来可能就是随缘吧，很多电影就是无意中发现的，比如，在电视上看到介绍《丹麦女孩》、刷视频的时候看到《牧马人》、公众号里看到影评《天气预报员》，觉得对剧情很感兴趣就会记下来，等有时间再看。

汪琛：您对电影的类型有什么偏好吗？

孙颖：以前喜欢剧情一波三折，有各种反转的宏大制作，像《纳尼亚传奇》《美国队长》《奇异博士》。但是人的偏好是会发生变化的，慢慢地发现那种细腻温情的电影会更吸引人，能够聚焦故事本身，每个人物很真实饱满，让人感受到生活气息，像电影《海街日记》讲述了住在镰仓的四姐妹的故事，一座老屋，四个性情不同的女孩子在酸甜苦辣里经营着生活，平淡却温馨。小成本电影《过昭关》讲述了一位爷爷骑着电动三轮车带着孙子去探望故友的故事，里面的演员不是科班出身，但是拍出了真挚的感觉，治愈人心。

汪琛：您给"文学天地"的投稿大部分都是影评，那您是怎么萌发创作影评的念头的？

孙颖：我很喜欢看别人写的影评，有些电影也是因为喜欢其影评才看的，公众号"乌鸦电影"里《忠犬八公》的影评，很羡慕别人能把电影阐述得如此吸引人，让人忍不住去看李翘和黎小军的别离又相逢、艾玛舒和凯瑟琳的凄婉爱恋。看多了之后，就觉得自己也想去尝试记录一下，然后就开始写了。

汪琛：您第一次写影评是什么时候？有什么特别的记忆吗？

孙颖：我记得第一次写影评是在2018年，在公众号推介上看完《爆裂鼓手》以后，就收藏了起来，正好要去参加同学聚会，辗转乘车的路途上把它看完了。当时觉得很震撼，主人公内曼不算那种有天赋的鼓手，而且看起来有些内敛含蓄，但是其实很隐忍决绝，有一种内在的狠厉，心中住着一个未被释放的魔鬼，执着追求音乐梦想，形成内外反差，很特别，所以他和导师弗莱彻相遇，最后成了两个魔鬼的较量，不疯魔不成活的那种。同时我也被内曼和弗莱彻那种追求极致的精神打动，想

要把一件事做到最好，愤怒是一种力量，还得千次万次地刻意练习。回家后我又看了一遍，一方面电影剧情本身给我很大触动，另一方面电影的爵士音乐很棒。我想把看完后的感动记下来，就在那种情绪的环绕里完成了第一篇影评。

汪琛：应该不是所有您看过的电影都会写影评，那什么样的电影会让您有去写的冲动呢？

孙颖：第一个是能打动我的电影，故事耐人寻味，看的过程中能全情投入，去关注剧情走向、人物情绪，被人物命运所牵动。看《末路狂花》的时候，我对塞尔玛就是这样，她起初唯唯诺诺，在经历欺凌、欺骗之后，完成了观念的转变，后面去抢劫，选择坠崖，比本来有主见的路易斯还狂野，越是那种乖乖女越可能在经受压迫后彻底转变，剧烈地觉醒，然后变得果敢又霸气，觉得她好有魅力。第二个是能发人深省的，《功夫熊猫1》就是其中之一，大熊猫阿宝看到自己的师兄们个个身怀绝技，自己却是一个只会吃饭的废物，担心自己无法肩负打败大龙的重任。乌龟大师说了这样

一段话："你患得患失，太在意从前，又太担心将来，有句话说得好，昨天是段历史，明天是个谜团，今天是天赐的礼物，要像珍惜礼物一样珍惜今天。"这个片段就很启发人，告诉大家要活在当下。第三个就是电影里的人物我很喜欢，比如，《哈尔的移动城堡》里的苏菲，我觉得她善良坚韧又很有勇气，遇到问题不逃避，是闪闪发光的女主角；还有《海鸥食堂》里的幸惠，她内心澄澈宁静，心无旁骛地热爱生活，淡然地接受生命中的来来去去。另外，拍得很美的电影也会让人想去记录，意境美也好，人物美也好，美本身就是一种吸引力，《云中漫步》中如仙境般的葡萄园多么美，《花样年华》里氛围多么美，身着旗袍的张曼玉多么美，《蓝色大门》里桂纶镁和陈柏霖身上那种青春多么美，都定格在脑海里挥之不去。

汪琛：您会怎么着手开始创作呢，写的过程中有没有遇到困难的时候？是什么让您坚持下去的？

孙颖：写一篇影评其实需要很长时间，当我决定去记录这部电影的时候，看两遍是常态，因为首先我得让自己足够了解电影的故事细节，其次，一些电影还需要做人物、历史背景等资料的查阅。例如，看《美丽心灵》这样根据真人真事改编的电影，就需要去了解一下约翰·纳什这位数学家，因为他是真实存在过的；看《布达佩斯之恋》，需要了解一下故事所处的时间正是纳粹入侵匈牙利的前后，不然有可能觉得有些东西很模糊，不知道人物为什么会有那样的命运走向。最后就是梳理自己想写的那部分吧，一部电影我所能看到的东西其实是有局限的，只能表述我理解到的那部分。会有觉得困难的时候，有时候看完觉得很震撼，但是思维很混乱，还有没看懂的地方；有时候写着写着不知道如何表达，储备不够，没有恰如其分的语句，捉襟见肘，觉得好烦。这个时候只能先停一停，想做一件事遇到困难是必然的，也不能在大脑宕机的时候急着去完成，可以去看看电影主创的采访、专业人士的影评，也许就打通了。然后每次写完了，会觉得还挺有成就感的，可以再坚持一下。

汪琛：您对写影评有什么计划不？

孙颖：现在有一点计划吧，之前都是随心所欲地写，不会设限，最近在尝试设置主题框架来写，关于旅行的。从挑选电影到进行写作的过程都有了要求，算是给自己不一样的体验。还有我其实对镜头转换、色彩变化、构图分析这些并不擅长，想要了解一下专业人士从技术层面对电影的解读。

汪琛：您写了这么多影评，最喜欢哪部电影？

孙颖：其实看了那么多电影，要说出最喜欢的真的还挺难，我只能说在听到这个问题时，脑海里最先浮现的是《放牛班的春天》。我很喜欢马修，也很敬佩他，他温暖善良，展现出了一位教育者的无私和包容，明明自己也深陷谷底，却用爱与慈悲完成一场伟大的救赎，改变了那些世俗眼中的问题少年的命运，

诠释了很重要的教育理念：衡量评判孩子不是只有一种标准，更不能用带有偏见的眼光去审视，而是要看见、理解和接纳。

汪琛：给大家推荐一下电影吧。

孙颖：如果喜欢浪漫文艺，可以看看"爱在"三部曲；如果喜欢自然纯净，可以看看《海蒂和爷爷》；如果喜欢人文伦理，可以看看李安的电影；如果喜欢侠骨柔肠，可以看看徐克的武侠；如果喜欢科技玄幻，可以看看漫威出品的电影；如果喜欢细腻深刻，可以看看《入殓师》《肖申克的救赎》……好看的电影可太多了，等待大家去挖掘。有时候生活会让我们疲惫，看电影不失为一种放松的方式。

周乐章

周乐章，中国电力作家协会会员，供职于国网襄阳供电公司数字化工作部。其文学和摄影作品曾多次获得文学典范杯全国文学评选大赛、国网湖北省电力有限公司等相关比赛奖项。2021年获全国总工会职工书屋"阅读学习成长成才职工"的提名。在省公司网站"文学天地"栏目刊登系列作品《宋朝的那些人儿》和《中国古代战神》。

曾峥：请您简单地介绍一下《宋朝的那些人儿》主要内容是什么？

周乐章：《宋朝的那些人儿》写的是宋朝一些比较有名的诗人、文豪、政客等。他们有广为人知的作品，也有着相对鲜明的人物性格，这些也可以反映出当时的时代背景和历史进程。这个系列主要从他们一些为世人所熟知的"标签"入手，并带入自己的理解去看他们的人生境遇，通过分析与讲述他们的作品和生平，来展现一个我眼中的宋朝文人世界观。

曾峥：是什么契机激发了您的这个灵感？为什么会想写这个系列？

周乐章：其实就是一个5G冲浪选手的漫游想象，在刷抖音时看到网上都在调侃苏轼的《记承天寺夜游》，明明只是一篇日记（现在谁家好人还写日记啊），现在却变成了语文课本中需要全文背诵的一篇文章（当然我很庆幸这不是我上学那会儿的要求）。为此还衍生出一大批表情包和情景模拟剧，也让苏轼成为继"杜甫很忙"之后的又一新晋网红。于是就这个古人的日记出发，在一系列翻史书、读诗集、查百度的过程中，我发现了一个"全新"的苏轼。这让我也打开了新世界的大门，看到了很多诗人、文豪不一样的一面，于是就以自己的理解，创作了这个系列。

曾峥：这个系列中有李清照、柳永、秦观、陆游，也有欧阳修、苏轼、文天祥，还有王安石、司马光，那为什么会选取这些人？有什么代表意义？

周乐章：其实在写这个系列的时候，我并不想局限在某一类人，而是希望从整个宋朝历史切入，将时代背景与作品相结合，去分析这些人物的性格和生平，去了解究竟是在什么样的环境、心情和境遇之下，才会出现那些脍炙人口的好诗和文章。例如，像秦观秦少游，一般人对于他最熟悉的可能就是那句"两情若是久长时，又岂在朝朝暮暮"，觉得这是对于爱情相当透彻的理解。但真正了解了他的生平后，才会发现这句被人传唱了千百年的爱情诗句，最初竟只是一句躲闪之词，从现在的话说，那就是妥妥的"渣男语录"。当然，作为一个身处大宋党派之争旋涡中的、有着敏感性的诗人，仕途的不顺足以压倒一切。毕竟"一生坎坷，多困顿失意，无数伤心处"的人哪有空惦记情爱，也哪敢在花前月下海誓山盟。一个独步千古的婉约派词宗必是自己足够伤心了，他的作品才有力量"伤到"别人的心。

曾峥：写这个系列的过程中，对哪一位诗人的作品或者生平经历有比较深刻的印象？

周乐章：那就是苏轼和李清照吧！不是说对他们的某件事有什么印象，也不是说特别喜欢他们某一个作品，应该是我更加欣赏他们对于人生那种豁达的态度。在顺境时，他们用浓墨重彩记录自己精彩潇洒的生活；而在逆境时，他们也没有自怨自艾、一蹶不振，而是苦中作乐，在人生这场对充满种种困难、以寡敌众的战斗里，在高处不会忘乎所以，低处亦不会沉沦自怨，顺境不浪，逆风不尿，绝境不慌。

曾峥：具体谈谈呢？

周乐章：比如，像大诗人苏东坡，同为吃货的我首先就要非常感谢他发现和创造了那么多美味佳肴，对这位千年前的资深吃货表达我的深深敬佩和感恩。他的诗里对于吃食的描写不像李白那样潇洒豪气，只是用最简单的食物碰撞出不一样的烟火气，这样反而更像是一部写实的北宋版的《风味人间》。宋朝的文人大多人生都是大起大落的，甚至有的人是起起落落落……苏轼的不如意、孤独等我们都能从他的作品里直接看到，但这一切的是非冷暖，都被他用美食的温度、才情的格局、人生的豁达一一治愈。他对世上的美好爱得深沉，用文字记录山川、记录心情，用美食治疗伤痛、温暖心境。

而像易安居士李清照，我欣赏的是她活得洒脱自在、不畏人言，有才有颜有眼界，有情有义有家国。不管人生际遇如何变化，她所做的事都是顺从于本心，立足于自信。读一首诗词，体会的是此时心绪，海棠花开，芭蕉叶落，而读李清照的诗词，就仿佛自己也和她一起走过了一段完整的人生，眼前是身世浮沉雨打萍的凄凉，心里想的却还是那个日暮溪亭醉酒踏舟的青涩少女，恍惚間，又看到一个恣意潇洒、自信放光且忧国忧民的"拽姐"女王，一手举着酒杯，一手拿着书册，在高声笑对着一切。

曾峥：我读您的文章，看着像平平淡淡讲述一个人的人生，但细品之下，似乎每一篇都能咂摸出不同的道理和启示。作为一个90后，您怎么会有这么成熟和透彻的思考呢？

周乐章：我觉得这个可能跟年龄无关吧，每个年纪都有着对同一事情的不同理解，所谓的透彻，可能只是因为我代入了吧。可能这是我的写作风格，任何一篇文章，都希望能有一个鲜明一点的核心主题，这样才会避免文章变成流水账。至于是不是"上价值"，这就见仁见智吧。

曾峥：听说在2021年，您不仅完成了《宋朝的那些人儿》这个系列，还获得过全国总工会职工书屋"阅读学习成长成才职工"的提名，当时这个提名在整个省电力公司只有两个名额，而且据我所知，还是湖北省总工会点名要求您申报的。这是一个非常难得的机会，也是一种极大的肯定，请问是什么样的契机让您拥有这样的提名机会？

周乐章：其实吧，这件事可能只是一个无心插柳的结果。因为在这之前，我曾数次参加过由湖北省总工会举办的职工作品大赛，上报过不少摄影和文学作品，也获得过一些小小的奖项。可能是"海量投稿"给他们的工作人员留下了比较深刻的印象吧，让我很幸运地有了那次的提名机会。我也很感谢那次的提名，这对我的写作能力也是一种极大的鼓励和肯定，让我觉得即使是再小的事情，只要坚持得足够久，就一定会被人看到。

曾峥：请问您是从什么时候开始喜欢上阅读和写作的？在写作这条路上受到过哪些人或事情的影响？

周乐章：阅读和写作这两件事，在我人生中并不是同时开启的。真正开始接触阅读，应该是小学吧。那个时候学校经常会要求我们看一些世界名著，如《简·爱》《悲惨世界》等。我到现在还记得，我追完的第一套完整的小说是《哈利·波特》系列，从那之后，对于那些系列小说，我都是要"强迫症"似的全套阅读和收藏的。我也非常庆幸我的家庭氛围也助力了我的读书习惯。我的父亲以前就是一名老师，主教历史和语文。那时候的家，即便再小，都要有一隅专门存放书籍的地方。但那时的我，只对小说、童话故事这种"课外读物""闲书"更感兴趣，因为有故事情节，更能看得进去。

初中以后，似乎就到了一个转折点，受到的影响也变得多元化，当然，来自父亲的影响比例还是更大一些。那时候，学校离家有一段距离，走路需要20分钟左右。父亲在每天早上送我上学的路上，就会教我一首古诗词，并要求我晚上放学回家就能完整地背诵出来。但那时父亲教的古诗词，并不全是课本上的内容，甚至有很多很长的古诗，如《长恨歌》《春江花月夜》一类的。当时的我很难在一天把它们完全背下来，为了更好地理解和背诵，我开始阅读一些古文解析和历史类书籍，从作者生平背景和诗词创作背景入手，去了解一首古诗或文章背后的故事。

此时的我，还只是停留在阅读方面，对于写作，兴趣寥寥。直到家里安装了第一台电脑，仿佛为我打开了一道新世界的大门。那个时候，有新概念作文的兴起，有同为襄阳人的少女作家蒋方舟的横空出世，有韩寒、郭敬明等作家带来的完全不一样的风格。这些带给我的冲击都是相当大的。我开始尝试把脑子里天马行空的想象写在纸上变成文字，开始使用辞藻堆砌的方式去写作文，甚至剑走偏锋，不在考试中写中规中矩的议论文，而是挑战起叙事或散文。这种冒险也让语文和作文成了我学生时代得分的最大利器，成为我"学渣"生涯中为数不多的闪光点。

曾峥：那您在阅读和写作中，收获到什么？

周乐章：收获很多啊，不断积累的知识和经验，志同道合的朋友，老师的鼓励和赞扬，同学们的敬佩。我到现在还记得，在高中的时候，老师让我们自己去给同班同学讲课，当时我和另外一个同学一起报了名，我讲《红楼梦》，他讲《三国演义》，那是我人生中第一次站在很多人面前讲东西，很紧张，也很兴奋；我也还记得在初中时写的第一部长篇小说，成为高中住校期间熄灯后打发时间的最好素材，而大学时以寝室的同学们为原型写了第二部长篇小说，那时候大家都非常兴奋，帮我设计故事细节、人物性格、整理文稿，甚至是发表在网上，那时的我有了第一个笔名，第一个晋江网和红袖添香网账号，第一次在网上有超过一万人来看我的小说，给我评论和鼓励；我更记得因为阅读和写作，我能在大学里、工作后不停地参加演讲和辩论比赛，成为学校校报的记者和主编，甚至在工作中能更好地处理文字材料，撰写报告、新闻，或是在闲暇之余写点小文章、小感悟什么的，都是很好的生活调剂。

曾峥：那接下来还会写什么系列的内容？

周乐章：我已经完成了中国古代战神系列，按照计划，还要出"魏晋风流录"和"游侠列传"两个系列，每个系列大约十篇文章，届时也欢迎公司的文学爱好者们鉴赏和点评。

曾峥：关于写作和阅读这两件事情，您有什么好的心得体会可以跟青年朋友们分享的？

周乐章：那就分享一句我比较喜欢的话吧！"流水不争先，争的是滔滔不绝。"作为一个普通人，我觉得这是我自己的人生写照。我没有足够的天赋与灵感，只是凭着喜好，凭着一腔热血坚持了这么多年，一直就这么写下去。我希望每一个青年朋友都可以坚持去做自己喜欢的事，哪怕这些事情曾经是被放弃过、被否定过的。只要口袋里还有一片玫瑰，就算此行山高路远，至少我们还有期望，还有梦想。只要坚持，总会有收获闪光的那一天！

朱光华：
在精雕细琢中熏修习惯

朱光华，湖北省作家协会会员，供职于国网宜昌供电公司。1994年开始文学创作，出版有长篇小说《长江大侠吕紫剑》、中篇小说《满湖鱼》，获楚天文艺奖。电影剧本《长江大侠吕紫剑》获宜昌市政府精品文学扶持奖。

好的作品有共同的特质，好看好读，经得起推敲，既有整体美，也有局部的灿烂。如同一位少女，浑身散发出青春气息，挑出一点看，依旧青葱可爱，散发出生命的光辉。能做到这样，基本算是好作品了，设若内容又具有典型性和文学性，反映出深刻的社会问题、人生体验等，则更是锦上添花，非同凡响。

欲达到上述标准，首先在语言上要仔细玩味。不说语不惊人死不休，至少得反复推敲，看看叙述得是否得体到位，哪里冗长逼仄，哪里缺少气势，读起来是否别扭拗口，有没有一种酣畅淋漓的感觉。字词一定要反复斟酌，要么贴切、精辟，要么自然、恰当。段落也是需要考量的，前段后段是否衔接紧密，过渡是否自然。很多时候，我们要考虑的是，是否将顺序打乱一下更为有趣，是否换一个词语，增减一个字更好。譬如，"的"字、"了"字。虽然毫不起眼，适当增减可能阅读起来大不一样。

一篇文章动笔前，要反映什么，达到什么目的，没事的时候要在心里盘算一下，让自己的思路打开。能打腹稿更好，或者像孕育生命一样，天天思考自己的孩子究竟长什么样，想想他的五官、身段和小手，充盈自己。打腹稿很有好处，培养了自己的思维，在不拿笔的时候也能进入提笔的状态。当然，打腹稿打多了，遇到一般性的文章，直接动笔也有可能进入佳境。这是必然的结果。

较长的文章，譬如，中长篇小说，尤其得思考文章的结构，先写什么、后写什么，哪里详写、哪里略写，大致得心中有数。或者是，哪一章节安排矛盾纠葛，哪一章节进行铺垫过渡，也得权衡一下。短小的文章可凭习惯，即使有啥小问题，修改起来也很简单。

一个人爱上创作是件幸福的事，它让灵魂有个寄托，心灵有个归附，不会终日无所事事，贪图享受，放任自己。虽然有时候也为作品神魂颠倒，茶饭不思，那也是有意义的人生体验。痛并快乐着，用到文学创作中最恰当。当你对一篇作品冥思苦想、欲罢不能、极为耗费心血时，完成后你会有一种如释重负、浑身舒坦的感觉，这和生孩子差不多，你看你的文字如同看孩子。

孩子生下来后就尘埃落定，文章写好后得反复修改。你得反复阅读，用不同的方式不同的语气不同的心境去读，把自己当读者，看看文章究竟存在什么问题。一般在读的过程中，就会看出来哪些地方存在瑕疵，哪个地方还得修改。阅读时，一定要用挑剔的眼光，不然你看你的孩子始终顺眼，是发现不了问题的。有时候放的时间长点，几天几周后来读，情况或许更好，这同分别很久才能感觉他人胖了瘦了一样。当我们发现问题后，一定要舍得，坚决地忍痛割爱地把不好的东西删掉。

阅读其实是把自己当医生、当编辑。文章首先得让自己满意，让自己感动。很多作者缺乏这种治病的要求，稿子一写好就想让别人知道，就想发给别人看，就想推出去发表，缺少挑剔的冷静和冷静的挑剔。

创作和木匠、瓦工一样，是个技术活儿，又不同纯手工的技术活儿。纯手工的技术活儿只要把所有的技术学到家就行了，几乎兵来将挡水来土掩，基本一个模子一个样。文学创作得讲究出新、出彩，写出不一样的美来。写过父亲的背影后再写父亲，不可能还是那么一个背影，那么一个细节。既然是技术活儿，从某种角度看也有章可循。如何循，多读多写多思考，别无其他。我们要在读的过程中，体悟别人的语言，人家是如何开头结尾的，是如何遣词造句让读者读起来产生愉悦的。最好读的时候让自己参与进去，读了前面就想后面可能怎么写，或者如果是我会怎么写，这尤其体现在读小说上，将受益匪浅。

我是一个特别愚笨兼懒惰的人，小时候特别怕写作文。这和很多作家、写手不一样，他们很有天赋，较早的时候就显出了才气、天分的迹象。我最大的特点是爱打腹稿、反复阅读修改，长此以往间接养成了较好的习惯。年轻时在电站上班，经常因为思考而失眠，因为失眠去思考，开始写作时一篇千字左右的文章也会在半夜三更绞尽脑汁地去想，有时天亮后去写，几乎完全可以把前晚想的默写下来。《胖子与瘦子》《掉钥匙的滋味》就是在深夜用脑子写就的。

文学创作不仅无捷径可走，而且特别需要养成精雕细琢的习惯。譬如，每次写作你都把作品定位很高，保证自己写出自己能力上的最佳，几乎就确立了精品意识，就会孜孜以求、精雕细琢下去。倘若敷衍、应付了事，大概率你降低标准后也放任了作品的优劣，得不到实际的锻炼。其实，每个人都不是生来就会写作的，即便是那些如雷贯耳的大作家也都有个锻炼提高的过程，都曾经在寻求突破，陈忠实、贾平凹是这样，莫言、阎连科也是这样。他们都曾经为伊消得人憔悴，只为作品更精彩。长期这样锻炼，你越写越顺，越来越得心应手。

倘若长期精雕细琢而不能提高，那就违背天道酬勤的规律了，也违背了天理。精雕细琢，也包括丰富的想象。必须该想的要想，不该想的也要想，只有想象才能给文学以翅膀，才能飞得更远、更高。那些伟大的作品，一定是殚精竭虑。

文学创作要做好，须满足三个要素：一是艺上身，会多种手艺；二是有充沛的精力；三是严格自律，有内驱力。所谓艺上身，会多种手艺，是你掌握了创作的多种兵器，运用自如，你具备多种叙述语言和叙述方式。充沛的精力是指个人健康状况和身体储备，没有这个要素，你头昏脑涨、打不起精神，是没有办法坐下来的。严格自律、有内驱力，自己给自己动力，这一点相当重要。生活太过琐碎，到处充满诱惑，自己不驱动自己，创作无从谈起。但艺上身了，是可以弥补其他的，因为写起来会十分轻松，即便偶尔写写，写出来的文字也会相对成熟。

大前提是精雕细琢，只有精雕细琢才可能艺上身，像木匠一样挥洒自如。

崔道斌：
用心追逐文学梦
笔耕不辍攀高峰

　　崔道斌，中国电力作家协会会员、湖北省作家协会会员，供职于国网保康县供电公司。作品散见多家报刊。出版有散文集《山城别恋》《光明纪事》《岁月留香》和长篇报告文学《襄江作证》。

成为一名作家，一直是我的梦想。1986年10月，我的散文处女作《星光曲》第一次变成铅字，在《保康文艺》发表。当时，我还是刚刚参加工作的毛头小伙。从那之后到现在的30多年时间里，我一直没有停下手中的笔，从懵懂青年一直写到现在，仍然在文学百花苑里辛勤耕耘。

我平时主要写一些千字小散文。笔耕不辍，必有收获。2022年先后在《国家电网报》《楚天都市报》《乌鲁木齐晚报》等全国各地报纸的文学副刊和泰国《中华日报》、美国《海华都市报》、苏里南《中华日报》《菲律宾商报》等国外华文报纸，发表文学作品66篇。截至目前，我发表在各类媒体上的散文、小说、诗歌、纪实文学等文学作品，已达300多篇，超过150万字。

2020年4月，我择优结集出版了散文集《山城别恋》，2020年12月出版了报告文学《襄江作证》。2023年2月和4月，又出版了散文集《光明纪事》《岁月留香》。2022年12月，我成功加入了湖北省作家协会。

"文章千古事，得失寸心知。"中国当代著名作家余华说，写作的捷径只有一个字，那就是：写。

我一直把写作当成种植庄稼。就像大地上的父辈，他们从来不知道大地的辽阔，也不去打探大地的深刻，只默默地种植属于自己的一亩三分地。正是这份从容与简单，成就了大地的深度，他们种植的庄稼才持续地从泥土里生长出来，长成一生的热爱。

写作是一个苦差事，要想写出好文章，除了多读书，勤练笔，还需要持之以恒的追求精神。回顾自己走过的文学追梦之路，我认为，要想写好文章，有三方面：

一是勤学善思。常言说，书读百遍，其义自见。阅读是写作的"源泉"。纵观历代文学大师的心得感悟，无不提及要多读多学。在多读多学的基础上，还要把学习和思考结合起来，活学活用，融会贯通。"处处留心皆学问"，生活工作中遇到问题多问多想，才能渐渐培养自己的思维能力，写作之时才能言之有物。

二是小处着眼。平时，一提起写作，人们往往就苦恼于无可写之事，每天都是在处理一些日常琐事。已经成名的文学前辈，一直教导我们要善于"以小切口，做大文章"，写作要源于生活，又高于生活。写作不是泛泛而谈，亦不是高谈阔论，要想得到读者的共鸣，其内容需从客观事实出发，找准切入点，以小见大、以点带面，用最接地气的素材，做出大文章。

三是勤耕细酌。如果把才华比作一把剑，那么勤奋就是磨刀石。写作没有捷径，勤写、勤练是唯一的途径。只要坚持反复看，反复写，反复与优秀篇章对比找不足，从"豆腐块"写起，勤动脑，多动笔，就会越练越强。

总之，一句话，一切靠作品说话。

2020年8月，受国网襄阳供电公司党委指派，我和郭峰同志经过一个多月的精心采访，撰写了15万字的长篇纪实报告文学《襄江作证》。此书集中展现了基层班组的抗疫风采，集中彰显了一线员工的精神风貌，集中书写了襄阳电力人忠诚、担当、奉献的新形象和抗疫情保供电的新篇章。该报告文学荣获湖北省首届"红色印记"长篇报告文学一等奖。

2020年11月，国网保康县供电公司成立了襄阳市首家电力文学创作工作室，招收了25名学员，我受聘出任工作室导师，坚持每月举办电力文学讲堂和文学沙龙，收到良好效果。

一路写来，虽然没有脍炙人口的惊人之作，但我的心情是舒畅的，精神也是愉悦的。写作是一条漫漫长路，没有人天生就是一个作家，它更应是生命绽放的一种方式。

有人说，坚持是一种信仰，专注是一种态度，奔流不息是水的品性，奋斗不止是人的精神。我坚信，只要心中有束光，眼里有片海，就能点亮希望的灯塔，奔向幸福的远方。在今后的日子里，我将在文学追梦之路上，把写作当作砥砺前行、修身养性的一个快乐旅程，不断向文学高峰奋勇攀登。

创作心得

李贤青：
永远割舍不掉的
文学情缘

　　李贤青，供职于国网竹溪县供电公司。多篇文章发表于《脊梁》《国家电网报》和原《湖北电力报》。

混了大半辈子，写了几篇文章，结识一群朋友，冒犯不少同事。今回首，我与文学的情缘真的是——剪不断。

在缺乏"老虎"的初高中年代，我这只"猴子"也曾登堂入室，语文课堂上，老师将我的作文当范文念，得意在心里"冲撞"，脸微微发红，却装作局外人一样。

后来，为生计奔忙，数十年一字未写。

2013年，我的岗位是仓库保管。我的部门主任和我三观相近，时值内网开始运行，公司将发文章视作任务分派到各个班组，纳入绩效考核。主任把这项任务交给我，我断断续续写了几篇。

点击量还行，有几个同事打电话给我，说他们与文章产生共鸣了。

2015年，调来了一位新的年轻主任，相处得也挺好，还是绩效考核的原因，他几次游说我再写。我将写好的几篇打包转发给当时十堰公司媒体专责江艳萍女士，请她斟酌。

很快，她回我信息，说风格怪异，但还算有趣，她已转发给省公司"文学天地"的编辑。

我记得很清楚，应该是这一年的春夏之交，编辑给了我许多鼓励，溢美之词把我整得一愣一愣的。

秋天，我参加了原《湖北电力报》的最后一次笔会，认识了一袭红袍的何红梅、乐观开朗的李代晶、表面积巨大的刘陈。

开完笔会回来，冬天的某个周末，上高二的孩子回家了，她对我说不写点什么就对不住笔会云云……我回答她，今夜就给你交出一篇来。

这就是《少年樵夫》。

因写的都是真实生活经历，所以写作过程就分外轻松。和着她娘俩的鼻息声，我在电脑上敲完了这篇文章，一气呵成，一字未改。

我这个年龄的乡村孩子都干过樵夫这行当。衣衫褴褛一脸沧桑，砍柴卖柴已属平常。敲字时，鲜活的过往扑面而来，一些小伙伴因此受伤甚至殒命，老子娘哭一嗓子，柴照旧砍。

这样的成长环境塑造了我的性格，敏感自尊很难见人就熟，还好斗。二十世纪90年代，我在南方打工，绿皮火车上，周边的人都和我保持距离，旅途漫长，孤寂无聊，我试着和他们说话。偶尔能找到胆大的谈话伙伴，还能相谈甚欢，临别时互留联系方式。更多的时候，我一个人无助地盯着窗外。

我看起来不像一个好人，其实我是一个好人。

这篇文章在原《湖北电力报》上刊登之后，收获了相当一部分"粉丝"，很多人被狠狠地共情。文章也被其他刊物转载，甚至配乐朗诵，发到网上。

因为这篇文章，过了这么多年，还有人记得我，虽然不记得我的名字，但提起那篇文章，大家会恍然大悟状：哦，你就是写《少年樵夫》的那个家伙。

有时候就是这样，可能我低估了文学的影响力。

性格和写作风格一脉相承。我反对自我道德式的感动，一味地鼓吹高大上，我选择宁愿不写也不胡写。我这样说也巧妙地粉饰了我懈怠懒惰的尴尬。

当然，我得勤奋起来，给我女儿做一个好榜样。

周兆铭：

写作辛苦，但很快乐

　　周兆铭，供职于国网鄂城供电公司党委党建部。20多年来，在报刊和网站上发表过3000多篇稿件。《电影 电视 电脑》获原《湖北电力报》"改革开放30年"征文三等奖。

初中语文老师给了命题作文——理想，我用两节课90分钟，绞尽脑汁，完成任务。我的理想——将来要成为一个会讲故事的人，将身边人的故事，写成文字在报刊上发表。

一周以后，老师将我的作文作为范文读给同学听，还鼓励我只要能坚持下去，将来有可能成为一名作家。老师的话，犹如一颗种子，深深地种在我的心坎上，我期待这颗种子生根发芽。

步入社会后，我在建筑工地做临时工，在煤矿采煤，在农村栽秧割谷，繁重的体力劳动，我每天累得汗流浃背，早已将成为一个会讲故事的人的梦想，抛之脑后。

成家后，我更体会到生活的艰难困苦。孩子们牙牙学语时，总是缠着我给他们讲故事，不得不买些儿童故事书，照本宣科地读给孩子们听。

孩子们不喜欢一遍遍听一些书本上陈旧的故事，要我讲真实的故事。成为一个会讲故事的人的梦想，如同一粒火种在心中复燃。

我尽力在周边寻找有故事的人，请别人讲故事给我听，然后我再写成文字讲给别人听。久而久之，武汉人民广播电台、湖北人民广播电台、煤矿广播站、鄂州人民广播电台，常常播放我讲的故事。每当此时，我的脸上笑成了一朵花，心就像泡在蜜水里一样。

进入供电企业后，单位非常重视会讲故事的人。我是一名外线工，有一次登杆作业时，我正在电杆上绑扎导线，走下电杆后，领导拍了拍我的肩膀，语重心长地对我说："你要发挥专长，要将供电人爱岗敬业的故事，讲给大家听！"

从此，我才正式步入了漫长的写作之路。

2000年冬天的一个傍晚，一场大风雪后，电话里传来一条10千伏线路停电的消息。

"马上巡线！"时任石山供电所所长徐泽珍，一声令下，组织全所人员巡线。

工程车在崎岖乡村公路上艰难地爬行，山脚下一尺多厚的积雪，挡住了工程车的去路。工人们只得深一脚、浅一脚地在白茫茫的大地上，一步一步向前迈进。

　　穿过一片茂密的树林，发现一棵碗口粗的樟树枝被大雪压断，断枝重重地落在线路上，造成断线。所长将断线情况向供电公司汇报后，立即组织人员进行抢修。

　　我望着电杆上的电力人手舞工具接线、绑扎，浑身上下披满了雪花，冷风夹杂着丝丝雨点直往供电人的衣袖里钻。等到抢修完工走下电杆时，一个个的脸、手冻得通红，汗水和着雪水湿透了他们的衣襟。

　　我连夜写了一篇《雪夜抢修》的稿件寄到《鄂州日报》，没想到三天后在第一版刊出，这是我步入电力企业后，在报刊上发表的第一篇稿件。

　　20多年来，讲述电力人的故事，几乎成了我工作的全部。写作路上的酸甜苦辣，让一个满头青丝的人变成了两鬓雪白。

　　写作是一项十分艰难的工作。有时为了写一篇稿件，特别是"命题作文"，要限时交卷。苦思冥想都不知从何下笔，有的稿件写了开头，没有主体；写了主体，又没有结尾；写了结尾，又觉得离题万里；有时洋洋洒洒写了几千字却没有一个好标题。深夜，我骑着自行车，穿梭在城市的大街小巷里，突然一下来了灵感，觉得发出的稿件有许多不妥，又折回办公室，将稿件全部推翻了重来，挑灯夜战到天明是家常便饭。

　　在写作培训时，有一位老师讲过，灵感是被逼出来的，有时灵感正在窗外，等着你召唤一声就飞进你的脑海里。

　　我不敢忘记老师的谆谆教诲。每当脑子一片空白时，我只得紧闭门窗，拉上窗帘，泡上一杯浓茶，将电话静音，坐等灵感的到来。回味再回味，苦想再苦想，脑袋里像放电影一样，不放过任何一个细节，将发生的故事，从头至尾全部描述出来。往往只需要一千字的稿件，我流水账般地写上几千字，再归纳提炼，狠下心来砍掉枝枝叶叶，只留下一千字左右。

写作是一项十分艰苦的工作。别人都能按时下班回家，我还在办公室静静地坐在电脑前，咬文嚼字；夜深人静，别人已进入梦乡，我还在冥思苦想；有时辛辛苦苦奋战到天明写出来的东西被否定，只能从头再来。没有年休，没有双休，节假日最忙，更是抢写稿件的好时节。遇到突发事情险情，必须冲到一线，与大家一道迎酷暑、战冰雪、斗严寒。

写作又是一项十分充实的工作。我不喜欢串门，也不喜欢谈论家长里短。不管什么人找我帮忙写点东西，不管任务如何艰巨，我总会满口答应。我觉得人生在世总要找到存在的价值。正如此，我总觉得时间不够用，每天都有忙不完的稿件要写。与其说忙，不如说日子过得非常充实。

写作是一项十分快乐的工作。每当一篇稿件完成发出后，我会时不时地打开网页，期待发表。发表了的稿件，通过编辑老师的修改，我总能发现自己的不足之处。有时石沉大海了，我也无怨无悔，这样更能反思自己的问题。

总有人问我，稿件没有发出来是否沮丧。我笑着说，写稿如同钓鱼，初学钓鱼者，往往因为跑了一条条鱼而感到难过。世上哪有不跑鱼的钓者呢？日复一日，年复一年，日积月累，等到鱼跑多了，你也就成了垂钓高手。

写作之路是漫长的、艰难的、艰苦的，充实而充满挑战，但我还是觉得快乐更多。

陈觅：
从现实出发，
抵达诗意境界

陈觅，中国电力作家协会会员，供职于国网荆州供电公司。曾在《中国经济导报》、《中国电力报》、原《湖北电力报》、《荆州日报》、《荆州晚报》及"电网头条"、省公司"文学天地"、《三弦琴》等发表各种文学作品80余篇，多次获得省公司征文奖。

受父辈的影响，我从小就力求精益求精，注重写好文章，连标点符号都很讲究。时间久了，自然也写出了一点名气来。无论走到哪里，都被唤作"才女"，我也乐意接受。惭愧之余，静下心来回顾我的创作路，有一些心得与大家分享：

一是根植现实生活，广泛收集各类素材。

于我而言，文学创作永远在路上，需要带着自己旅行，从生活中、工作中收集大量素材。深入平凡的场景，走进平凡人的生活，观察体会、感应时代的脉搏，记录他们，叙述他们真实的感受。记得创作初期，一个偶然的机会，单位领导发现我有点文字功底，推荐我当了宣传干事，岗位要求每年上报30篇各种体裁的文章。由于单位小，爱写文章的人不多，大部分任务需要我来完成。当务之急是收集各类素材，积累创作经验。

那是1997年11月，时值减人增效、下岗分流的热浪，我在公交车上听到两位下岗人员的谈话，其中为单位付出毕生精力的模范工程师无法接受下岗的打击，相反在单位混点的"辣子"女工却很快适应了当时的变故。我的感触太深，特别想说点什么，但又不知该怎么说，便如实记下了那一幕，名为《遭遇下岗》。本以为自己的文章不会被刊用，可过了不到十天，原《湖北电力报》刊登了这篇文章，还将它作为当年参加该报笔会会员的示范文。我感到莫大的鼓舞。它在我漆黑的心海里点燃了一束火苗，从此鲜艳的"火苗"时常蹿出，心海不再平静，泛起了浪花朵朵……

在我心中同时升起一个信念：我要将震撼自己的东西记下来。

二是进行提炼加工，真实反映生活本质。

通过文学创作，把从生活中、工作中收集到的大量素材提炼加工，上升到艺术的高度。有感而发，保持心灵原始的冲动，捕捉生活中的诗意，让人物形象鲜明生动，让读者走进内心深处。

我一发不可收地写下了《角色串换》《狡兔三窟》《另类》等文章。字里行间真情流露，从不掩饰，希望能打动人，能引起共鸣。那时候，只要自己感觉还不错的，原《湖北电力报》基本上都刊登了。可以想见，我的文章得到了编辑们的最大认可。更为重要的是，我有勇气、有机会说出自己想说的话，做自己想做的事情，真实反映生活。

1999年，原《湖北电力报》举行新中国成立50周年征文。记得那天上午，我将《苦涩的光明使者》一文传真给报社，下午刚上班便接到报社一位编辑的电话，向我要该文的原稿，并充分肯定了我的文章。我清楚地记得我在稿件上并没有留下电话，可编辑却在短短的午休时间读了我的文章，找到我的电话并主动联系我。

在感动之余，我油然而生对编辑的敬佩之情。或许对那位编辑来说，只是习以为常的举动；可对我来说，却是一种认可、一种相知、一种难得的缘分啊！

不久，我的两篇文章《苦涩的光明使者》和《父亲》分别获得征文三等奖和优秀奖。

三是挖掘创作潜能，写出意境优美的文章。

文学创作很辛苦，需要牺牲大量的休息时间，倾注太多的心血。挖掘创作潜能，找到适合自己的风格，坚持自己的独立性，力求写出意境优美的文章。用心积累素材，专心构思创作，潜心修改完善。力求结构合理，文字优美，语言生动，内容感人。我喜欢张岱的《陶庵梦忆》，难得的生活散文，将衣食住行和茶余饭后一一展现，风俗人情跃然纸上，堪称一流文学之佳者。意境优美，美得淋漓尽致。像一位衣袂飘飘的公子，引领我身临其境，一路探寻，体味人生的万般风情，于是我写了《童年忆海拾贝》。

生性浪漫的我，抬头拨云，孤亭邀月，竹篱半围，伏案奋笔，定会写出意境优美的文章来。

四是贵在坚持，不断提升创作水平。

"向外见天地，向内修自我。"中华文明博大精深，对文学创作来说是一个巨大的宝库，有无穷无尽的灵感来源。我通过阅读各种文章，了解不同风格的写作技巧，启发灵感。坚持阅读，感受万物有灵。不被习惯掩盖，不被岁月淹没，不被惰性消磨。从传统文化中汲取营养，向大师学习，向编辑请教。坚持不懈，每天写作成为习惯，从中得到快乐和满足感。

编辑斧正后的作品，我都会细细品读，原来可以这样写！我特别喜欢高人指点，那种感觉太美妙了！如果有幸看到编辑的文章，就是学习的绝佳机会。

坚持创作揪心烧脑掉头发，我总是写写停停，但终究无法割舍。编辑的一个约稿，文友的一篇佳作，足以激起内心的涟漪，点燃心中的火苗。只要静下来，最先想到的还是阅读写作，尤其是在疫情期间，于我而言是最好的静心创作机会。

五是保持初心，坚守敏感善良本性。

心可以无限扩大，敏感善良却难得！那年那月，电力资源紧张，朋友家婚宴上遭遇停电，尴尬中的我成为"苦涩的光明使者"。感悟生活艰辛，于是有了《我的父亲母亲》；感受近乡情怯，于是有了《邻里情深》；不忘党恩浩荡，于是有了《唱支山歌给党听》；夫妻彼此关爱，于是有了《一碗黑鱼汤》；期盼久别重逢，于是有了《佳期相聚归途远》……保持初心，坚守敏感善良本性，热爱创作，胸有成竹，落笔生花，一气呵成。

文学创作已然成为我生活中不可或缺的部分。往后余生，我将一如既往地用动听的言语倾诉，用优美的文字表达，享受真正属于自己的诗意人生！

姜志刚：
拾起生活的片段
留下美好的回忆

姜志刚，供职于国网鄂州市华容区供电公司。长期工作在服务客户的第一线。从2007年开始，笔耕不止，有多篇文学稿件和新闻作品在各级媒体发表。

大多数人从小都有一个文学梦：执笔疾书，尽写繁华。

社会也不断地涌现出一批又一批文艺青年、文艺中年……

虽说时不时弄一个小小的"豆腐块"出来，假装自己也有"文艺范"，但还是时时对自己发出灵魂拷问：文学是什么？

仔细想来，还是懵懂的，对那些大家而言，我觉得自己写的充其量是个作文吧。

我虽说没有文学的写作经验，但感受还是有一些的。那就来谈谈自己的一些感受吧。

文学是感性的，有感而发。1998年，在经历过多次生活的挫折后，我在寺庙听到一句放之四海而皆准的话："不吃国家粮，也要给国家帮忙。"正是这句话重燃了我对生活的信心，重新回首走过的历程，写了我的第一个也算不上是文学的稿子吧——《我给国家帮忙》，对我来说，这是对多年生活的有感而发，所以我认为文学是感性的。

文学是理性的，需要尊重一定的道德伦理。现实告诉我，文学也不是你想怎么写，就怎么写。文学要遵从社会道德的底线，要么能教育人，要么能警示人，以理服人，也可以是暗含哲理，任读者置身其中，去体会。我写《剃头匠老刘》时，就是源于生活中的一些细小事情，揭示人间的善恶美丑。

文学是现实的，与我们的生活息息相关。文学大师陈忠实坦言他为了写《白鹿原》，辞去工作，亲身回乡体验，还原当初小说中的真实场景。一代大师尚且如此，我辈更要遵从文学的现实，不能太脱离实际。我在写《华容街早酒》《父亲的菜园》《烧茶》等稿件时，都是在努力还原生活的点滴，以期达到共情。

文学是理想化的，憧憬着美好的未来。文学的理想化在于，我们是作者，我们的笔时刻能够改变剧中人物的命运，正如以前《故事会》中有一个栏目，就是让你帮忙写下故事的结尾，根据各人思想的不同，剧中人物的结局自然就各不一致，当然人们更倾向于一个美好的结局。

写作的窍门在哪里？

多写、多读。

多思多写，业精于勤。我们在读到《卖油翁》这篇文章时，记忆最清楚的恐怕是卖油老人说的：我亦无他，唯手熟尔。鲁迅先生也曾说过：文章怎么写，我说不清楚，我也不是什么天才，这是把别人喝咖啡的工夫都用上了。不言而喻，要非常勤奋地写作，在写的过程中就知道怎么写了，我不否认有写作天赋的，但是离开了勤奋也走不远。

当然，写作是辛苦的，是创造美的复杂的高强度的脑力劳动，属于脑力劳动中的重脑力劳动。长期写作的人，无不留下了诸如颈椎病、腰椎病、神经衰弱等毛病，但是苦中有乐，看到自己的文字在笔下流淌出来，时光有痕，岁月无恙，心路风光，自是无比高兴。

熟悉生活、多读多记。要想写出好的作品，闭门造车是不行的，必须有思考。思考从哪里来呢？从深度阅读中来，从生活中的独特感触和感悟中来。

生活是写作的源头活水，欲丰其流，必开其源。我们要写我们熟悉的生活。我每天读省公司内网"文学天地"里其他老师的作品，里面既有刚刚上班的00后，还有忙里偷闲的各条战线辛勤工作的同事，更有老骥伏枥的退休职工，从他们的稿件中寻找生活的真谛、人性的良善，受益匪浅。

多读书，广泛师承、博采众长，丰富自己的人文科学、社会科学、自然科学的各种素养，读书破万卷，下笔如有神；有时理论书籍读不下去，就硬着头皮看，看了几遍之后，就会有知识和语言的建构了；要熟读成诵，要想有益写作，必须对古诗文经典和现代文经典有个背诵的过程，重在培养语感，同时也能润物无声地将文学素养与意境化入心间。遇到好的语句，特殊的描述，不妨记录下来，自己遇到类似的描述，也可借鉴一下。

　　不吝笔墨，开放包容。自古有：文无定法。写作时一个是注重打开，另一个是注重规范和调整。实用写作属特有文体，有一定的要求；而文学创作，一般情况下，最忌讳的就是各种束缚，换一句话说，就是想怎么写就怎么写，语随意来、事随情走、情随景迁。

　　当然，这不是写作规律及文学创作原则及规律的忽视，而是达到一定程度之后的一种自然之境。相反，如果你迷信这个法则那个经验，只能是东施效颦，将自己的创作推进死胡同，毫无新意和美感。

　　激发灵感，浑然天成。要想写出好的作品，平时的勤奋努力必不可少，还有就是创作时候的灵感闪现，这点是所有写作者都苦苦追求的。苏轼所讲的"营度经岁""须臾而成"，就是灵感闪烁的最鲜明写照。灵感来临时的状态，用几个词语来形容就是："油然而生、轰然而至、戛然而止、浑然天成"。

　　灵感虽然重要，但是每个人对其捕捉和闪现的方式不同，只有立足实践，总结自己的经验，但有一点是相同的，那就是广泛师承、博采众长，长期的文化积累、艰辛的口耳磨合、高远的家国情怀，这样，才能下笔千言倚马可待，随心所欲又恰到好处。

　　借用陆游的《文章》：文章本天成，妙手偶得之。文学是千变万化的，帮我们不断拾起生活中遗留的碎片，用一线穿珠的方式留下生活中美好的回忆，愿你有那一双巧手。

刘青梅：
时光，在文字中柔软

　　刘青梅，湖北省作家协会会员、中国电力作家协会会员，供职于国网恩施供电公司。先后在《民族文学》《长江丛刊》等刊物发表散文作品十余万字。《村庄的牙齿》获第三十四届湖北新闻奖，散文《柔软的石头》入选《作家文摘》，《翻垭口》获2020《民族文学》年度奖，《十绣》获中国·郧西七夕文学征文大赛银奖。著有散文集《耕夫谣》。

我是一个业余文学爱好者，没有受过专业的文学教育，对文学创作本身，谈不上有独到、深刻的认知。但我以为，兴趣是酒曲，能让我们的爱好发酵并可能酿出醇香的美酒。文学，作为艺术之母，而散文作为文体之母，可以陶冶情操、提升思想、记录生活、检讨过往、记录时代，还可以是情感的营养钵、智识的蒸馏器、阅历的集装箱。

回到具体的写作本身，我想以我写过的两篇散文为例，谈谈我的创作思路、取舍、情怀。

2018年第1期《民族文学》刊发了我的散文《柔软的石头》，引起了读者较多关注。那是2017年去唐崖游玩，面对湖北仅有的两处世界文化遗产之一，我由惊叹而至心动，总想留下一点文字。写什么呢？一次游览显然了解不够，我决定再去，又接着去了两次。第三次去后，那里随处可见的石头，给我留下了深刻的印象。唐崖河两岸到处都是石头，张王庙里有石人石马石雕，十二代

土司王的墓碑也是石块堆砌的；蜿蜒在三街十八巷之间的是石头铺筑的道路，残存的城墙是大块小块的石头，壮观的牌坊是精美的石雕，更让人惊奇的是发掘的地砖，也是一块块打磨得光滑平顺的青石板。靠近后山，是当年的采石场，那里有比房子还大的石块，那些石块是聪明的工匠们把石头加热，采用灌注冷水的办法，将巨石胀裂分解的。而后山上布满石堆的田间，一棵棵桐子树正开出好看的桐花，地上落了一层细密的花瓣。看到这些，我反复地问自己，这些沉默的石头，究竟承载了怎样的民族历史，又忠实客观地铭刻了怎样辉煌灿烂的山地文明？

带着这些思考，作为土家族的后人，我开始对这座武陵山腹地的世界文化遗产，展开了既理性又感性的描述。石头本来是坚硬的，以柔软来定义石头，使我联想到土司制度的设立，从某种意义上说，在皇权一统天下的大背景下，是一种政治智慧的权宜之计。客观来说，如何实现各民族的大融合，

要以民族发展与民族团结为大前提，离开了这一点，任何民族政策都是有弊端的。而一定限制下的土司自治，让少数民族自己管理民族事务，这有政治上的平衡效果，也体现了民族政策的弹性。所以，这份柔软，让皇权与少数民族地区的民族利益之间有了缓冲带，一定程度上避免了双方对垒造成的两败俱伤。应该说，有了这个破题，我写得还是比较顺畅的，对祖宗留下来的非遗文化，有了自己的解读。同时，唐崖土司的鼎盛，是在十八代土司王覃鼎的带领下实现的，说到覃鼎，就不得不说他那位被诰封为武略将军夫人的田氏，正是她发展教育，办汉学，请汉师，传授农耕技术，等等，有力地辅佐了土司王。这对夫妇为唐崖的社会经济文化的发展，立下了不朽的功绩。因此，坚硬中的柔软，柔软中的坚硬，共同谱写了唐崖土司的华章。

此外，当看到玄武山上的夫妻杉时，我也有同样的感受，一根参天而立，虽经风雨剥蚀，仍显英武之气；一根相偎相依，尽显柔情万种。由此，柔软在这里再次得到诠释。正是这些石头，见证了土司制度的兴衰，也见证了历代王朝对民族地区治理的智慧。这些石头真正见证了民族纷争到民族团结、国家统一的进程，而我个人的小情怀，也得以上升为民族的大情怀，完成了作品在精神和心灵层面的升华。这篇文章有六千多字，是我在国家级期刊上发表的第一篇较有分量的散文，所以，我觉得写作的真正秘诀，是要深入生活，思考生活的真谛，写自己熟悉的事。

再如，2020年疫情期间，中国作协的领导打电话慰问，并嘱咐我写一篇反映村庄抗疫的作品。偏偏这风口，我又感冒发烧，度过了一段特别忐忑的日子。我便以自己和村民们抗击疫情的真情实景为素材，写下了亲历的乡村战疫片段。如何克服恐慌情绪，如何体现中国人面对危难同舟共济的精神内核？我决定老老实实写我、写我的父母、写我的爷爷奶奶、写村里的人，从一个家庭、一个村庄抗疫的剪影来表现民族抗疫、大国抗疫的果敢、坚毅、沉着、群体意识和力量。那段时间，老村主任每天冒着大雪，在我家屋边的垭口上用喇叭喊："大家都不要出门哈，老老实实待在家里，不害人也不要害自己。"寒天冷冻，老村主任的行动触动了我，让我想起无数次翻过的垭口，继而延伸到疫情之垭口、人生之垭口、家国之垭口。写下每一行字时，我都坚信我的祖国、我的城市、我的村庄、我的电力同人们，一定能战胜危难，我们的底气，来自团结一心、患难与共、坚韧不拔的民族精神。于是，便拟了《翻垭口》这个题目。这里面包含决心，也有希望。老实说，《翻垭口》能获得2020《民族文学》年度奖，和标题的寓意深远是分不开的。

好题半篇文，标题定了，思路就明晰了。当然，思想需要好的语言来表达。什么是好语言呢？我肤浅地认为是能把人写活、把事写明白、把意思表达清晰，让人看得懂、读得懂，就像山溪水，纯净清澈又哗哗有声。我们是多民族聚居区，各族人民在生活中形成了丰富鲜活的语言，只要我们走近他们，就会被这些生动的语言打动。

《村庄的牙齿》有幸获得第三十四届湖北新闻奖，并非我写得如何好，而是标题得到了认可。我写的是石磨，就是磨苞谷面的石磨。对那时的村庄而言，苞谷面是困难人家的主要饭食，对养活我和我的乡亲们，那重重的石磨真是像锋利的牙齿一样，帮我们将粗粝的食物嚼碎，让我们得以艰难地生存下来了。

一位资深的编辑朋友以《真情写作》给我的第一部散文集《耕夫谣》作序，特别在文末这样点拨我：如何将敏锐的触角伸向生活与时代的更深层面，与广大读者产生共情，给人以更多启发，使得作品更加厚重一些。这里，我把这句话分享给各位文友共勉！

陶晖：
岁月忽已晚，
写作要趁早

陶晖，供职于国网孝感供电公司。先后有多篇文章发表于《北京青年报》《扬子晚报》《国家电网报》《孝感日报》，出版个人散文集《如是观》。

其实关于写作，一切有迹可循。

出生在20世纪70年代的我，可以说是幸运地成长在纸媒和文学作品全盛时期。

那时没有手机没有网络，有的是各类作家奉献给我们的一部部好作品。各类文学文艺杂志也层出不穷。

我省下零用钱和压岁钱来购买《读者》《青年文摘》《女友》《小说月报》。

每天有书读的日子是闪闪发光的。

那时尤爱三毛这样的女人，行万里路，写有爱有温度有趣的故事。

我相信书中自有颜如玉。

彼时少女的我也满腹心事，觉得自己长得矮也不好看。面对心仪的男孩也只能把那份喜悦羞怯的感情放在心里，是书逐渐给了我信心。在阅读中，我知道那些文字是可以融化进我的内心世界的，它们让我有了小小的不一样。

是什么不一样呢？是我拿起了笔，开始把内心流淌的文字诉于笔端，投给行业报《湖北电力报》。

没想到，我的第一篇豆腐块般大小的文章被副刊编辑采用发表了。

那年我22岁。

这对我无疑是莫大的鼓舞，我看书买书更勤了。阅读已经是我生活中不可分割的一部分。

宋人黄庭坚说：一日不读书，尘生其中；两日不读书，言语乏味；三日不读书，面目可憎。

深以为然。我可不想让自己做个面目可憎的女人。

读书带给我无穷的乐趣。写作也是如此。

随着第一篇文章的发表，我也喜欢上了把一个个文字写在一个个小方格中的快感。它们奇妙地组合在一起，令我沉醉其中，浑然忘忧。

那是我在与另一个我对话交流。我发现我需要这样的时刻。这些时刻和那些书一同滋养了我。

这样当我在生活中遇到一些问题和难题时，没那么钻牛角尖，学会放下和释然。痛苦和烦恼也相应地减轻减少，不再苦苦纠结为难自己和他人。

在生活的真相面前，我们终将认清真相面对真相，然后一一解决甚至打败真相。

就这样我人生的年华进入了四字头。

我觉得女人最美最好的年龄就是四字头这个阶段。

在此前很久一段时间内我没有投稿。重新向原《湖北电力报》投稿后，又点燃起了我写作的热情和信心。

珍惜你最好的年华吧。我又开始了隐秘的快乐。

或许是经过了岁月的沉淀和洗礼，这时的我内心也奔涌着好多的话语，它们在心里孕育已久，急需一个出口。

没有比写作更好的出口了。

我的父亲母亲，我的朋友，我的生活纷纷出现在我的笔下，它们是《春将暮》，是《微尘众》，是《一年春事到荼蘼》，也是《霜降》。

写着写着我对写作又有了新的认识。写作不仅是灵魂的出口，也是救赎自己的最好方式啊。

写着写着我突然有了一个想法，那就是出一本属于自己的书。我一定要出一本自己的书。哪怕没有几个人会阅读它。

这也是40多岁的我可以实现的一个美梦。

这将是我给自己前半生最好的礼物，也是自己在世上来过的纪念。

我被这个想法鼓励鞭策着。

我一边整理现有的文章，一边加快了书写的速度。那些流年过往，那些停留在心上的故人，那些想永远记住的也将遗忘的。

那段时间的我，内心充实笃定。

终于在我45岁时，我实现了自己的梦想，出版了个人散文集《如是观》。

亲爱的胡成瑶编辑为我写了序。

正如她在序言最后写下的：无烦言，无

响笑，面目清朗踏踏实实地活在天地间，那是人应该有的最美好的样子。

说得太好太对了！字字珠玑。

人生在世不过百年，如白驹过隙。走到人生尽头时，我们该以什么样的面目告别这个悲欣交集的世界呢？该怎样活过才没有遗恨呢？

每个人的答案都不尽相同吧。

但我清楚地知道这也是我想做到的最美好的样子。

我想，通过写作与阅读，我们都会在人生修行中找到属于自己的最美好的样子。

写到这里，我特别感谢生活。我的文章皆来自我的生活。

我是个普通的中年女性，没有特别的资质和过人之处。这就注定了我的认知有限，文章平实肤浅，自我且小我。

但这就是我啊。我的天赋和写作能力决定了我只能书写自己的生活和感想。我没想过我也成为不了有格局有厚度有深度有使命的作家。

但做好对生活的记录未尝不是一个写作者最基本的功课。

是五光十色的生活，是平淡如水的生活，也是一地鸡毛的生活，更是如梦如幻亦如露的生活给了我们写作的源头和土壤。

生活是我们取之不尽用之不竭的素材，生活也是最好的老师。

用心生活，珍惜生活，感恩生活，生活中的人和事远比我呈现出来得更精彩更难忘。

面对让我悲让我忧也让我欢让我喜的生活，我由衷地想对它说：生活，你好啊！

如今迈入了五字头的年龄，看着镜子中的自己，我看到一张真实的有着岁月痕迹的脸，也是一张舒展淡定的脸。与20多年前的自己相比，我更喜欢眼前的自己。

岁月忽已晚，写作要趁早啊。

王慧荣：
文学的力量

王慧荣，供职于国网恩施供电公司。多篇文章发表于《脊梁》《北京青年报》《中国电力报》《国家电网报》和原《湖北电力报》等报纸刊物。

散文《奶奶说过的那些话》获得全国总工会第五届"书香三八"读书征文二等奖，湖北省总工会2017年"注重家教家风·培育家国情怀"一等奖。《孩子我能给予你什么》《亲爱的你呀》分别获得湖北省总工会读书征文二、三等奖。《心底有束光》获得首届"绿洲源"杯湖北省报告文学二等奖，入选国网湖北"三县一区"精准扶贫文学作品集《阳光的味道》。出版散文集《时间深处》。

凌晨5点30分，天微微亮，我轻手轻脚地起床，踏出小院，走进空荡荡的街道，地面散发着潮潮的泥土腥味。风扫在手臂上，有了丝丝凉意，哦，到底是秋天了。

匆忙间抬起头，一轮圆月安安静静地躺在层云中间，不远处亮着一颗星星，和月亮保持着不近不远的距离。

我有点紧张的心，突然就松了下来。

这轮照过古人照今人的月亮，这轮寄托人类悲欢离合的月亮，在这样一个初秋无人的凌晨，无声地安慰着我不安的情绪，给了我一股无所畏惧的勇气。

这勇气，是"长安一片月，万户捣衣声"，是"床前明月光，疑是地上霜"，是"举杯邀明月，对影成三人"，是诗仙李太白的"天生我材必有用"，是诗圣杜子美的"荡胸生曾云""一览众山小"，是诗佛摩诘居士的"行到水穷处，坐看云起时"……是这些响亮的名字留下的千古不朽的诗篇，是这些旷达的诗文佳句浸润

着的心灵，给予我不断突破自我、不断完善自我、不断冲破黑暗努力前行的力量。

这种力量，就是文学的力量。

我是家里最小的孩子，从小备受家人疼爱。每个夏虫争鸣的夜晚，一家人都会搬上桌椅板凳坐在院子里歇凉。而我，就跟涎皮虫一样，要么粘在奶奶腿上撵都撵不动，要么缠着爸爸泼皮耍赖，因为奶奶和爸爸每晚都会轮流着给我们讲各种各样的故事。

弹指间，几十年光阴转瞬而过，现在回想起来，文学的启蒙，是受了家人们的影响。那些年，爸爸长年在外工作，管我们的时间很少，但常会带一些电工类的图书回家，而我们姐妹都不爱看，相反，都争着抢着要看他珍藏的唐诗宋词、《隋唐英雄传》《三国演义》等文学书籍；他爱用毛笔抄写古诗词，我也跟着学；他和旁人讲上古神话传说，我躲在门后偷偷地听；他一边织着渔网一边听戏曲，我也经

常听得忘了神。不经意间，那颗叫文学的种子就这样被悄悄地种下了。

一年一年，我慢慢地长大，工作、结婚、生子，断断续续地读着一些喜欢的书，在一地鸡毛的尘世里为了柴米油盐奔波，也曾试着写过一些文字，但总归不是老天爷赏饭吃的天赋性选手，也并非勤奋好学的人，仅仅凭着一己之喜，散漫地在时光里游走。自然，埋在心里的种子也还只是一颗种子。

时间的光轮轻易地滑到了2015年。多年来鸡飞狗跳马不停蹄连轴转的日子，在那一年有了停顿。我的时间多了起来，踩着点上班、吃饭、管娃、睡觉，每天过着千篇一律的日子，感觉自己变成了一块行走的腐肉。后来一个偶然的机会，跟一个长年搞创作的朋友聊天，他说你为什么不写点什么呢？

是啊，为什么不写点什么呢？

于是我开始提笔，写下了《曾祖父的江湖》《行走遇见》《时光留不住》等散文，刊发在了《湖北电力报》的副刊头版。

这给了我莫大的鼓励，孕育了多年的文学种子终于开始发芽。而我也在边学习边写作的过程中，体会着每一点进步带来的快乐，感受到了文字带来的新鲜蓬勃的力量。

然而也是那年，《湖北电力报》停刊，报社在停刊前组织了最后一次笔会，我有幸被邀请参加，结识了更多爱好文学的同路人。在创作的道路上，我和他们结伴而行，相互打气、相互切磋、相扶相携。

同时，国网公司丰厚的文学沃土，也催生着我心里那颗文学的种子快速成长。

2016年，湖北公司举办文学创作培训班，请来了赵瑜、任林举、潘飞等众多名家大咖为我们授课。这次培训，让我从文学的自家小菜园走向了文学的大森林，自我认知和思维得到了破局和提升。

这是一种悄无声息的成长，带着自我否定的疼痛和触不可及的无奈。在这种爱恨交织的复杂状况下，我一次次否定自己，又一次次从文学里找到力量。

我在文学里疼痛，又在文学里享受着这种疼痛。

痛并快乐的日子转眼到了2019年的6月。

那年的太湖，风光旖旎，迎接着中国作家协会鲁迅文学院第二届电力作家高级研修班的各位师友们。也就在这太湖之滨，我遇见了来自全国各地电力系统的作家们，遇到了文字背后的他们。我们以文学的名义相聚，聆听了在文坛颇有影响力的40多位名家名师的精彩授课。得以与鲁迅、茅盾、冰心等文学奖的获得者们相逢，得以与那些名字经常出现在报刊上的作家交流，得以又结识了一群志趣相同的文学友人。

而文学也没有辜负我，让我不断获得成长和突破。我的多篇散文获得省部级奖项，作品先后登上了《脊梁》《北京青年报》《中国电力报》《国家电网报》等纸质媒体。我同时也尝试着写剧本，拍微电影，获得了多个奖项。

从太湖回来不久，好友灰灰说，把你的作品结集成册吧。说干就干，我快速整理作品，联系出版社，签约。历经了疫情席卷全球彻底打乱生活秩序带来的各种困难和无奈，差点儿放弃，又在文友们的鼓励下积蓄力量，在自己的字里行间找到力量，咬咬牙坚持了下来，最后便有了《时间深处》的出版。

世上的路有很多条，而文学之路，说宽又宽，说窄又窄。如想把窄路走成宽路，无他，唯思唯勤唯写，唯长年累月坚持……

郑翔娣:
最美好的相遇

郑翔娣，中国电力作家协会会员，供职于国网鄂州供电公司。记录生活点滴，抒写生活感悟，用心感受文字的美妙和魅力，多篇作品发表于《国家电网报》原《湖北电力报》。作品《大爱铸就信仰》获省公司2016年度"中国梦·国网情"职工优秀读书征文评选三等奖。

我爱用文字记录人间烟火、描述世间美景、思考人生意义、表达喜怒哀乐……那沉浸在文字中畅想、抒情、思索、探寻的过程令我欲罢不能。细细回想，我是何时与写作结下的缘分呢？

我天生是个多愁善感的人，常常会心泛感动、思念成灾，很多时候，我需要找一个无人的角落，静静地吐露心事，不需要倾听，也不需要安慰，只想安静地任由心灵无声诉说。儿时，每每这种时刻，可以肆无忌惮地号啕大哭，随着年龄增长，我学会了控制情绪，可成年人的情绪也需要宣泄，于是，我开始尝试用文字记录心情，在字里行间抚慰心灵。所幸从小对文字的热爱和敏感，让我重新打开了精神世界的新大门。

20多年前，19岁的我独自踏上鄂州这片陌生的土地，从武汉的母校出发来鄂州，行囊不重，但眼泪却很多。那个年代，除了书信，其他通信方式都不发达，我工作的地方又十分偏远，于是，我便开始写日记，以打发无聊的时间。无数个孤独的夜晚，在一盏昏黄的灯下，我用一支笔记录了思念和乡愁、失落和哀伤，还给远方的父母亲人、朋友同学写过许多书信。如今翻开那些往日的日记，笔触青涩稚嫩，有点为赋新词强说愁的意味，不禁哑然失笑。年长的同事见我经常写写画画，便建议我往单位自办的内部刊物上投稿，我很忐忑地发了一篇小文过去，没想到竟然被录用了，这大大增强了我写作的信心。我一个外地小姑娘的名字出现在单位内刊上，认识我的同事渐渐多起来，我也因此结识了很多同龄的朋友，也有些志趣相投的同事，不时与我交流心得，我的生活变得不再那么单调枯燥。

这之后，我把写作当成了生活的一部分，并尝试着往更多媒体上投稿，承蒙编辑老师们的厚爱，也有一些文章变成了铅字见诸报端。记得我第一次往原《湖北电力报》投稿时，对自己的文章特别没信心，想着自己写的都是小人小事，怎能与省级报刊扯上关系呢？没想到我的一篇题为《曾经的一次善举》小文被刊登在原《湖北电力报》副刊，自己的文章首次变成了铅字，这成了我写作历程中的里程碑事件，激动的心情无以言表！

我很幸运，国家电网公司历来重视精神文化建设，创建了《脊梁》等优秀刊物，湖北公司内网主页还专门开辟了"文学天地"专栏，这里云集了系统内众多优秀的作者。随着写作的时间越久，我认识了更多的良师益友，从他们的作品中汲取了更加丰富的营养，甚至聆听到了很多国内知名文学作家讲的课。他们带领我触摸到了更加广阔的文学天空，是我人生中的一笔宝贵财富。在各种养分的滋养下，我的文章相对当初的青涩稚嫩有了深度和广度，成熟了许多，如果一段时间疏于写作，还会收到来自朋友同事们的期待："什么时候再出新作呀？"能得到大家的认同，对我来说，是坚持写作的巨大动力。

如今想来，在写作这条路上我已经坚持了20余年，最大的感受便是，无论写什么，都要有真情实感，首先要打动自己才能打动读者，世界之大，生活百态，哪怕记录每一个微小的事件，只要倾注于作者的真情实感，便与读者有了心灵的链接和共鸣。作为一名作者，要不断地向书本学、向经典学、向古今中外的伟大作家学，向身边的优秀作者学。三人行，必有我师，一路走来，我十分庆幸遇到了这么多的良师益友，与他们探讨交流、共话文学，真是人生一大乐事。最后就是坚持不懈，写作是一件极其辛苦的事，在这样一个浮躁不安的时代，能沉下心来写作更是需要很大的定力，但我相信对于一个热爱文学和写作的人，更享受的是文字直抵心灵的默契和美感。那些无法用语言表达的感受，我们可以用文字来抒写；那种酣畅淋漓的表达，会在一篇文章结尾时让我们欢呼雀跃。

写作，于我已经成为一种必需品。遇到开心的事，想用文字来记录；看到温暖的场景，想用文字来描述；对生活的感悟，想用文字来表达，更不用说用文字来抚慰我的悲伤、亲吻我的痛苦、倾诉我的思念……点亮一盏小灯，在静谧的夜色里，任由一个个文字在笔尖跳跃，与灵魂自由对话的感觉真是太美妙了。每每这样的时候，我便无限感恩，感恩生命让我与文字、写作、优秀的老师和文友，与那些一路支持我鼓励我的朋友同事，与这世间所有美好的事物来了一场最美好的相遇。

周双双：
我们为什么要写作

周双双，中国电力作家协会会员，供职于国网黄冈供电公司。多篇作品发表于《国家电网报》和原《湖北电力报》。《战在高原》曾获湖北省"红色印记"报告文学一等奖，《春天的期待》获短篇报告文学一等奖。

人为什么要写作呢？

当代著名作家王鼎钧老先生给出了两个理由：第一，写作能把"苦"冲淡；第二，写作能把"幸福"留下。

我是一个文学爱好者，不经意与写作结缘。30年来，写作于我是一件好处多多的事。正如王鼎钧老先生所说，冲淡了"苦"，留下了快乐和幸福，我有三点体会。

之一，因工作而写，苦中有乐。我自参加工作以来就在单位搞党务，负责新闻报道，不得不写。像我这样因为工作的缘故开始拿笔写作的人一定非常多。作为地地道道的理科生，我一开始就把自己定位为一名业余作者。这样，即便写出的文章太差也不会被人笑话。

我最初写新闻是照着报纸生搬硬套的。标题、导语、主体、结语永远在模仿，无法实现超越。那时候没有电脑，完全是手写，好多次写了撕，撕了写，熬夜是常有的事，下笔无神苦不堪言。我很幸运地被单位推荐参加了全市的新闻写作培训班，不仅有老师的指导，还得到一本新闻入门书《怎样当好通讯员》，这本32开178页的书成为我采写新闻报道的工具书，至今摆放在我的案头。书已经被翻烂了，最后两页工工整整写满了笔记，还十分清晰。

成为通讯员后，我陆陆续续参加了原《湖北电力报》的很多培训，下发的书籍和优秀作者写的文章都是我的学习资料。对于一个写作者，读书是必需的，所谓"读书破万卷，下笔如有神"。总有可学之人和可学之文，让你始终保持学习的心态，这也是写作者的快乐。

新闻要新，作为通讯员必须勤奋，要保持高度的"警惕性"，不放过每一个新闻线索。还要善于用一双发现的眼睛，从一线员工那里汲取无尽的灵感，将他们真实的故事和感人经历变成自己创作的灵魂。经历过抗洪抢险、风灾雪灾和农网改造等电网重大事件后，我写的长长短短的报道经常见诸报端。哪怕在报纸的中缝，只要看到自己的名字，我就像被老师点名表扬的学生，所有的苦都转化成了甜，都是对工作和生活充满激情和希望的幸福感。

之二，为职工抒写，乐在其中。我喜欢为职工抒写，写那些有故事的人。与职工接触得多了，见惯了他们勤劳、勇敢和朴实，我总是不由自主地想用文字将他们感人的瞬间记录下来。

2020年9月，我参与省公司新基建新风采职工文学采风活动，到西藏拉孜县采访省公司参与阿里联网工程的建设者。其中有位采访对象是项目部安全员严锋，曾是名坦克兵，从部队复员后成为送变电工。他说话简单直爽，有两句口头禅是"怕什么呢"和"那有什么呢"。只要不涉及工作上的事，他都是用这两句来回答我。采访他本人想获得素材难度很大。

王鼎钧老先生总结作文有六件要事：观察、想象、体验、选择、组合和表现。领悟到其中的精髓后，我对严锋采取天天跟随他"现场说法"的方式，听其言观其行。只要到了现场，严锋就像换了个人，如数家珍般叫出每座塔的名字，讲哪一座塔组立时遇到过风雨，哪一座遇到过塔材运输困难，哪一座塔下他们顶着风沙吃过饭。

我在报告文学《战在高原》中这样写道："……铁塔下，他很细致地帮工人们整理安全帽，检查安全带，就像母亲检查孩子上学的书包，神情专注……"三年后，每读到这里，高耸入云的铁塔下安全员严锋严肃认真的样子，还会深深地打动我。

这些年，我写过普通农电工的大别山民俗情怀，写过五位女班组长服务的赤诚，写过老工会干部摄影的执着，写过女供电所长李红玲等，见诸报端的文字是我对每一个平凡电力人的敬意。我笔下的每一个人物都与我深入地交流，彼此成为朋友。每次抒写都像在攀爬一段陡峭的山路，我在艰险中从未胆怯过。作为业余作者，我的功力不够深厚，每一次创作都会累到脱力，但每一次完成创作后又无比愉悦，累并快乐的体验让人欲罢不能。

之三，写作成为习惯，其乐无穷。一件事情坚持久了，会成为习惯。写作也是一样，几十年坚持下来，它已成为生命中的一部分。如果说照片留存一个人的容貌，那么文字保存的就是一个人的内心。

文字是个好东西，想说又说不出口的话、心中的爱恨情仇都可以肆意地表达，就像另一个真实的、勇敢的、坚定的自己在笔下鲜活起来，与你坦诚交流。用纪实文学写工作之外，我也用小说和散文随笔来写生活，写亲人写朋友、写心情写现实、写读书心得写旅行记录，写网文小说。这时，我是另一个我，没有条条框框，没有琐碎繁杂，只有诗和远方。我把这样的文字放在博客里，放在网站上开辟的文集里，现在又放进自己的个人公众号里。生命过程中的点点滴滴都变成了文字，变成我与自己的不离不弃，不为成名成家，只为活得真实，乐此不疲。

随着年龄的增长，写着写着，所有的日子都明亮起来，所有的人物都清朗起来，我不盲目追求什么，也不刻意逃避什么，找到了自己生命的价值，面对再多的苦痛都能放声歌唱。

梁晓声说："读书的目的在于，当你被生活打回原形、陷入泥潭时，给你一种内在的力量。"写作何尝不是这样，即便什么也没有了，你还有笔还有书写的力量，这便足够。这些年工作单位在变，工作岗位在变，唯一不变的是我对于文学的坚持。职场中起起伏伏，生活里忙忙碌碌，有时疲了倦了，文字能让你变得宁静，就像心荷上晶莹圆润的小水滴，剔透着你的心。

读小学的时候我悄悄做过两回"大事"，把自己的作文寄给《少年文艺》。当然被编辑退了稿，退稿信里夹了一张书签，上面写道："满纸荒唐言，一把辛酸泪。"

这句诗后面还有两句是："都云作者痴，谁解其中味。"我用30年解读这首诗，虽然悟得还不够深刻透彻，但是爱好写作的人一定懂得，每当你凝眉静思时，虽入无人之境，内心却无比丰盈。享受用文字搭建舞台的滋味，幸福妙不可言。

李绪祯：
草木赋予我力量

　　李绪祯，中国电力作家协会会员，供职于国网随州供电公司。多篇稿件刊发于《国家电网报》《湖北电力报》，在省公司内网开辟"万物有灵且美""儿时水果""中国农具"多个专栏。作品《规范的数字化档案》获全省"奋进新征程·兰台谱新篇"主题征文优秀奖。

写作之于我，是一种救赎，更是一种获得心流、高效专注的时刻。

第一篇稿件在原《湖北电力报》刊发后，我觉得文字似乎自带魔力，看到编辑老师对我稿件的修改，我一点点积累经验，无论是标题，还是标点，抑或是一个字的替换，都让我受益匪浅。

记得有一篇写母亲腌制酸白菜的文章，我开始写的是"不嫌累"，编辑老师改成了"不嫌苦"，当时读完，立刻浮现出母亲在大冬天艰难地将大白菜一捆一捆提回家，去掉老叶，在寒冷的水中清洗，然后晾晒、腌制，一个"苦"字则意境全出，不像开始的"累"，只让人觉得平淡。

我的散文多写生活中的小事，看到的文章，一句暖心的话，或者一本一读再读的书。

2021年年底，编辑老师向我约稿，定下主题"万物有灵且美"，让我写十种植物，当时我正在来单位的路上，抱着孩子，给老师回复：好。

脑海中迅速跳出最熟悉、与生活最接近的十种植物，赶紧记到手机的记事本上，害怕转瞬即忘。

当时孩子1岁多，还未上幼儿园。年底时又接到通知，有可能在2022年1月进行技师实操考试。

每天完成工作后，先把孩子哄睡，再复习技师的题目，然后抽空完成了十篇初稿，写了桂花、荷花、紫薇、槐花、红薯、栀子花、香菜等。

修改后发给胡老师，她说写桂花那篇应该再加上一些关于亲情的素材，可以添加一些孩子对母亲的依恋。再次修改后，陆续刊登在内网的"文学天地"栏目。

临近元旦，第一批考试的名单公布，我好像排在了最后一期，大约在十几号，整个人焦虑得不行。背书前面背后面忘，临睡前，想起父亲曾带着我们一起种过水仙，决定重写。以前的内容差不多删完了，只保留了开头的一些诗句，以及父亲带我和妹妹捡石头，母亲每天控水，我们全家都期待水仙花开等内容，写完后，我又记起一家人沐浴在太阳下，看到窗边初开的花朵，每个人脸上都洋溢着喜悦。

那是一朵花带给我最真切的美，也是这朵花带给全家人对生活的希望和期盼。

晚上陪孩子睡着后，我才能在被子里改稿子，改完后，我流下了泪，有对逝去父亲的怀念，也有重燃的希望。备考的焦虑也一点点地消散。

因为疫情，刚考了一期就暂停了，当时我看书有些看不进，觉得每天都有两个自己在打架，一个说快背，时间宽松了就是对我们最大的福利，一个说等考试前再背吧，现在背考试前都忘了。

跟扯锯一样，一个拉过来，一个拉过去。疫情封控的时候，正好是清明节，我终于完成了怀念父亲的稿件，这篇稿件下笔写了几次，都因为太过悲痛而搁置，当我看到"如果每个人都是一颗小星球，逝去的亲友就是身边的暗物质。我感激我们的光锥曾彼此重叠，而你永远改变了我的星轨。纵使再不能相见，你仍是我所在星系未曾分崩离析的原因，是我宇宙之

网的永恒组成"，才慢慢释怀，也有了再写下去的动力。

一直到5月底，我们才考试。4月的一个周末定好复习计划，可就是静不下来，总想看手机，生怕错过了朋友圈的信息，焦虑如影随形。母亲周末带孩子，还要给我做饭，我却看不进一个字，每天都在懊恼中度过。

一天看到蓬蘽的图片，忆起儿时在田边吃过这种水果，一下子打开了记忆的闸门，决定写下儿时的水果。

敲击键盘的时候，我慢慢地找回了本心，写了柿子、葡萄、板栗、蓬蘽、桑葚、枇杷、杏子等。

在写稿的时候，我获得了心流，那是一种无法用言语描述的愉悦，似乎忘了时间，只有如飞的键盘以及内心的平静与安宁。

虽然仍担心考试，但紧张的同时，更有了一种坚定的力量，我想这就是植物赋予我的力量。

5月13日到武汉参加副刊会，当时我写下这句话：对着一朵花，望着一棵草，抚上一粒果，摘下一片叶，透过阳光，我能看到生

命的脉络，也能看到绿色的力量。

草木带给我巨大的能量和改变，如果没有凝神拍花排解等待的焦虑，如果没有静立欣赏抚慰内心的不安，如果没有抬头仰望树木的空隙，我想生活一定如紧绷的弦，随时会断，是草木赋予生命更多的意义。

马一浮先生曾说"已识乾坤大，犹怜草木青"，喜爱花花草草的人，总是格外温柔。须知万物皆有灵性，一枝一叶、一草一木间，我们一定要爱着点什么！

即使只有片刻的回望与陪伴，自然的美足以让人流连忘返。

因为孩子吃饭总是拖拉，而且还剩饭，我想起帮外公外婆做农活时的艰辛，决定写现在已不多见的农具，想等孩子大一点读给她听，让她明白粒粒皆辛苦，也让她知道劳动的付出才能换来粮食的丰收。

我选了十样农具，查资料，再结合儿时做农活时的经历，写了"中国农具"系列。标题长长短短没有统一，刊发时，胡老师将标题都改成了统一的七个字，以后还需要在标题上多下功夫，因为好标题不仅引人入胜，更能一窥全文。

2023年，因为育儿和家庭的压力，我慢慢迷失自我，沉迷网络小说，写稿也不积极了，还犯了大错：因为驾车分心，出了车祸，造成母亲骨折。现在我每天早起做早饭，晚上下班后给母亲洗澡，所以写作的时间越发少了。

但是规律的生活，让我渐渐走出了焦虑与抑郁，当我为了寻找盛开的牵牛花而往返乡间的时候，看到路边葳蕤的野草，看到蓄势待发的稻谷，我明白，植物赋予我的力量将我一点点拉回了原本的轨道。

虽然生活有诸多磨难，但花草总能给心灵以滋养，现在我决定写蔬菜系列和《诗经》系列。

时间总是不够用，但时间又像海绵，挤一挤，总会找出写稿的时间。

夏琦：
悲欣交集的时候，
我总想到它

夏琦，供职于国网襄阳供电公司。多篇文章发表于《国家电网报》《湖北电力报》。散文《我家的"传家宝"》荣获全国第五届"书香三八"读书征文活动优秀奖；《师徒情》评选为2021全国报纸副刊年度精品（一等奖），并收入《中国报纸副刊作品集萃》。

我曾在重庆美术馆看过一次画展，很欣喜。画家已百岁高龄。他描述创作经历时，有一段话很触动我。

他这样写道：我喜欢画窗外，静静地画我看到的，一张接着一张画下去。没有寓言，也没附加于其上的幽默、戏剧性、激情、感伤，用这样一种疏离、淡漠的态度来描绘日常生活。

相同的是，我的文字也是日常生活的平实记录，笔下记人事、描风景，字里行间多是人间烟火气息。那些熟悉的，又或是一面之缘的人，但凡觉得印象深刻的，我都会随手写来；不同之处在于，大家的作品往往少雕饰，而我的记录更像是一种流淌在笔尖的情绪宣泄和情感的表达。时而欢喜，时而感伤，随心随性跃然纸上。

这种情感的真实流露，不全是坏事，也得到读者"读来颇有情趣"的反馈，便又有了提笔的冲动。再则，写作不用张口便能与人分享心情，这种感觉真好。

1999年，我中专毕业后在广告公司当学徒。常常为一个广告创意抓耳挠腮到半夜，甚是伤脑伤肝。在之后文学创作的过程中，此情此景经常重现。

为了创作顺利，我经常泡在新华书店，蹭平面设计的专业书看，偶尔也翻翻文学书架上的小说集。慢慢地，蹭得不过瘾，就全买了回去。在那些优秀小说作品中，我记住了邓一光、林希、严歌苓、刘醒龙等一众作家的名字。够味的文章，都读过不下于十遍。每翻阅一次，文中那些角色的性格便清晰几分。渐渐地，从最初的线条丰富到血肉，再到脸上的表情神态，故事在我脑海中如同放电影般，随着情节的跌宕起伏一帧帧闪过，画面感十足。

而这段看似机缘巧合的相遇，打开了我写作之路的大门，更激发了我对文学创作的热情。

如果说，表达内心是走上写作的初衷，那这次与小说的心灵碰撞便是点燃初衷的那团烈火。

我开始尝试，在生活的细节里去捕捉一些突如其来的灵感，来调动创作激情。也许是脑中闪现又转瞬即逝的一句话，可能是熟悉的人的某些事情，又或者是遇到一个场景或抽象画面。总之，凡有所触动的元素，我都会随时记录下来。再来寻找合适的机会，将其激活。

手机还未普及前，我先记在小纸片上，整理后再写在笔记本上。后来，手机的备忘录便成了我的"idea仓库"。生活感悟、流行金句、读书文摘、随笔小记这些分类文件夹里每个月都会更新十几条信息。也有当时灵感突现，如行云流水般即兴写完的作品，但大多数的想法和未成形的创作都趴在备忘录里，弃了两三年的也有。比如，从37岁圣诞夜那天，我开始动笔给自己写个自传；到如今，离退休也没几年了，仅写了不到一千字的开头。

2003年，我参加招聘进入供电公司，成了一名基层供电所的电工。

从城市生活突然转战到广阔的农村，接触从未接触过的一片新天地和陌生的人事，对我来说，是难忘的一段经历。其间，有惶恐、孤独的不安情绪，也有欣喜、好奇的新鲜感觉。

就是这样一种复杂情感的互相交织与推动，在某天的某个时刻，我突然萌生出写一些关于电工从业经历的随笔。

创作是件需要趁热打铁的活儿，而最重要的是必须刻画好电工的形象。怎样才能让电工形象鲜活地跳出来呢？我所想到的第一个画面就是我工作时的场景。从下乡抄表、上门收费到营业厅的优质服务、战高温斗酷暑地紧急抢修……这些都是生动有趣的素材。到后来，不单描绘人，连乡间的花草树木、鸡鸭猫狗，凡是有趣的，我都会写。

麦家曾说，小说家应该是三轮车夫，一路骑来，叮当作响，吆五喝六，左右四顾，可见可闻，可感可知。这个比喻形象也贴切。虽然我还离"家"很远，但基于前辈们的启发，我开始骑上我的三轮车边蹬边吆喝，边回忆边记录。起初，那些十几年前发生过的零碎片段只有淡淡的影子，就像一颗颗散落在地的还未打磨的珍珠，毫不起眼。随着框架的搭建和主线的贯穿，便越写越顺畅。到后来，一条珍珠项链便逐渐显形。我希望它在读者的心中是闪亮耀眼的。

有段日子，我一个月内完成了四五个小短篇。我不擅长用华丽的辞藻，也不懂结构章法，只是本能地用了最质朴、平实的叙述，将多年前的那段初为电工的难忘岁月像放幻灯片一样，以第一人称的视角娓娓道来。

我笔下的小说人物，在现实中也多有原型，一部分就是原汁原味的记录，只用改个名换个姓。我笔下的那些欢乐，倒不全是真实情感的表达。任何人的生活在幸福满足的同时，或许都藏着诸多的不如意。于我，能在寒冷里学会憧憬温暖，在困难面前勇于寻找小确幸。仅此足矣！

只是到如今，这种态度，与苦难和解的能力，我依然没有。

我创作的《我在供电所当电工》《村里的动物们》《多收了三五分》《夯实群众基础》等供电所系列题材的小小说陆续在省公司内网"文学天地"栏目上刊登。其间还穿插着《反转》《超爷》《陈三儿》等关于人物特写的作品。

从此，我对文字的态度，多了几分虔诚，少了几分随意。以至于时常为一段小说的开头斟酌良久，直到写出自己最满意的方才罢休。

2022年，我的生活变成了两点一线。我常常把自己宅在家里，不看窗外风景，偶尔翻翻书，但几乎不提笔。疏离淡漠，冷眼旁观的态度虽然不错，但不是我真正想要的。我还是希望通过自己有温度的文字，带给人以温暖，教人积极向上。

创作心得

余欢：
在文字里，
一切终有回甘

余欢，供职于国网湖北超高压公司宜昌运维分部。一个打算来人世间使劲体验喜怒哀乐的过客，偶尔消极颓丧，大多时候积极阳光；唯一不变的是对生活的热爱和执着，在有限的生命里，过无限广大的日子。多篇作品发表于《国家电网报》、省公司内网"文学天地"。

夜凉如水，月明星稀，失眠不期而至。

每当睡不着时，我就拿出手机阅读自己在QQ空间、个人公众号、博客、小红书等平台上发布的文字。从会写字开始，我就保持着记录生活的习惯，写了好多个笔记本；有了社交平台后，手写文字被键盘敲字代替，不知不觉也积累了大量的文字，可供打发无数个失眠的夜。

成长的路总是磕磕绊绊，惊喜交加，甚至惊心动魄，每一天，都是新的一天。当所有的开心、难过、失落、悔恨、激动、愤怒等情绪通过笔尖传递到白纸上变成黑字时，似乎一切都有迹可循。我渐渐平静下来，甚至能置身事外，冷静地看待发生在自己身上的林林总总，思路变得越来越清晰，顺藤摸瓜找到事情的本质，也能顺着脉络看到事态的走势，然后，一切烟消云散。勤记日记，让我学会了冷静思考，也找到了一把窥探自己内心世界的钥匙，现在回过头来看，那时的日记更是当下迷茫时寻找来时路的指南针。

长大后的生活是平静且一成不变的，当我越来越怠于去记录和表达时，内心很恐慌，仿佛是在做噩梦：在浓雾里看不清方向，想要拼命抓住什么，却总也抓不住；想要追出去，却又不知道该往哪个方向去追，只能站在原地打转，彷徨无措、惊恐万分。于是，我又试着拿起笔，想要循着痕迹去抓住点什么。当下没有什么好写的，就回忆过去，感谢自己写日记的习惯，我完全不用担心在回忆宝库里找不到素材：儿时生活的地方，那条熟悉的小路，那片纯白的梨园，那座被珍藏了欢声笑语的小院、那些日常出现在梦里的人儿……都成为我的写作对象，从决定拿起笔开始写，有时候睡不着就起来敲键盘，通宵写作的事也发生过，写了不到一年，居然有24篇关于故乡的散文汇集成册，在30岁生日那年，我把这24篇散文编辑成册，命名为《故乡》，当作送给自己而立之年的生日礼物。

老公送给我的礼物是欧洲13日游。我对生命本身抱着一个体验派的心态，什么事我都乐意去尝试，什么人我都敞开心扉去接触。13天下来，我匆匆游历了10个国家，回来又废寝忘食地敲字，11篇游记出炉，图文搭配，记录自己走过的每一个地方，发生的每一件温暖人心的小事和每一个带给我心灵的震撼，值得我去感恩和学习的人。很感谢那一段经历，也感谢自己让那段经历变成文字，让我从回忆过去，转到过好当下，每一个闪闪发光的日子，都是生命的馈赠啊。那一年也不知道是不是什么开关被打开了，文思泉涌，一有空就敲字，有时做梦脑子里都是键盘声，公众号频繁更新，公司的宣传工作也做出了一点成绩。

后来偶然邂逅"文学天地"，顿感"他乡遇故知"的喜悦，抱着试一试的心态投稿，第一篇文章《走进王维的诗意人生》得到编辑高度赞誉。精神上受到极大鼓舞，创作更加进入井喷期，什么都想写。从身边的人着手，把外公外婆、爹妈舅姨、兄弟姐妹、老师同学、领导同事，甚至是从身边走过的陌生人，都写了一遍。这些人在我的笔下成为一个个鲜活的、立体的、带着强烈个人色彩的"传奇人物"，从此我看身边的人都不再是一个简单的人，而是随时可以为他著书立传的个体。有朋友说看到我笔下的他，让他有了面对困难的勇气，他都不知道原来自己这么优秀；有同事还专门感谢我，说我为他写的人物通讯对他的事业产生了正向推动作用，这些事都让我感受到文字的力量，也激励着我继续写下去，为别人的生命加油喝彩，甚至能添砖加瓦，也不失为一桩美事。

30岁的创作井喷期后，我欣喜地迎来两个小生命，因为精力有限，写作一度中断。在陪伴他们成长的过程中，从手忙脚乱到游刃有余，当心有余力时，我开始记录孩子们的成长，他们的一言一行、一粥一饭、人生第一次、每一步成长和惊喜，陪伴了我一个个失眠之夜，一边敲字一边嘴角上扬，仿佛重新过了一次童年，内心每天都被填得满满的。我从一个旁观者变成参与者，文字里充满爱与陪伴带来的幸福甘甜，感谢孩子们让我感受到生命的奇妙，每一天扑面而来的新鲜感，化成一个个生动活泼的文字时，所有的辛苦付出都甘之如饴。

自从加入了"文学天地"的大家庭，每天读上面的文章，常常被感动，心灵受到极大的震撼：原来一段往事可以写得如此荡气回肠，一部电影可以解读得精妙绝伦，一个故事可以曲折婉转，一棵树、一朵花、一把艾草、一本书……都在作者的生花妙笔下变得与众不同，被赋予了生命力和感染力。读得多了，没有激起斗志，反而给我读自卑了，看别人写得那么好，在一堆高人中越发显得自己浅薄和稚嫩。写作有时是一件枯燥的事，也很磨人心志、熬人心血，加上自卑作祟，急于求成不得要领，又进入倦怠期，直到在文学群里结识江老：一个已经退休的长者，依然笔耕不辍，坚持输出。江老用朴实且坚定的语言告诉我：写作没有什么捷径，多读多思多动笔，唯此而已。

夜已深，一天又过去了，常常觉得时间过得太快，想要抓住却总是徒劳。那就去写作吧，世间很多美好，看似触手可及，实则转瞬即逝，唯有经过文字的酝酿和打磨，才变得真实可感又弥足珍贵。

张灵敏：
心有灵思敏于行
笔随心走记流年

　　张灵敏，供职于国网湖北综合能源服务有限公司。多篇散文发表于《国家电网报》，省公司内网"文学天地"。

古往今来，文阵雄帅们的锦绣文章，留与后人倾慕。我喜欢文字，从小就知道，而且喜爱得极为浅薄，看到美的文字，就欢喜。

何谓非典型工科女？就是文科属性却选了工科，一颗红心两半分，一半存实业兴邦、经世致用的谆谆教诲，一半藏无法抑制的风花雪月、伤春悲秋。

工作归属规划建设口，主打我的青春谁做主，钢筋水泥混凝土；我的青春不一般，配变电线钢管杆，一颗玻璃心也炼成了玻璃钢心。好在，我做事，一向是在主体规划下自由发展。先人"上马击狂胡，下马草军书"，何等英姿！我怀揣一颗赤子心，一半踏实干事，一半醉心文学。

起初，我不敢动笔，只是观望，悄悄围观别人的佳作，尻不是一天两天的事。

当年在大学，整日泡图书馆，人文社科是我的主战场。往往复习最紧张的时候，看书更为迅猛，啃完一章专业书定要翻完一本杂书平复心情，一天能干掉好几本，可见多么囫囵吞枣，末了感慨"写得太好了"。岳麓山下湘江之滨春秋四年，愣是没攒够下笔的勇气。

自媒体时代，去看看网易云村评论，去搜搜知乎专栏，去瞧瞧微信公众号，文笔好的大神太多了，我委实不敢下笔。工作后，振振有词业务繁忙压力大，不过是掩饰内心怯懦的托词。

《山月记》中诗人化身成虎：因为害怕自己并非明珠而不敢刻苦琢磨……如今想起来，我真是空费了自己那一点仅有的才能，徒然在口头上卖弄着什么"人生一事不为则太长，欲为一事则太短"的警句，可事实是，唯恐暴露才华不足的卑怯和厌恶钻研刻苦的懈怠，就是我的全部了。

一件事最难的是开始，与其纠结写得好不好，不如下笔去写。先做了再说，做不了桂林一枝昆山片玉，能当幽草一束沙石一粒熏沐其中也好。

学生时代，正统应试大作文拿得出手的少，倒是平日里有些四六不着调的文章常被老师品评。我了悟，写文随心即可，而今束缚不多，又多了自在二字。有时我想发泄，有时我在安抚自己，有时我要说服自己。

我们工程口的，忧思劳惧，精神内耗极为严重，时而踌躇满志，时而百念成灰。谁都有个月迷津渡之时，只是自古衷肠难诉，不能总叨扰身边人，写文极大地满足了我的倾诉欲，有些迷茫彷徨文字里捎带着就出去了。

文字极尽热闹，嘈嘈切切，想把一腔的热血诗意风霜冰凌倾注其中，又乱又折腾，真是吵死个人。写出疾风骤雨奈我何的疏狂，写完就是繁华落尽一地清凉，终于又是我一人，始终只有我一人。

觥筹交错之外有一方天地可寄托，难得清净，但多少是有些逃避的意味。有趣的是，与文字结伴是为了逃避，又因文字结识许多素未谋面的暖心笔友，原来我不是一人，去分享又成为一种动力，不仅自愈也治愈别人。

我这人看起来有种莫名高冷生人勿近的气场，每天提醒自己要做一个温柔的人，却在"凶悍"的道路上一去不复返。我寄希望于写文能让自己慢一点、温柔一点。每当提笔，身心正如诗人叶赛宁的一句："我踏着初雪信步前行，心潮进涌如初绽的铃兰。"如今看来，与文学相伴多年，我的内心越发丰盈，但外在不够温柔，同志还需努力。

把生活微分成每个瞬间，总有灵光乍现之时。山川大河，清晨黄昏，言之皆成文章。这一生，要遇很多人，要历许多事，来都来了，就在这红尘里滚上一滚。高山大海，花开花落；新友故交，水阔鱼沉；你是三千世界一瓢水，你是月色真美，那个时间那个地点那个人那段故事那份心情，能记则记。哪怕十年饮冰，我也想去看他个庐山烟雨；哪怕烟云过眼，我也想去记他个大梦浮生。

写文是为了记录，记录又为了写文。有意识要写文的时候，记录更为频繁，闲逛或是睡前妙手偶得，就会赶紧记下来。"写作过程中，人的念头也起灭无常，稍纵即逝；许多技巧运用或想法也许是无意识的，但也可能是作者内心写照——作者自己都未必知道。"过些时日，翻看发现，诶，这是我写的吗？这真的是我写出来的？平添了几分自得，顺带追忆往事，很有意思。

我们渺小又微不足道，却是无限空间世界之王。表面敏感自持，内心戏却很足，心里山呼海啸，外在波澜不惊，脑洞够大浮想翩翩。也许有一天，写他个洛阳纸贵？写他个千古绝唱？

无涯的时光，有限的生命，茫茫的人海，用心去感知，用文字去记录。思者无域、行者无疆，心有灵思敏于行，笔随心走记流年。语云："昨日可忆，未来可期，有山水可游，有奇事可闻，有朋友可交，有家人可依，文字之乐不改，童稚之心不灭，于普通女子，已是完满一生。"如此甚好。

创作心得

陈立坤：
保守自心

　　陈立坤，供职于武汉供电公司经济技术研究所。爱好历史、小说、诗，非常喜欢纪伯伦的《先知》，常读加尔文的相关著作。曾获新概念作文大赛三等奖。

创作于我而言，是一个保守自心的过程。睹物、观人、阅文、读史，情动于衷，心有所感，笔下自生蜿蜒，纸上便成丘壑。由此，自心得以显露，斯道得以存留。

这自心，可以是个人一时一地所感，睹物思人，触景生情，乃至发呆中亦有余韵，意识随之涓涓流淌，奋发之昂然、欢饮之欣然、怀旧之惘然、思古之幽然、独立之怆然，有若群鱼自潜意识之海，破冰而出，跃然于心胸。

"物莫大于天地日月，而子美云：'日月笼中鸟，乾坤水上萍。'事莫大于揖逊征诛，而康节云：'唐虞揖逊三杯酒，汤武征诛一局棋。'人能以此胸襟眼界，吞吐六合，上下千古，事来如沤生大海，事去如影灭长空，自经纶万变而不动一尘矣。"《菜根谭》所言，颇以为是。

人心可以变换时空的界限，主体和物自体间的竞逐和游戏，常常有文学和艺术侧身其间，诗意与文思自此萌芽。庄周则栩栩然蝴蝶也，鲁米同万物静默如谜。

保守此心，便是保守一份独有的存在，一份自由与宁静。在我们如今的生活中，现代性如影随形，计算精神与实用主义的氛围日趋浓厚，社会管理日趋工程化，人文关怀逐步式微，丰润的形式难掩干瘪的实质，孤独与倦怠是都市人最大的心病。而文学无疑是治愈自己的良方，是对心灵伤害的一种弥补。

在这一点上，卡夫卡正是我倾心已久的作家。

孤独，是卡夫卡人生的底色，是刻在他基因中挥之不去的"宿命"。少年时期，面对白手起家、专制强势的父亲时的懦弱；成年后，面对爱情时的自卑，在不断地情感挣扎中，卡夫卡获得了真实的痛苦体验。这痛苦开出花来，便是他的文字。

卡夫卡并不是职业作家。大学时期，他顺应了专横的父亲的意愿，选择了法学专业，并在毕业后一直从事着稳定、体面的保险公司工作。而在这冗长、乏味的生活中，选择写作这条"殉道"式的对抗之路，可能是卡夫卡这一生中做过的最勇敢的事情。

与家人的隔膜，与爱人的疏离，始终让卡夫卡无比压抑。而写作，使他始终保有一颗敏感而锐利的心灵。卡夫卡的文字，猛然读来，仿佛深夜突然射来的"冷箭"，直击心灵要害。

"让我们站定，用双脚插入意见、偏见、流言、欺骗和幻想的淤泥烂浆，插入覆盖地表的这些冲积物，直到触及坚硬的石块底层。对此，我们称之为现实。"

纵非卡夫卡这般无奈与忧伤，现代社会中的大多数人，不都面临着择业的困惑、人际的困扰和情感的纠葛吗？那般心绪，一一咀嚼，又是何种滋味呢？莫非已然冰冷而麻木，有如行尸走肉了呢？

钢铁丛林中，常有骇人恶兽出没。我与部分写作者一样投身创作，以文字构筑一处城堡，使性灵得以栖身。自己则作为领主，静坐在壁炉前，扯出一寸寸肚腹肝肠，轻轻烘烤。又一任迷幻而绮丽的火

舌，舐舐因不得已而封冻的心，使充盈的感情得以复苏，心灵的宝镜重新映照出本来鲜活的面目。

这自心，更蕴藏着神性的宝藏。"慈悲并非出于勉强，它如甘霖一般，从天上降下尘世；赐福于受施者，亦赐福于施予者。"莎士比亚在《威尼斯商人》中揭示了这一宝藏，而它亦曾在人类的无数典籍、无数文学创作中被提及。美德与善行，并非无根之木、无源之水，也无须在墙壁上粉刷、在喇叭里鼓吹、在条例上陈列。它们都肇始于神性，出乎本心，发乎衷情。

哲学皇帝马可·奥勒留在其《沉思录》中说道："人是一点灵魂，负载着一具肉体。"诚哉斯言。自心本就是神性的容器，天然盛放着爱与理性的灵魂。保守此心，便是保守真正为人的价值与启示。道德与情操，于斯生长。

后现代的生活中，当宗教与神秘主义已逐渐祛魅，彼岸世界渐变模糊，娱乐至死的预言

步步紧逼，1984年的情境仿佛昨日。解构与批判是如今的两大主题。可解构一直伴随着迷失，批判必将无限趋近于虚无，尼采高喊着"上帝已死"，诸神的黄昏终将来临。

可众人心灵的天空，仍旧暗无天日。进步主义，承诺着更美好的物质生活，却无力照管人的心灵。可这葡萄酒若不是象征着谁的鲜血，这面包若不是象征着谁的躯体，如何喂饱饥渴的灵魂。

而在早先不远，各个时代、地域与阶级的出色文学，大都彰显着一时一地的人文思潮与价值理念，滋养着人类的精神。

比如，俄国的小说都极度关注光明与黑暗、道德与罪恶，深信精神的力量。而且，它们无一例外，都极度地鄙视庸俗。英国的小说则更世俗，更多地盯着地面，以理性和保守为美德，几乎是对中产阶级的持续性赞歌。

我与部分写作者一样，投身创作，以文字咏唱，乘之以目睹群星，得享甘霖，照耀心智，滋润灵魂。

保守自心，这便是我创作的理由，也是我创作的历程。体味生活，重估价值，其意义自然浮现。我以文字，为我心之确证、品格之确证。

创作心得

王恒佩：
真实，是一种勇气，
也是一种魅力

　　王恒佩，供职于国网郧县（今郧阳区）供电公司财务资产部。多篇文章刊登于省公司内网"文学天地"。

上大学之前的我是不喜欢语文课的，即便自己是一名文科生。上大学后课余时间非常充裕，每天一个人拖一条影子在偌大的校园里晃来晃去又太过无聊，就想着大学期间要培养点兴趣爱好，正如汪曾祺在《人间草木》中写道："一定要爱点什么，恰是草木对光明的钟情。"

思来想去选择了两个突破口：看球和读书。看球是为了增加体育方面的知识，同学聊天时自己不至于插不上话，读书是为了充实自己。果然兴趣是最好的老师，不到一个月的时间，我就爱上了这俩，甚至一度沉迷。如果有喜爱的英超、NBA比赛，凌晨3点起来看都不是问题。当然，我对球类的热爱仅限于屏幕前，生性懒惰的我实在不愿在球场挥洒汗水。

至于读书，为了让自己能够融入书中，我挑选的都是自己爱看的类型，多半是乡土小说、武侠小说以及一些政史类的书，而且很多时候都是和看视频交替进行。读大学期

间美剧《权力的游戏》很受欢迎，我们宿舍把剧中守夜人的誓词打印出来贴在门后反复朗诵学习英语，以至于后来我们中英版誓词都滚瓜烂熟。"我是抵御寒冷的烈焰，破晓时分的光线，唤醒眠者的号角，守护王国的坚盾。"每次剧中看到宣誓，我就热血沸腾。我非常喜欢这部剧，但是剧中人物过多，为了彻底捋清楚剧中人物、事件脉络，我就去学校图书馆找原著看，没想到学校图书馆竟然有当年出版的精美收藏版的《冰与火之歌》。于是，我又从头看了一遍剧，结合原著和网上找的故事背景地图，总算在脑海中还原了维斯特洛大陆的故事。

当然，我大学看得最认真的书还是武侠小说，大部分是受小时候看过的武侠剧的影响，心中有一个武侠梦，想看看原著中郭靖、乔峰、张无忌是什么样的人。像《天龙八部》《射雕英雄传》这样的经典武侠剧，我结合图书馆借来的原著，在宿舍重温了好几个版本，每看一遍剧，翻一次书，就对书

中人物、故事线印象更深一层。也有因为一句话而看一本书的，比如，看到电影《东邪西毒》"酒越喝越暖，水越喝越寒"这句台词甚是惊艳，发现出处是古龙的小说《欢乐英雄》，马上就找到这部小说开始看了起来，虽然我觉得古龙这本书写得与小李飞刀、陆小凤、楚留香不在一个水平上。

大学室友是学校文学社的，在他的鼓励下，我写了一部长篇小说，其实更确切地说是我们的家族史。当时只是随着性子写，现在看来有点近似流水账，实在不能看。但敲打键盘的过程，确实增强了我对文学、对文字的热爱，或者说写的过程和文章的顺利发表增强了我写作的信心。

从文章的类型来说，我更喜欢写一些偏向于纪实、带些泥土味的文章。主要原因有两个，一是我生于农村、长于农村，从小干农活，对农村相关事情感触很多。如《平凡的世界》《白鹿原》《红高粱》这些描写农村生活的小说，虽和我不在同一个年代，但我很有代入感。二是我天生就没有浪漫主义的基因，每每看到优美的散文都忍不住多读几遍，感叹怎么可以把人、把景写得这么有意境，读完马上收藏起来。比如，高中读到余光中写的《寻李白》，拍案叫绝，不到半天时间就背诵下来了。特别是那句"酒入豪肠，七分酿成了月光，余下的三分啸成剑气，绣口一吐，就半个盛唐"成为我心中对诗仙李白最好的评价。又如，乘坐南航航班时，宣传手册上一句"舱门下作业，一不小心，便沾染了一身夕阳"这样的话我马上就记在脑子里，可到自己写散文时，总觉这笔似有千斤重，压根下不了笔。久试不成，知道自己不是这块料，索性就不硬着头皮附庸风雅了。"呈现自己的真实，这是勇气，更是一种魅力"，我也只能用莫泊桑《人生》中这句话来安慰自己。

当然阅读、写作的方向、突破点也有很多，因为一直喜爱历史，很多历史书看起来感觉晦涩难懂，所以2022年我给自己定的目标是看完《古文观止》，感受古文之美，增强古文理解、创作能力。这本书选取了先秦到明代两百多篇古文，既有儒家经典、历史散文，也有传记、书信、游记等，读起来也挺有趣。特别是看到《出师表》《赤壁赋》《陈情表》《兰亭集序》《滕王阁序》这样的高中课本文章时，在感受语言之美的同时，我也理解了当时课文后面"朗读并背诵全文"这句话。如果高中毕业以后不从事文字及教学方面的工作，高中课本上的古文就是我们大部分人能接触到并形成记忆的全部文言文了。

总体而言，我理解的文学创作就是在现实的基础上加上想象、兴趣的指引，并付诸文字。在这个过程中，阅读、写作，练习是必不可少的，《文心雕龙》中的"操千曲而后晓声，观千剑而后识器"，更是说明了多看、多做的重要性。至于文学创作的价值，于我而言，尤其是此时的我，既要在人世间奔走，又要寻求自我宁静，在书中、在笔下无疑是最好的选择了。

创作心得

张璟：

我为《红楼梦》痴狂

　　张璟，供职于国网武汉东新供电公司光谷供电服务站。多篇文章发表于《中国电力报》《国家电网报》。扎根一线，才能闻到泥土的芬芳；仰望星空，才能见证梦想的力量。

在我孩提时候，祖母特别喜欢看王扶林导演拍摄的《红楼梦》，我也跟着看。每每看见异彩纷呈的头饰、华美璀璨的服装、跌宕起伏的剧情，金陵十二钗，正册、副册、又副册……千红同悲，万艳同哭，我心欣然之，惆怅之，神往之。

上初中的时候，刘心武先生登上《百家讲坛》，《刘心武揭秘〈红楼梦〉》成为每天中午我最下饭的央视节目。后又了解到红学大家周汝昌，作为新中国研究《红楼梦》第一人，借玉通灵存翰墨，为芹辛苦见平生。周先生对待红学，一生不醒，择一事终一身，让我动容，让我震撼。

《百家讲坛》节目在曹公逝世240周年之际，推出《新解〈红楼梦〉》，周汝昌、冯其庸、蔡义江等老一代红学家与张庆善、孙玉明等新一代红学家齐聚一堂，围绕《红楼梦》中的诗词曲赋、人物形象、艺术个性、思想倾向等，录制每集45分钟、共计14集的红楼专题篇，纪念曹公，缅怀曹公。

我喜欢《红楼梦》，更喜欢女一号林妹妹。喜欢她敢于追求真爱，敢于活出自我，喜欢她能够让薛大傻子酥在那里的绝世容貌，喜欢她博古通今吟诗作画的信手拈来，甚至喜欢她被很多读者误认为的尖酸刻薄，其实那是她的真性情，相比宝钗的圆滑世故，黛玉更多掏心掏肺地待人以真。

上高中时，班主任在我们耳边反复叮嘱的就是要引经据典，这倒成为我不吃以课本和辅导资料为代表的"正餐"，喜欢津津有味以《红楼梦》、《聊斋志异》、"三言两拍"等为代表的"杂食"的"挡箭牌"。老师提出语文"得文言文者得天下，得阅读者得天下"，我更是奉为圭臬。"读《红楼梦》可以学习文言文，能提升阅读理解和翻译能力"，越是翻看接触描写妇女生活的著作，越是敬佩曹公披阅十载、增删五次的呕心沥血。一部《红楼梦》，不能仅仅当作一部文学巅峰之作来读，它更是封建社会的百科全书，是揭开历史神秘面纱的宝藏。

《红楼梦》是张爱玲提出的"三大恨事"之一，是白先勇先生盛赞的"古今第一奇书，胜过莎翁的四大悲剧"，王蒙先生更是评论《红楼梦》有延年益寿之功效："读一部《红楼梦》等于多活了一次，至少是活了二十年。"名家大师对《红楼梦》的赞誉，更坚定了我大学以来旁听所有与《红楼梦》能扯上关系的课程，不管是主修还是辅修，是本院还是外院。

蒋勋有云："'慈悲'其实是真正的'智慧'。'慈悲'并非天生，它是看过生命不同形式的受苦之后真正生长出来的同情与原谅。"读《红楼梦》，一定程度上是在读我们自己。

每一个年龄阶段读《红楼梦》，不仅是一千个读者就有一千个哈姆雷特那么简单，而且是每读一次都会经历不同的人物共情，都会迸发不同的爱恨情仇纠葛体验。

《红楼梦》中的美食佳肴，刘姥姥进大观园时史老太君让凤姐加一道茄子给刘姥姥尝尝，刘姥姥坦言吃不出茄子味道，那一道菜谱是"只要茄子肉，切成碎钉子，用鸡油炸，用鸡脯肉并香菌、新笋、蘑菇，五色腐干、各色干果子，外加糟油一拌，盛在瓷罐子里封严，要吃时拿出来，用炒的鸡爪一拌就是"。《红楼梦》中有精湛的茶道茶艺：妙玉泡茶用的水，是寺院里梅花花瓣上的雪水，融化的雪水，质地轻盈，无根之水，她给宝钗用的是刻着东晋、北宋名家题款的葫芦器，而黛玉用的是带星点、刻了篆字的犀角杯且做成小钵的样子，宛如垂珠，给贾母奉茶用的是海棠花式雕漆填金云龙献寿的小茶盘，茶盘里再放一个成窑五彩小盖盅。妙玉心思细腻，知道贾母刚吃了酒肉，老年人如果刚吃酒肉马上喝绿茶，容易引起腹泻，因此献上"老君眉"，属于乌龙茶，可以促进消化，正适合饭后饮用。对于品茶的境界，妙玉见解独到："一杯为品，二杯即是解渴的蠢物，三杯便是饮牛饮骡了。"茶如人生，人生如茶，有收敛，有节制，才能多滋味，才能得雅趣。

《红楼梦》一书带领我们穿越历史沧桑，还原17世纪、18世纪中国钟鸣鼎食之家的吃穿用度、衣食住行，堪称一部极具烟火气的传统文化史。

你从《红楼梦》中读出了什么，还原了你现阶段的某种状态。鲁迅先生曾说："一本《红楼梦》，经学家看见《易》，道学家看见淫，才子看见缠绵，革命家看见排满，流言家看见宫闱秘事。"

一部红楼古今事，今时都付笑谈中。慢慢地，我萌生了一个想法：为什么不写下我自己的见解呢？

到现在为止，我断断续续地写了很多篇。《我读〈红楼梦〉》系列，其实就是在给成长的自己不断自画像，写出自己最喜欢的模样，写出自己最怀念的时光，写出自己最想成为的自己。

创作心得

张艺琼：
无数个新的世界

　　张艺琼，供职于国网公安县供电公司。2021年参与对口国网西藏电力有限公司本部的帮扶工作。多篇文章发表于《国家电网报》。作品《难以忘怀的支部书记》获2021年省公司庆祝中国共产党成立100周年"跨越百年的对话"主题征文三等奖。

在家家户户都使用老式电视机的年代，一只生气的手覆上笨重的后盖探测温度的画面，是每一个趁家里大人外出偷看电视的小孩的噩梦。

我也不例外。直到发现文学，我才意识到未知世界除了彩色的影音画面外，还有另一种由黑白字块铺展的路径。

文学的意义之一就在于展现一个个此间世界之外的无数个新世界。

真实的世界暂且认为只有一个，庞大、驳杂，倾尽人力也无法看清其万一，每个人都只能根据自己的认知去管中窥豹，得到一个映射的世界，并安然生存于其中。

文学作品，每一篇都是一个新世界，描绘的是自己生存或想要生存的那个空间。阅读的过程，也是推导作家映射公式的过程，得解的瞬间，就收到了新世界的通行证。也像是下飞行棋，走到某个格子，才能解锁新的领域。

小时候看《格林童话》《安徒生童话》，大一些开始看《希腊神话》《奥德赛》，再大一些就是《理想国》《社会契约论》，到现在就能看上一些诸如加缪、福柯等人的社会政治著作。

小时候看《海底两万里》《哈利·波特》，大一些开始看《银河帝国》《沙丘》，再后来看《三体》《安德的游戏》，最后过渡到《时间简史》《宇宙的琴弦》等之类的物理科普作品。

小时候看《红楼梦》《简·爱》，大一些开始看《呼啸山庄》《倾城之恋》，再大一些就是《英国病人》，最后过渡到《第二性》《一间自己的房间》等。

通过文学，可以解读作者阅读世界的密码，拿着密码，去观看那个世界中的经济、历史、政治、文化、科技，去理解那个世界中人的想法、人与人的关系、事情发展的轨迹，看着一幅幅巨大的画面展开在眼前，浪漫的、现实的、乌托邦的、苦难的、激昂的、平淡的。

如果说人生本无意义，是每个人的经历与选择为自己短短的几十载赋予了意义，那么途中的风景就构筑成了人生意义的每一帧画面。

而现实生活难以挣脱，"等……就……"已经成为惯常句式，文学则通过特有的方式，给生活打开一个出口，随时飞往任何时空，只要够投入，便能获得作者六成以上的体验，生命的长度、广度、深度有了拓展的可能性。而这些感受又成为培育自身的养料，不断建立起更加宽阔的观看真实世界的映射体系。

我在文学中，在穿梭于一个又一个新世界的过程中慢慢长大，文学内所蕴含的筋骨一旦触摸，就会上瘾，再难戒断。

"读万卷书"很重要，"行万里路"也很重要，书给了解读真实世界的各种公式，路给了判断哪一条更适合自己的实践机会。

2021年，我有幸参与公司东西帮扶工作，在拉萨待了一年半，让"行万里路"成为可能。

本部帮扶的22个人，来自各网省公司，方言、习俗、文化各有不同，求学经历、年龄层次、职位高低各有不同，工作思路、工作经验、单位情况各有不同；部门同事有藏有汉，有毕业后签订工作合同初次入藏的汉族同事，也有从小跟随父母在藏生活求学的"藏二代""藏三代"汉族同事，有从未出过藏区从小在牧区长大的藏族同事，也有从小在内地藏族班长大后回藏的藏族同事。从一个"大家几乎都一样"的地方到了一个"大家几乎都不一样"的地方，生活、工作方方面面的挑战都很大。

沟通误差需要消解，做事方式需要兼容，地方背景需要掌握，习俗文化需要适应，挑战背后尽是机遇，从前所获得的知识全部被调动起来，每一个细胞都在跃跃欲试，一个问题的解决或者消失，就代表迈上了一个更高的台阶，或者开启了一条新的小路。应接不暇的生活新姿态，反而激发了所有活力与动力，每天睁开眼都会期待有什么新东西会出现，无论好的坏的，能解决的不能解决的。

工作之余的闲暇时间，我偶尔也会遇上一些人。2022年，朋友邀约我去一家小酒馆，老板娘是东北人，父母早逝，丈夫车祸去世后，她变卖老家所有资产，带着孩子环游中国三年，后自川西骑行入藏，行至昌都车坏了，和孩子徒步完成剩下的几千公里至拉萨，开了一家小酒馆，2022年是她定居拉萨的第八年。我对她经历过的苦难生活和勇气从何而来格外好奇，一有空就去小酒馆打扰她；她对于过往从不避讳，格外豁达，对陌生人称不上善意的行为并不拘谨，陆陆续续地将她的故事为我补充完整。

她并不特殊。在拉萨，各种各样的人以各式各样的方式生活，各有各的生活哲学和处事逻辑，而在西藏更广阔的地界，在林芝、昌都、那曲、山南、日喀则、阿里，在城市里、山野间、草原上、峡谷中则有着更多截然不同的风景、历史和故事。

如果说阅读文学作品是输入一个个新世界密码、理解一个个时空映射公式的过程；那么写作于我而言就成为输出眼中世界的有效途径。我所看到的、听到的、领悟到的一个个鲜活生命，他们像凡·高的向日葵，在各处安静地野蛮生长，散发着浓烈的生命力，如果能将这样的情绪精神借由写作传达，给予陷入生活无意义感、焦虑不安、空虚茫然中的人一些世界的其他片段，应当也是回馈文学、反哺收获的方式之一。

创作心得

赵有鑫：
记录生活中的点滴

　　赵有鑫，供职于国网洪湖市供电公司。多篇文章刊登于《国家电网报》、省公司内网"文学天地"。曾获国家电网有限公司2021年第二期新员工集中培训班"筑工匠之魂"创新创意微电影大赛三等奖。

所见皆风景

上初中、高中时，我非常讨厌写作文，每次遇到写作就顿感难受，所以那个时候谈不上创作，直到高考毕业那年的暑假——我在一家酒店兼职暑期工。快结束的那几天，我回忆了那段时间让我记忆犹新的点点滴滴以及难以忘怀的宝贵经历，将它们记录在手机备忘录中并截图发至朋友圈。几分钟后，总经理给我点赞转发，并发送在酒店大群，配文代表酒店300多名员工感谢我。当时的我非常激动，第一次写作就被"领导"及大家认可了，好似"春风得意马蹄疾，一日看尽长安花"。

在酒店兼职的那段岁月，我见到了形形色色的人，他们有职务的高低，有财富的多寡，大千世界，芸芸众生共同绘制了人间最美的风景。最重要的是那段不平凡的经历让当时未满17岁的我明白了平台与读书的重要性。

从那以后，我时常在备忘录写点小碎文，记录生活感悟。有人曾经问我：你如何看待记录？我回答说记录就是成长的证明。的确如此，成长中的悲欢与离合，得失与甘苦，如果可以通过文字的形式记录下来，那它将是人生中一笔宝贵的财富。

风景这边独好

上了大学后，我有更多的时间去读感兴趣的诗词、历史，也愈加喜欢创作，正所谓读万卷书，行万里路。我很喜欢毛主席的一句诗词："踏遍青山人未老，风景这边独好。"

家乡鄂州是古时吴王孙权的都城，数不清多少次在西山的小榭，看千帆过尽，暮日西沉。大学在宜昌，清江峡山，依山依水枕三峡，闲暇时端着一碗萝卜饺子在江滩公园看熙熙攘攘的华灯初上，联想"朝云暮雨浑虚语，一夜猿啼明月中"的惊艳绝美风景画。

我从小就喜欢长江，似乎我们湖北人和

江水天生就紧密相连，雨季和洪涝斗，江水流下江畔的满目疮痍，人们却能一次又一次竖起新的建筑，为长江歌咏，歌咏它的辽阔，"星垂平野阔，月涌大江流"；惊叹它的伟力，"长江如虹贯，蟠绕其下"。一条江水就带着人们千奇百怪的情绪，绵延向海天一处去了。

毕业也是如此，我带着对故乡的不舍、友人的祝福，来到了荆州，不算陌生，毕竟都在湖北，都在长江边。在江汉平原，我的人生开启了一个新的阶段。我在荆州工作已经三年，这三年我依旧习惯在手机备忘录中记录生活工作中的点滴——长假旅行记、巡线奇遇记、乡镇变形记……也常常翻开过去的随笔记录看看，对比一下有没有长进，有时看到以前写的小碎文会觉得很幼稚，或许再过几年看看现在写的也会觉得可笑，可能是自己的思想更成熟了。正如卢曼曾说的："无记录，不思考。"

十几岁时，我的目光追逐江面远处的"万里船"，驶向未知的天际；现在的我隔着十楼的窗户，看天际垂下的"千秋雪"。

远方的风景

闲暇时读过一些名家散文，读着读着不知不觉自己的文字也有这样的气息了，喜欢描述过去的事情，尤其是小时候的景象，关于亲情和友情的。

我时常思考为什么优秀的作家都喜欢写往事，写回忆录。可能儿时不觉得，长大后才明白。如纳兰性德所描述的："当时只道是寻常"。又如杨绛先生的《我们仨》，读来令人陷入深深的追忆。

又是一年中秋将至，实在有种每逢佳节倍思亲的酸楚。我对外公最初的记忆已经模糊不清，但这一幕让我记忆犹新：在外公安徽老家的家庭聚会上，他永远神采飞扬，拉着二胡，嘴里唱着委婉又激昂的黄梅戏。蓝天、白云、高山、大河、小桥流水人家的画面，无数次出现在他的口中，给童年的我种下了一个梦，那就是一定要去远方走走看看，欣赏那里的风景。所以我一个人去黄山看云海，在张家界看大峡谷的蜿蜒，听西湖水拍打苏堤的杨柳枝……

从我11岁第一次出远门，到20岁时离开家乡，再到如今已经12年了。家里的长辈也大都如是，大舅在上海，小舅常年在国外打拼，我的母亲做起了旅游业。而这一切的开始，都源于外公年轻时走南闯北的性格。

外公二十几岁就孤身一人从安徽来到湖北，在鄂州与外婆相识并成立家庭，抚养了四个国产"混血人"。他陪我度过了十年的童年时光，教我拉二胡、下象棋、练气功的画面依然呈现在眼前，现在回想，弥足珍贵，虽然都没学会。

还记得外公去世那天，安徽的亲戚相继赶来，做最后的告别。人与人之间的联系，跨越时间与距离。在某个清晨的河边，也许会有二胡声响起，外公他看向远方，向着更远方的风景走去。

写到这，也该停笔结束了，若干年后，我想写写回忆录，因为现在的我阅历尚浅，年龄不大，还无从写起。

作为一个普通人，我相信每个平凡的人生旅途一定都有自己不同凡响的足迹，即使是平淡的经历，也会有属于我们个人的感受和心灵轨迹。用文字记录自己的经历，书写自己的人生，刻下自己的印记，独特的一点点、一滴滴、一段段，都是自己生命中留下的宝贵财富和记忆……

■ 文学作品

离别的轮回

国网黄冈供电公司 霍思源

2023年1月28日是农历初七，是节后返岗的日子。清晨，在例行巡视变电站的路上我刷到了如下两条短视频：第一条短视频展现了昨晚高速公路绵延几里的堵车盛况，闪烁的车灯点缀在漆黑的路面上宛若漫天银河。第二条短视频则是一位老奶奶在与坐在私家车里的儿女挥手告别，老人家中途几次别过脸用衣裳袖口擦去眼角泪珠。此情此景让我共鸣，想起小时候在车站号啕大哭着与父母离别的场景。节后返岗的车水马龙固然秩序壮观，但在这背后又积攒着多少对留守父母儿童的离别泪啊！小时候，是子女求着父母不要走；长大了，又轮到父母求着子女不要走。

离别，是中国人不愿提起的词语。90后这一代年轻人的童年岁月里，不乏父母辞别家乡南下打工，一年到头只能在春节期间回家团聚的记忆。那些年，车马很慢，外出打工的父母过年返乡往往要在绿皮火车上站立将近一整天的时间。每年除夕夜，一家人会围坐在炭火旁聊天看春晚，我记不清多少次向父母保证好好学习不再玩闹，记不清多少次睡前发现父母放在枕头下的压岁钱，记不清多少次跟父母在楼顶相拥观看零点的烟花……在随后几天里，穿上新衣服，跟随父母向左邻右舍、亲朋好友依次真挚拜年，并与同样穿着新衣服的同龄孩子嬉戏打闹，便是我一年里最快乐的时光。然而，就像做了一场热闹的梦，醒来后仍是许久沉寂。当时，年幼的我并不明白为什么父母要返岗离开，每当离别之际，我总会以撒泼哭闹的方式来试图挽留父母。望着抹泪揉眵的我，父母会温柔安慰道："孩子，爸妈会常回来看看你的。"只是，这一离别，再见也得一年后了。

日夜颠倒了4000多次后的今天，我并未食言童年除夕夜对父母所保证的承诺，先是考进了省内最好的大学，在研究生毕业后又光荣地入职了国家电网公司。上班第一年的除夕夜我在变电站值守，此刻我才终于明白当初父母要外出打工，是因为他们要挑起家庭前进的重担。而我，则与无数电网人一道，肩扛万家灯火的用电安全，舍小家为大家，践行着"人民电业为人民"的初心使命。短暂的休班时间，我立马驱车回到老家陪伴父母，与他们共享天伦之乐。与小时候

相反，这次是我不得不为了责任返岗。面对离别，父母很平静，只是嘱咐我开车路上注意安全，这更加让我羞愧于童年对父母的胡搅蛮缠。岁月洗劫了父母年轻时的容颜，但却未逝去眼神中对儿女们"临行密密缝，意恐迟迟归"的关切。车辆启动时，我对眼里闪过泪光的父母喊出了小时候他们每年都会温柔安慰我的话。

"爸、妈，要保重啊！我会常回来看看你们的。"

■ **文学作品**

写给父亲的散文诗

十堰巨能公司 熊小宁

看到公司群里我父亲在施工现场的照片，点开放大，看到他眼角的皱纹和黝黑的脸，突然感觉他老了。而在过去，我一直都以为我父亲是不会老的，我也一直觉得他还很年轻。

父亲是吃过苦的人。年少时，家里兄弟姐妹众多，他很早就出来挣钱养家了，十来岁就开拖拉机，在工厂里干活，挣了钱第一时间买好米面粮油回家。1986年，当时的供电局招人，他经过培训到了输电分局，16岁就开始在输电上工作，到现在已经35年了。我印象中的爸爸永远都是早出晚归，永远都是在荒郊野岭，永远没有双休日。上学的时候，我也早出晚归，所以一年里我们其实也见不了几次面。

我拿给他看我参加拔河的视频，他指着视频里的我说："你看这个人，她拔的姿势都不对，都是错的！""哎，这个人是我好不好啊！"你看，我们有多不熟悉，我爸都认不出那个姿势不对的是他的女儿。

我上了班，和他在一家公司，我们才慢慢熟悉起来，我才慢慢开始了解他的工作，才慢慢开始心疼他。

刚上班的时候，我跟他也上过几次工地，我清楚地记得，有一次是盛夏时节去神鹰工业园，整个工业园区都是在建状态，没有一处阴凉的地方，地上全部是黄土，一阵风过来，人就卷在纷飞的黄土之中。日头毒晒，每走一步都能卷起一阵土灰，他就从这头跑到那头，整整一个上午没有喝过一滴水。等他忙完了，该吃午饭的时候，我递给他一瓶水，他仰头一饮而尽。那一瞬间，我感觉我的喉咙有点硬硬的，说不出话来。

这样的情景，对他来说不是偶然，而是常态。在接受记者采访的时候，记者问他工作这么多年，一共参建过多少基铁塔，参建线路有多长。我站在不远处望着他，以为他需要思索一下才能回答出来，他却马上说出来一个数字。我当时眼眶湿润了，我知道这是他30多年来的痕迹，他一直都是热爱他的工作的，也确确实实在尽他所能做好他的工作。

随着工程建设管理越来越严苛，需要上风控系统，需要办理工作票，需要参加线上的安全考试，需要每日上报工作计划，需要做好开工、收工、审计、工程资料……对年轻人来说，尚且需要大量的精力，更何况是已过50岁的他，可是我从来没有听他抱怨过。有好多次，夜里一两点我起床上厕所，还看到他在电脑上一个字一个字地办理工作票，有时我要帮他做，他都拒绝了；风控系统、作业计划一旦无法上报，他就立马打电话询问原因。办公室的安全专责在接到他一个又一个电话的时候，也忍不住说："熊师傅真的太负责了"。每次要考试的时候，他都提前很久开始复习，戴着老花镜、手持放大镜，一个字一个字地背。看到自己考试合格，他就像个孩子一样开心得手舞足蹈、心满意足，还会装作很漫不经心的样子，暗自得意。前几天，他考过电工证，我问他有没有通过考试，他说：那我肯定考过了啊，我都练了40多遍了！而这一次考试的人，只有他一个人通过。

有一天，我在会议室后面的监控室里看设备的时候，在一众背影里看到一个身影一直低头在写东西，我很好奇地拉近镜头看是谁，却发现那是我父亲。从头到尾，他没有看过手机、没有发过呆、没有中途出过会议室，而是一直心无旁骛地听讲、做笔记。看到那一幕，我真的很感动，我觉得他还是像一个少年一样心思恪纯。

其实多多少少，也听说过我爸这么多年上班的事情。当年十堰供电局初建的时候，工作环境并不好，尤其是输电这一块，都是靠他们自己背着瓷瓶、导线、铁塔材料一趟一趟上下山；巡线也是靠着自己的双脚一步步踏过千山万水。年轻的时候他是出导线最快的人、干活最踏实的人，也曾经因为工程协调问题被当地老百姓打，也为自己同事被外面人欺负而大打出手。而这些，都是在我做了他的同事后才知道的。

初听《父亲写的散文诗》，我觉得一点也不好听，最近才突然听懂。在歌曲的最后，歌手李健加上了几句话"这是那一辈人留下的足迹，几场风雨后，就要抹去了痕迹。这片土地曾让我泪流不止，它埋葬了多少人，心酸的往事"。歌曲之前一直只是在描述一个父亲从青年到中年再到老年的历程，而这短短几句却展现了那一个时代的缩影。个体和整体交相辉映，浮现了一个时代的故事，刻画了那个大时代里一个普通父亲的形象，或者说这个普通父亲的形象正是代表着那个时代千千万万的父亲。李健只是怀抱一把吉他，没有呐喊，没有嘶吼，甚至没有过多的技巧，仅仅是简简单单地轻轻吟唱，却也就这么猝不及防地直击人心。词曲作者赋予了这首歌一些常人无法抗拒的力量，或者一种来自亲情的能量。

我们一直以为永远很远，未来很长，所以总是忽略现在，忘了当下，总也学不会珍惜，可是我们似乎都忘了命运无常，要知道，生活可能不会给你充足的时间去成长，去学会理解，去弥补错误，去乌鸦反哺，我们以为的永远，我们许诺的未来也许转眼间就到了尽头，所以就趁现在，珍惜眼前人。莫等到子欲养而亲不待，才空悲切。岁月已无情地把他逐渐推向了老年，这么多年，我从来没有给我父亲写过一封信，也从来没有当着他的面跟他说我觉得你很伟大，是很了不起的父亲。但是今天我非要执着于这一纸书信，就是因为我怕，我怕回忆敌不过时间，我怕情深熬不过岁月，我更怕心愿奈何不了命运。30多年的输电工作，枯燥又辛苦，父亲做了一个又一个工程，踏过了一座又一座山，走过了一个又一个乡镇。没有一座铁塔上写过他的名字，也没有人知道哪些铁塔是他参建的，他只是偌大电网里最为普通的一名工人。

但是，他是我最伟大的父亲，这是我写给他的散文诗。希望我们的父女缘分可以久一点，更久一点。

青柿子，黄柿子

我已有好多年没有回过老家。昨天，漫长的夜晚，飘摇的梦里，我又看到了它的影子。它就站立在院坝上，稳稳地，青郁郁的一片，铺天盖地。碧绿的叶缝里，一个个甜柿熟透了，它们红彤彤的，挂在那里，分明是谁家点亮的一个个小灯笼。这一处风景，顶天立地的风景，让我久久惊诧，久久站在当地，无话可说。小鸟们飞来了，贪吃的小东西，偏着头，看一眼，啄食一口甜柿，望一望远处，像是在思考吃饱了如何回家……

它挺立在老家的院坝上，风风雨雨，过了两百年的风雨岁月。

它是自然之灵，天滋地润，历经沧桑，深深地扎下根去，因为它懂得虚己以游世，所以不喜不怒不怨，以笃定内敛之姿，傲视风霜雨雪、雷霆万钧，默默积蓄着生命的能量。等待来年，它会回馈大地，回馈种植它的人，把沉甸甸的果实奉献给秋日，奉献给热爱生命的人们。

生在这片土地，我见惯了这里的一切。很小的时候，我就被这棵大柿树的神奇力量深深感染。它立在风里，立在雨里，立在岁月里，仿佛忘记了自己的年龄。它忘情地扎下根来，哪里还知道岁月的烦恼和忧愁，只知道快快乐乐地生长，生长……

你看，甜柿树的左侧有一个碗口粗细的大

洞。"它疼吗？"小时候，我总是傻傻地问妈妈。真是心疼它啊！肚子上有那么大一个伤口，还能健健康康快快乐乐地生长，还能如此丰茂。

历经磨难，矢志不渝。就是这棵树，数十年前曾经遭过雷暴。弥留时的爷爷告诉我这棵树的历史，嘱咐我爱护树，保护树。他说那是一个夏天，那天夜晚，天已经黑黢黢的一片，他清晰地记得，正是甜柿挂果之时，就是这个夜晚，天憋闷难受，人们大汗淋漓，轰隆一声巨响，这棵树突然火光冲天。不得了，不得了，赶快救树。他和家人、村民联手扑火，他冲到池塘里，提起一大桶水，浇在燃烧的大树上。在爷爷的带领下，大家奋力奔跑，一时间，提水的，挑水的，奔跑不止。有人跌倒了，爬起来，继续救火。最后，经过大家努力，甜柿树总算保住了。

火灾后的柿树生长更加旺盛。历经劫难，似乎更加懂得珍惜时光。

爷爷说，这棵树是祖上的阴德，有了它，后辈过得安逸。爷爷的爷爷在幼年的时候栽下了它。此后，说也奇怪，它就是旺盛，仿佛见到日光就长，一年年下来，竟然葳蕤一片，蓬蓬勃勃，成为硕大的风景。

走进村头，远远就望到柿树，它仿佛哨兵，又像是慈祥的母亲，倚门盼望游子回归。每年秋日甜柿收获的季节，密层层的柿子挂满枝头，那情景分明是一个个小灯笼挂在枝头，又美丽又喜气。

收获柿子的日子，祖父总是拿着篮子，提着箩筐，看到这些家什片刻就被甜柿装得满满当当，我们做孩子的总是欢喜得又跳又叫。甜柿收采回来，贤惠的母亲总是一家家分送。片刻工夫，甜柿的味道就飘满村庄。

"程耿妈妈，你家的甜柿好味道。"

"程耿妈妈，你真是有福嘞，谢谢你的柿子哦。年年吃你家的柿子，真是过意不去……"

听父亲讲，70年代中期，本垅子60多岁的细牛老人，在参加公社修水库抬石头时，由于用力过头，引起痔疮便血，在村诊所里吃了好长时间的药，还是不见好转。父亲知晓后，扯了几把柿叶，摘了一篓子熟透了的柿子送上门来，嘱咐他用柿叶煎水洗，晚上临睡前吃一个柿子。

吃完这篓柿子后，这病竟是像擦去了一般，不知不觉地好了。后来细牛老人到处夸这柿子胜于药。医生告知老人，柿子富含果胶，是一种水溶性的膳食纤维，有良好的润肠通便作用，对于缓解便秘，保持肠道正常菌群生长有很好的作用，并有止血润大便的作用，能缓和痔疮肿痛，止痔疮出血及直肠出血等。

村子里上了年纪的老人们常常念念不忘，1962年大旱，稻田干得发裂，土地几乎绝收，幸亏柿子树根扎得深，树上的果子给村民救了急。那些日子，母亲一家家送柿子，一路收获着感谢。这段日子成了村人最深切最厚重的记忆。这棵柿子树成了村庄的宝贝。

随着年岁的增长，我读书求学走出了村庄。离开村庄越远，柿子树在记忆中越发清晰。

一个雨后的早晨，我照例回到了故乡。朝阳高挂在东山的树梢，村庄刚刚醒来，炊烟袅袅，鸡鸣飞上云霄。柿子树挺立村头，傲骨依然。它的洁净和静美是我始料未及的。没有浮尘，没有噪声，干净的土路上零星散落着叶片，很新鲜，很明亮。我甚至看到嫩黄的脉络，纵横贯通在叶面上。我捡起一片叶子，它们这么鲜嫩，嫩黄的脉络贯穿碧绿的叶片，仿佛河流滋润肥沃的土地。灵性的土地，多情的土地，因着这纵横交错的脉络有了韵致，有了风采。树叶，春天的信使，季节留在人间最真切动人的问候。它们是别具一格的，你学不来它们的娇媚，你听不清流淌在它们内心的话语，春深似海，它们报以火热和奔放勾画在岁月的面颊，叫人铭记，叫人为匆匆流逝的岁月感伤。

再美不过是故乡。愈是走近，愈是聆听村庄的呼吸，愈是叫人激动。柿子树的村庄。村庄飘落着柿子甜香的味道。林间飘荡的是树木、青草和花朵的味道，这般新鲜，这般不拘一格。张扬的野性生命无处不在。这种城里难以嗅到的原野的味道让人兴奋，让人血脉偾张，心跳骤然快起来。

愈是与柿子树接近，愈是发自心底爱护它。

啊，青柿子，黄柿子。那是铭刻在心中的风景。

■ 文学作品

巴东老城

国网巴东县供电公司 龙家红

巴东老城于我，只有零星的记忆。

我与老城，隔着60公里的距离。从前，祖父背着粮食从家里翻山越岭步行到老城，要一天一夜。父亲坐老式拖拉机颠簸到老城，要10来个小时。现在，我驱车从老家到巴东县城，只要1小时40分。只是等我能轻松抵达时，老城已化作泥沙，永没江底了。

无法触摸的老城，却一直残存在缥缈的记忆里。第一次到老城，大概是在20世纪90年代初，那时我10来岁。父亲到县城出差，顺带捎上我进城见见世面。吉普车拐过6公里处，远望一条黄练蜿蜒而去，父亲说，那是长江。那是我第一次看见长江。浑黄的江水横卧在群山脚下，好似一条苍龙在山间游走。我心底生出的惊叹也如同浩荡的江水，向东奔涌而去。

我睁大好奇的眼睛，看见渐次入眼的房屋和街道，一路领略城市的繁华和新奇。灰色的水泥房夹杂着暗黑的木板房，高低错落仁立在街道两旁。商店里飘出来收音机的歌声，街上的叫卖声，汽车的喇叭声，嘈杂的人声混合在一起，使街道更显拥挤。

下车驻足观望，悠长的街道异常热闹。食品店、理发店、百货店、旅店、书店，什么店都有，蔬菜、粮食、百货、日杂、五金、服装，吃的穿的用的卖什么的都有，穿裙子拎包的、穿粗衣背背篓的、戴袖章喊喇叭的、手挽手逛马路的，什么人都有。密密麻麻的人群上空是密密麻麻的电线，密密麻麻的窗户上挂着飘飘荡荡的衣衫，我眼花缭乱。

阵阵刺耳的喇叭声传来，慢吞吞行驶的车像蜗牛在蠕动，人流穿行其间，犹如只只蚂蚁匆忙奔走。我像一只突然闯入异域的局促的蚂蚁，好奇地打量这陌生又繁华的世界，满心的欣喜和欢愉。

在旅社安顿好，父亲带我去吃饭。父亲给我点了一份冰镇绿豆汤，一盘青椒炒肉。人生第一次规规矩矩下馆子，绿豆汤的冰爽和青椒炒肉的香嫩，夹杂着饭店里热闹的城市气息，让人终生难忘。

晚上，我趴在旅社的窗口向下望，街灯昏黄，像睁着半醉不醉的迷人的眼。街上依然熙熙攘攘，城里的人，像一颗颗移动的星子，在慢悠悠地行走。

旅社的后窗，刚好能看见长江。夜幕下的长江，朦胧又神秘。长长短短的灯影映照在江面上，仿若燃烧的火把舔舐着镜墙。泊在近处的小船随着江水一荡一荡，摇篮一般轻晃。响亮的汽笛声从远处传来，惊醒了一河的波光。一艘轮船慢慢驶来，船上灯火通明，我的目光追随着它，宛如追随一个透明的梦。

初到巴东老城的印象，就那样刻在童年记忆里。

1998年作为参加高考的二中学生，我再次来到巴东。那时的考点巴东一中，已位于新城黄土坡。考试前夕，我和同学到她哥那里打牙祭，她哥还住在老城。我们搭一辆麻木车，突突突地开往老城。

从灯火璀璨的神农市场，沿金碧辉煌的金堂路、岩湾桥、三道桥到老城，越往下走，灯越暗；路也坑坑洼洼。两边的建筑在幽暗的灯光下，越发显得破旧森然。三三两两的店铺里透出来的光，都似乎有气无力。穿过一段漆黑的路，在一栋只有一盏灯光的楼前下了车。这束光，是同学哥哥房里照出的亮。这微微的光亮，让我们在这空荡的老城，感受到了特别的暖意。

这已不再是我儿时初见的那个繁华喧

闹的老城。从窗口望出去，周围的房屋已空的空、拆的拆。曾经让我惊羡不已的城市，现在颓废得像个垂暮的老太太，空洞的躯壳承载不住岁月的沉浮，徒留一生回忆，等待化尘而去。

长江依然奔流不息。千百年来，这滚滚的江水承载着一个民族的信仰和追寻、苦难和辉煌，从青藏高原起源，流经广袤的华夏大地，把一路的丰饶文明、兴衰荣辱，注入每一寸润泽的土地。

临江的巴东老城，因江而生，因江而逝。浩荡的长江滋养着老城的骨血，孕育了一代又一代江畔的子民，见证着老城的起落。而老城，用它生生世世的守望，用每一个老城人对长江的依恋，写下心中永恒的诗篇。

2003年，随着三峡工程135米水位如期蓄水，有近千年历史的巴东老城，永沉江水之下。那些古老的街巷、古老的故事、古老的人文景观和独特风俗，成为每一个老城人的珍贵记忆。我未曾在老城生活过，不曾叩访过它的水码头、扁担街和青石巷，仅有的几次短暂逗留，却是我不

可多得的人生印记。它让一个少年见识了新奇世界的美好，给予少年通往未来的希望和幻想；它也让一个青年窥见了历史总是向前的定论，人类只有不断地创造开拓，才能在历史的长河中滚滚前行。

如今，巴东县城的版图越来越大，西壤坡小区、云坨小区、白土坡小区以及正在兴建的神农新区，两岸四地连成一体，携手打造全新的巴东。蓄至175米水位的长江，宛如碧波荡漾的平湖。横跨江面的长江大桥，挑起两岸的巍巍青山，也挑起干净自强的巴东精神。新的巴东，正在创造新的辉煌。

夜幕初降，漫步依江而建的滨江走廊，如在画中行。大江南北的高楼鳞次栉比，筑起梦幻的城市森林。两岸灯光交相辉映，五颜六色的光荟萃在一起，织成一个斑斓的梦。人们在走廊上或信步或慢跑，悠然自得地享受小城的慢节奏生活。

江水轻轻拍打着堤岸，仿佛母亲温柔地拍打着她的孩子，叫他安稳入睡。沉睡在江底的老城，你可感受到母亲般的轻抚，可在做着什么好梦？

斌 哥

国网咸宁供电公司 夏韵星

13:45在黄陂吃过午饭，我搜索定位通山县九宫山镇石桥头，导航显示214.5公里，预计需要3小时45分钟。在群里跟大家共享了定位，约定了具体碰面的时间、地点，就准备加油出发了。

雨直接泼下来，雨刷摆得像嗑了摇头丸，但眼前仍然雾蒙蒙的，路面可见度不超过5米。眼前又浮现出斌哥的脸。

斌哥是高中三年的班主任兼物理老师，长得极帅，像极了1994年版《三国演义》里的周公瑾，斜眼冷笑的神情尤为相似。

斌哥教学有两个大杀招，一是大嗓门，二是暴脾气。大嗓门在我们头顶惊雷滚滚，裹挟着霸气翻滚到教室外的走廊，在一片寂静的晚自修，余威杀气腾腾，能够威慑到整层楼的学生。暴脾气则与大嗓门相辅相成，配合起来所向披靡威震四方。

跟着斌哥学物理，只要听听课，课后不用做多少作业，轻轻松松就能考个优分。拿大数据来看，高中三次分班，无论是单科还是综合，分给斌哥的班总是资质平平，但全班平均成绩就是能从年级中下游迅速升至一二名并长期雄踞榜首。经他手的班级，年年如此，不能不服。

每每单元测验或者月考完，他必三步并作两步跨进教室，怒气冲冲把一摞试卷狠狠地甩在讲台上，眼睛斜一眼物理课代表，再斜一眼讲台上无辜的试卷，头往左上方一摆。物理课代表接收到讯号，战战兢兢地从座位上站起来，磨磨蹭蹭地挪到讲台，慢慢地抱起试卷，一副受委屈的小媳妇垂泪欲滴状慢慢按组分发。

凝重的阴云随着试卷分发进度压低、再压低，待到差不多班里大部分人手中拿到试卷，看到卷面上刺目的分数，阴云终于凝聚成了雷鸣暴雨。"这么简单的题目你们都不会做！"边吼边做鹰视狼顾状。吼毕，从第一题开始讲起。

说来也奇怪，经他一讲解，似乎每一座考试时难以逾越的珠穆朗玛峰瞬间渺小成了小土堆，只要是个人，稍稍抬抬腿，就能跨过去。失分简直就应该被轮番顺着上一轮清朝十大酷刑，再反向回味一次。如此这般，直到最后一道题讲解完毕，再来一番中心思想明确的总结陈词。偶尔，他也会在陈词末尾加上一句："虽然这次平均分还过得去，但是这么简单的题目，不应该考这么一点点。我教的奥赛班，前面基本上没有失分的，最后一道大题，也考得比你们好。拿红

笔把所有错题都给我好好再做一次，好生想想。"加了这一句的，通常班级平均分年级排名在前一二名。而到了斌哥带的奥赛班，在他的骂声里，主语刚好反过来，我们班一个个全都变成了战神。后来，两个班互通有无，慢慢摸索出了经验，慢慢油了脸皮，成绩倒是相互激励愈骂愈勇了。

15:12，神奇的导航居然按照最短距离导到了武汉市区，雨也停了，盛夏的太阳缺了阴云的遮蔽，立马就耀武扬威起来。看着前面一长串红通通的尾灯，我只好耐下心来跟着车流一步一挪。武汉人开车，必然是要炫技般的一瞅准机会就游插到外地车牌前的。这样一来，就越发慢了。群里不停有人艾特我，还有私聊的，大家互相问询着彼此的位置，来判断到达目的地的时间。

高中生活是真正的披星戴月，就着月辉起床，伴着星光回家，老农一样地耕耘十几年，丰歉只看那个6月的最后一茬收割。所以很多人回忆起高中时期是黑色的，怨词无非是早起晚归埋头苦读，我倒还好，托斌哥的福，收获了一个金色高中。

斌哥是班主任，据说曾经班上有人跟他

较劲比早，最终都一一败下阵来。高中早自习一般是没有物理这个科目的，但是他每天比主角语文老师或英语老师都要早。而物理晚自习一周也就一次，但是他每个晚上也是要在各个男生寝室去转一遍再回家。早上据说他喜欢端把椅子跷脚坐在教室前头，进来一个学生，他就瞟一眼，那一眼，就能把你看透一般。眼神背后的含义你就自己解读去吧。有时候可能是赞许，有时候可能是责备，即便板着脸，微表情也是时而轻松时而严肃的，当然，那表情的轻松程度，与你进门的时间呈一定的线性变化。

为什么我要说"据说"呢？因为我是一个走读生，而且生为一个超级懒人，一般是踏着上课铃声进教室的。我练就了15分钟起床穿衣洗漱骑车飞奔进教室的功夫，被大家誉为"上课铃"一般的存在。所以我可以一手刷牙一手抹洗面奶洗脸，留的发型也是那种随便抓两下就搞定的，就连上下台阶都是两个一步，三个一蹦。5分钟分配给起床穿衣洗漱，10分钟留给下楼骑车飞奔进教室，骑车路上还剩几分钟应该骑到哪儿，相对误差和绝对误差都是要严格控制在可操作范围

内。所以，我低头把铃声当作风火轮一样踩着冲进教室，一落座就低头从书桌里掏出书来翻开，借着喘息的劲儿开口晨读，这一整套程序日日操练烂熟于心仿佛已形成肌肉记忆。等到我进教室的时候，斌哥可没有那个闲心跷脚坐着，他那会儿常常像门神一般立在门口，我飞快从他身边掠过，所以必然无暇抬头去解读斌哥的微表情，他杀人一样的眼神和表情对我来说——统统失效。

我总觉得斌哥那吓死人的表情和暴脾气是摆出来吓唬胆小的同学的。班上还真有迟到了就在家里嘤嘤哭着非要家长陪着来学校当面跟斌哥求情解释的。哎，我觉得我真应该把胆量分一点儿给她。其实在我看来斌哥是一个不拘小节的人，对于我们也很纵容。那种纵容不是让你无法无天的纵容，而是有教无类的纵容。

斌哥的不拘小节说起来就好玩了。斌哥长得帅，但是他从来都不在乎。不是有恃无恐的不在乎，而是那种"竹影扫阶尘不动"毫不介怀的不在乎。不在乎倒也罢了，他还常常干些自毁形象的事儿。有时候，他一边讲课，一边踱到教室的门口，然后原地180

度转身，再靠在门上左右移动，借此来蹭一蹭背后的痒痒。于是，迫于他的淫威，我们常常只能假装捡笔，猫在桌子底下笑一会儿再正脸起身听课。

斌哥的纵容，铸就了我们金色的高中生涯。直至高考前一个月，班上的体育课都没有取消过。从没有某某老师借口体育老师请假来占课。哪怕是冬天，我们嫌操场上寒风刺骨，都想赖在教室里不愿出门，斌哥把我们像赶小鸭一样地往外撵，要你喝西北风去也不许待在教室。上午、下午第一节课开始前，预备铃和正式上课铃声之间的10分钟，全班一起唱歌提气醒神。很多班级早早地被取消用作上课或者自习，我们梗着脖子唱着歌硬是吼到了高考前几天，隔壁班抓紧机会试图讲课的老师被我们的音乐炸弹轰得极为无奈。班级春节晚会，斌哥也能凑兴小露几手。而我们的语文自习，是可以全班集体去学校图书馆看书的，高三时分，还能悠闲地坐在图书馆翻着《萌芽》《特别关注》《意林》……那种feel，只能说没有对比就没有快感。

印象最深的是2002年世界杯，教室的电视机不到上课铃声响是决不关机的。不管女生们喜欢不喜欢，抗议不抗议，男生们是团结一致地要看世界杯的，哪怕是一遍遍地回放集锦也舍不得换台。那种狂热的氛围在全校弥漫着，斌哥那阵子进教室，也只会背着手摇着头低声嘟嘟囔囔地说："足球有个什么看头啦，我就不爱看足球。"但这无力苍白的话对那众狂热的足球爱好者显然起不到什么作用。不管怎么着，上课铃声响，关电视的规矩大家还是遵守的，那帮小子再怎么心痒难耐也只能憋着。直到6月8日19点30分那场世纪之战，中国对战巴西，就连我这种足球盲也被大家的热情感染，那个晚饭，我们都端着饭盒坐在教室仰着头死盯着小小的电视，仿佛这样就能够提前看到那场决定中国队能否侥幸出线的比赛一样。19点左右，斌哥进门，很简短地说了一句："晚自习放假回家看比赛。"看着我们一脸蒙圈的讶异神情，他补了一句："出门小点儿声，别干扰其他班的同学晚自习。"大家这才如梦初醒地哄笑鼓掌起来。斌哥赶紧拿手往下压一压，再往外一挥，示意快点儿滚，别吵吵。我们一众女生笑着闹着拥到婷家里，坐在客厅的地上开着电视边吃零食边聊天，享受难得的闺蜜时光。那个晚自习深深地烙在我们的记忆里，多年后仍会翻出来回味。

16：30，我终于上了高速。导航上看上去最短的路线，可能耗费的时间最长，斌哥是深谙这一点的。今天可千万不能迟到。雨已经停了，高速路面还是有积水，有人说过这种路面最滑最容易出事故，所以不太敢超速，只能压着最高限速值跑。

学校四年一度的艺术节，每个班级要出一个文艺节目参加学校的会演和评比。斌哥向来抠门，舍不得那点子班费，就去街上花十元钱买了张中国娃娃的盗版碟，喊师娘自己在家对着碟子研究动作和队形，再召集一众高矮胖瘦差不多的学生晚饭间隙和周末假期一起排练。就这样，我们的舞蹈还很争气地拿了全校第二名的好成绩。也在这个时间段里，我们在斌哥和师娘的对话举止中，见识到了斌哥铁汉柔情的一面。

师娘和斌哥是师生恋，斌哥刚毕业就去了师娘所在的中学教书，帅气英俊的他和校花级的师娘有着怎样旖旎的故事，我们只能自行脑补。师娘长得极美，只是一直没有正式工

作，作为教师家属，有时候在学校小卖部或者食堂帮忙打打闲工，想来收入也是不高的。我们读书时，三口之家的经济压力肯定都在斌哥肩上，彼时还要盘算着生二胎，因为我们毕业没多久二公子便横空出世了。所以，斌哥每每到了发放工资的日子，心情都极好，会市侩狡黠地笑得眼睛都眯起来，微微晃着头，得意忘形地跟我们吹嘘说自己最会算税率，只要一看工资条，就能心算出要交多少税金。即便是这样，对于班里困难的学生，他还是会资助补贴。这种补贴是偷偷摸摸并不广而告之的，是我们高中毕业甚至大学毕业，在一些泛着光华的眼睛里得知的。

斌哥全身心地护着他的学生，并不看成绩好坏，前提是不能干扰其他学生学习。上课跟不上老师的节奏没法听课，是可以被原谅的，你可以选择去考艺术生或者体育生，仍然还有出路，但是拉着别人讲话或者干扰别人学习就不行了。据说斌哥极少动手，高中三年我没有亲眼看见斌哥打人的样子。晚两届的师弟说有一次斌哥动手打了一个全校皆知的、敢打老师的混混学生，没多久那学生便被学校开除了，于是那天有一群人拿着

棍子预备围殴报复，斌哥骑着摩托车，把油门拧得嘶嘶作响，一路直冲上前，没有真去撞人，只拿脚踢翻几个，潇洒绝尘而去。斌哥事后说："学习成绩差没关系，尽力而为，我不逼他，把人品搞成下三烂，影响别人，就碍了老子的眼。"

那年高考结束分数出来，我们班高出一、二本线的人数又是全校第一，斌哥在办公桌前跷着二郎腿，脚丫子得意地左右晃着，鼻腔里发出满足的哼哼声，全然不顾其他老师眉眼里的妒色。高考分数一出来，志愿填报考的就是家长了。志愿几乎是要左右一个人下半生命运的，而不少同学家人文化程度并不高，这种重大决定往往只能由全家文化程度最高的人来决定——那个人就是考生自己，而这对世事一纸空白埋头苦读的农家孩子来说，委实为难。所以我们的志愿单交一个过来，斌哥就督察一般审一个，有时还要结合性别、性格、家庭情况做一些修改调整。而不少人是不拖到最后一刻不能决定的，芳就是如此。待她交到学校，当日晚上全年级志愿单汇总后就递交到了教育局。斌哥第二天得知她第一志愿填的是华师，愣是

骑着摩托车找到芳家，拖着她去教育局修改志愿，没有通知任何人，连芳的父母都不知道，就给她改成了中南大学医学院，理由是女孩子当老师太累太辛苦。现在，芳已经医学博士毕业。而这个人生的转折点，是斌哥一手改写的。

18:05，下山口高速到了通山的东外环路口。雨又重新大起来，天已经完全黑下来了，微信信息没完没了地蹦出来。大家都已经到了横石，独剩我一人在路上飞奔，但是路况和时间让我没有精力腾出手来回复，只好在群里语音汇报一下。他们说通山往横石有一段路积水很深，车子不一定能够蹚过去，七嘴八舌地帮我出着路线的主意，可是我明明是路盲啊，跟我说这些不是对牛弹琴吗？于是嗯嗯哦哦地敷衍一阵，路线还是只能交给导航。从来没有像当时那样祈祷时间过得慢一点再慢一点。一定要等到我来啊，斌哥。

高中毕业后，每年教师节会给固定几个老师发短信问候，所以斌哥生病我是知道的。斌哥得病缘于他的暴脾气，大公子高考失利，他羞愤异常，觉得自己教书育人几十年，桃李

满天下，在学校大小也是块响当当的招牌，终究亲生儿子不给他长脸，郁气纠结发病。而那病竟是世界五大绝症之一——"渐冻人症"，霍金就是此病的患者，当年风靡一时的"冰桶挑战"也是因此病而起。网上说，此症使肌肉逐渐萎缩退化以至瘫痪，以及说话、吞咽和呼吸功能减退，直至因呼吸衰竭而死亡，这一过程通常是2~5年，更为残忍的是，由于感觉神经并未受到侵犯，所以并不影响患者的智力、记忆和感觉。

于是，我逐渐地看到斌哥的脸部浮肿、讲话大舌头、走路不稳、拿不住粉笔和筷子……不得不离开讲台。我找到一个很厉害的中医，要师娘带斌哥前来把脉问诊。中医要求斌哥停下所服用的一切药物，完完全全地配合中医疗法，还是有一定的希望痊愈的。但是，斌哥并没有冒险遵从这个建议，毕竟停药意味着病情迅速扩散，按照西医的说法，这种"裸奔"的方式无异于自寻死路。

霍金不是坚持很长时间吗？也许斌哥能等到医学突破的那一天呢？很多绝症患者不也好好地拥抱每天的晨曦吗？也许斌哥离开讲台离开升学压力还能更好呢？我们期盼着祈愿着。

18:25，去横石路边我曾经最爱的一个拐角处的河边，黑乎乎的也看不清晰，车灯扫过，那一排排树短了半截，兀自在水面上摇晃。那道温柔的小瀑布突然内力大增，和着风声咆哮而下。杨芳中学门口积水小半米深了，速度一快，车身两旁长出两只雪白的天使翅膀，天神一般掠过水面。

18:56，抵达定位地点。下车一边问路一边循着人声走过去。祖祠外面站着一些熟悉的面孔，师娘被一边一个不认识的人搀扶着。我直接冲进正厅，棺木还空着，有一只手给我往左边的房间指了指。那房间正对着门口停着一个电子制冷水晶棺，已经被打开了，旁边躺着一个被白色纱布包得严严实实的小小的人体躯干状的木乃伊。旁边有一个老人，偏过脸看了我一眼，走到那木乃伊旁边，揭开那木乃伊的一端，露出一张脸来。

没错，就是斌哥。额头上液化出来一颗颗的小水滴，是沁出来的密密匝匝的汗滴吧？嗯，明明身上脸上都冰凉冰凉的，还是热吗？左眼下一颗大水珠，是泪滴吗？嗯，尽管双目紧闭，五官倒并没有变形，只是脸瘦削了不少。老人又过来把纱布盖上，外面响声一片，19点封殓时间到。

我终于还是踩着最后的点来见到了你啊，斌哥。

师娘说，最后两个月你已经无法进食，140来斤最后瘦成了我见到的60来斤，只能靠着氧气和营养针来维系生命。所以，这一走，算是解脱吧？这一去，可还有遗憾？要不然，好好规划一下，下辈子别再当高中老师了吧？

斌哥姓成，单名一个斌字。享年52岁。

曾祖父的江湖

国网恩施供电公司　王慧荣

繁星闪烁，月光如水，蛙鸣声一片。在闲适安详的夏夜，我的思绪不由得飘飘荡荡，回到20多年前儿时的记忆里。记忆里的栀子花香总是夹杂着父亲淡淡的烟味，记忆里奶奶的故事总是神秘悠长，记忆里关于曾祖父的传说仍旧烙印在心。

一

《诗经》曰："岂曰无衣？与子同袍；王于兴师，修我戈矛。"清末民初时期，袍哥会在四川盛行，以旧礼教"五伦八德"为信条，以"讲豪侠、重义气、推食解衣、急人之急"为号令者，系为清水袍哥。

曾祖父小名叫"虎城"，身形清瘦，约一米七的个头，常穿一袭青布长衫，摇一长柄纸扇，与人言语时，总是抱拳躬身，温文尔雅，礼数有加。他是武陵山一代有名的清水袍哥，属金带皮袍，行交际、执法等职。

时光追溯到民国初年，曾祖父20出头的样子，一袭青布长衫，却留了西洋学子流行的四六偏分式发型，年少俊朗、气宇轩昂。因常在川（四川）湖（湖北）两省之间行走，途经各地均有袍哥帮会兄弟摆酒接风并送程仪，无须自备银两，故留给了后人久久相传的"行走川湖两省无须盘缠"的佳话。

那是春末的一天，在四川夔州永安镇

（今重庆奉节），曾祖父料理毕帮内事务，欲拜访另一郑姓商人后乘船而返。行至郑家院前，叩门许久，家丁才从门缝里露出半个头，低言劝其离开。曾祖父不明就里，追问何事。家丁叹息两声道来缘由，原来郑家生意败落，欠下同镇恶霸黄氏大笔银圆，已有妻妾的黄氏，便要强娶郑家已定下亲事的16岁小女相抵。郑家虽不愿，却又惧恶而不敢反抗，今晌午，黄氏又带了家丁来寻衅滋事，正在逼郑家交女。

曾祖父闻罢，略一思索，也不言语，推开大门，倒背双手，径自向堂内走去。待见了那郑姓商人，抱拳行礼，唤声"哥哥，我来晚了"。郑姓商人自是惊喜，但迫于眼前剑拔弩张之势，连请上座看茶之言都吞了回去。那恶霸叫嚣正盛，见对方来人了，哪里肯依。蓄力将一海碗粗的手臂，横劈曾祖父胸前，一招毙命的招式，可谓歹毒。曾祖父腰身一紧、长衫一摆、身子一侧，便轻易地避了过去。那恶霸性急，再蓄力一个扫堂腿，连攻曾祖父下盘。曾祖父似早有所料，脚下滑动，向后连跃三步，一个转身，已是三米之外。恶霸再上下齐攻，曾祖父反手一挡，一个侧转，两脚连环踢

出，只是点到为止，却未曾伤到那恶霸。

连攻之下，恶霸没讨到便宜，但又不甘心，遂转身再逼郑家交人。郑妻靠在檐廊柱上，一边垂泪一边苦苦哀求。恶霸视而不见，叫嚣声越发猛烈，只差强行入屋抢人。此时，曾祖父忽然一阵仰天长笑，恶霸见此不敢再造次，停止了叫嚣。但见曾祖父单手解开斜襟盘扣，褪下青布长衫，内里是黑色短褂功夫衫，双脚打着绑腿。纵步一跃，至檐廊柱将郑妻扶走，又令在檐廊柱边的所有郑家主仆，退至八米开外。朱红色的廊柱前，曾祖父双臂长伸、马步半蹲、双目微闭，深吸一口气，以鲁智深倒拔垂杨柳之势，反着双手将硕大廊柱抱于怀中。片刻工夫，随着曾祖父"啊"的一声长啸，廊柱缓缓离地，檐廊上的青瓦纷纷向下滑落，正砸在恶霸一干人头上。恶霸深知今日遇到了强人，狠狠丢下一句"下次再来"，灰溜溜地走了。

郑氏全家自是对曾祖父感激涕零，也深知恶霸遭此挫败，决不会善罢甘休，恐下次来时只会变本加厉。而郑家家道中落，与小女定亲的人家早有悔亲之意，故迟迟

不肯迎娶。为免小女惨遭欺侮，郑家夫妻意欲将小女托给曾祖父带回湖北。曾祖父虽有怜惜之心，但婚姻大事，父母之命、媒妁之言，当下只好婉拒。郑家无奈，只得备了酒菜招待，毕时已是掌灯时分，曾祖父独自去了渡口。

夜凉如水，扁舟轻移，桨声汩汩，两岸青山静默。曾祖父立于船头，一任夜风将青布长衫撩起。半响，掀帘弯腰入舱，却不知何时，郑家小女已先行上船，抱着大包袱，面见曾祖父，扑通一声跪下，称若不带她离开，她便投江而尽，了却红尘。此时，船已离开夔州百余里。

回到湖北，在高祖母的操持下，将曾祖父已经定亲的周氏与郑家小女结为金兰，再同嫁曾祖父。天不遂愿，周氏曾祖母体弱多病，婚后三年即因病辞世。倒是郑氏曾祖母，生养了三男两女，后在曾祖父离世10多年里，全由她踮着三寸金莲持家理事，直至60年代初离世。

二

40年代始，桂花飘香的季节，曾祖父同村于氏人家，不知何因开罪了"棒老二"（土匪），一夜之间，家中金银细软皆被洗劫一空不提，户主还惨遭"棒老二"刺胸而亡。一时间，于家妻小守着空屋哭得死去活来，全村人怜悯，出钱出人帮其料理后事。曾祖父差了曾祖母送去银圆和大量米面家什，自己却自始至终不曾露面。

同年10月，国民党第六战区司令长官兼湖北省（临时）政府主席陈诚进驻恩施，司令部设在位于郊区的龙洞河畔一片叫竹林岩的半坡上，与王家祖宅相距不过几公里。

陈诚治军严谨、军纪严明，部队驻扎期间，未惊扰当地乡民，反而为乡民做了较多实事。次年开春，河水解冻、寒鸭探水，全村人惊闻，盘踞此处多年的两个棒匪头子，被驻军人员缉拿，并当着方圆百里乡民开了"天窗"（用子弹击穿脑袋）。

当晚三更时节，屋外伸手不见五指，于氏妻小一家五口，拍开曾祖父家门，面见曾祖父后一言不发，齐刷刷跪成一排，"咚咚咚"毕恭毕敬磕了三个响头，眼泪汪汪地转身离去。次日，曾祖母问烟榻上的曾祖父，棒匪被开"天窗"之事，可是他从中使了银圆，借驻军之手而为。曾祖父长吸一口水烟不置可否，只回了句，于家孤儿寡母不容易，你以后多送些油盐米面帮衬。间或，也有乡邻私底下揣测此事，甚至问及曾祖父，曾祖父一直声色未动。此事被大肆传开之时，已是中华人民共和国成立后的多年，彼时，曾祖父早已故去了。

三

得了祖上的庇荫，曾祖父手里留有七八十亩薄田，衣食足丰，度日无忧。

清水袍哥虽行扶困济弱、为善除恶之举，但习赌之好一直沿存。曾祖父常行川湖两省，料理帮中事务，行赌也是常事。

据说赌得最厉害的一次，是在中华人民共和国成立前夕，曾祖父与人赌骰子，七天七夜不归家。想我那郑氏曾祖母，年纪轻轻就敢以死相逼，从夔州跟来湖北，也绝非一般柔弱女子。在第八天头上，她邀了王氏族人，把曾祖父明请暗绑了回来，一把长锁关进了偏房小屋，饭食由她亲自奉送，下令家中老少无她许可，谁也不得靠近偏房小屋。

曾祖父倒也不吵不闹，从了曾祖母安排，一个人安静地待在偏房小屋里读书习字。曾祖母每天巡查数遍，见曾祖父气定神闲模样，警惕之心渐次放松。过了六个日子，于家长子入门而泣，告之家母患重症久治不愈，家徒四壁，再无银圆可使。曾祖母当即备下米面银圆，赠了于家长子。转而念及于家妻小孤苦，终是心下不忍。于头晚备下酒肉饭菜，待清早送予曾祖父后，去于家告慰一番。

借着一丝鱼肚白，曾祖母解锁，见曾祖父的青布衫子挂在半边帐钩上，黑口布鞋呈八字摆在脚踏上，大红缎面被褥似人形隆起，黑色毡帽占去半个枕头，曾祖父侧于床深处睡得正酣。曾祖母轻手轻脚放下饭菜，锁门离去。

日上三竿，曾祖母赶紧赶回，解锁见得房里饭菜丝毫没动，布衫、鞋帽、床上摆设，也跟早上一派模样，心下顿时起疑，"虎城、虎城"唤了两声无人应，足下三寸金莲生风，急奔床前，用力掀起被褥，这哪里还有人在，分明是一条棉絮以人形隆起模样搁在床上。待回头，只见半扇窗户虚掩。

也就在那一晚，曾祖父的30余亩薄田一

夜间化为乌有，任凭曾祖母哭闹打骂等十八般武艺用尽，事实已成，无挽回余地。不过，人生之事，风风雨雨、起起落落，此时彼时难以预料。1949年新中国成立，次年即实行土改。彼时，曾祖父手里仅有薄田不过10余亩，在划分阶级成分时被列为中农。没多久，曾祖父因病故去。

盛极必衰，衰极必盛，历史发展规律如此，家族兴衰更迭自有定律，不过短短十几年，他两房儿子和长女，即我的大爷爷和本家爷爷、大姑奶奶，都正值青壮年，因病相继离世。本家爷爷离世时，父亲出生不过40天。此是后话，不提也罢。

奶奶的故事在10多年前的夏天停止，那年她90岁，历经人生甘苦悲喜，看透人间兴衰盛落，走得如此安详。父亲早在奶奶故去前10年病去，如相信轮回转世，他又是俊朗青年了。如今，夏虫争鸣的夜里，栀子花的香味里再未闻到淡淡的烟草味。

月辉渐渐暗了下去，蛙鸣依旧。拾掇拾掇思绪，喧嚣的城市，不知何时已安静了下来。

■ 文学作品

人生没有太晚的开始

国网蕲春县供电公司 陈玲

慧姐退休几个月了，趁着五一假期闲暇，我邀约莉莉和芳芳一起去看望她。

慧姐家的房子是临街面的单门独院，室内宽敞明亮，窗明几净，一尘不染。我们刚落座，就争先恐后问慧姐：退休的生活怎么样？慧姐笑了笑，倒好茶水放在玻璃茶几上，又拿起果盘里的水果削好递给我们，然后聊了起来。

退休后的慧姐先是在后院里种花。为了这些花花草草，除了在网上查阅相关资料，还多次向种花的专业人士请教。功夫不负有心人，她总算把后花园伺弄得有模有样，鲜花竞相开放。我们好奇地倚在阳台窗边，只见满院的花盆高矮大小错落有致，正开花的姹紫嫣红，花已谢的绿意盎然，令人倍感舒适和惬意。

我转身扫视偌大的客厅，发现博古架中间摆着一大盆绿萝，茎蔓悬挂而下，如同绿帘子，别具情趣；厚重窗帘边的屋角，有一盆柱藤式绿萝，绿萝的藤蔓绕着柱子攀缘生长，绿油油的。一盆植株还小的吊兰，不起眼地待在绿萝旁边做陪衬。慧姐说，绿萝和吊兰不宜阳光直射，放在室内为好，还可以净化空气。

慧姐说话轻言细语，又善解人意，让人如沐春风。她在我们仨闲谈之间，看到谁的水杯空了，马上加点水；听到谁说的话让人有点尴尬，就自然地接过话题打圆场；谁抱怨了发点小牢骚，她理解的劝慰让人瞬时释然。不经意地聊着笑着，我们仨又不约而同地请慧姐继续拉话退休生活。

慧姐说，为美化生活环境，退休的前两个月主要是打理后花园，花草相继成活了，浇点水或施点肥就没事了。剩下的时间上上网，听听音乐，看看电视，逛逛街，太闲了就找出以前买的十字绣来绣。

"十字绣？什么十字绣？"莉莉好奇地脱口而出。十字绣是用专用的绣线和十字格布，利用经纬交织搭十字的方法，对照专用的坐标图案进行刺绣的一种刺绣方法。以前很流行的，看到别人绣得好看，也跟风买了几件绣样，一直没绣，现在退休有时间就捡起来了。

听慧姐如此说，莉莉"哦"一声不言语了。芳芳却感兴趣地问："好不好绣？"慧姐说好绣，还去卧室拿来装绣品的藤筐。我没有绣过十字绣，但看到这么精美的绣品，估摸着需要不少时间和很大的耐心，不禁由衷地赞叹慧姐了不得。

谁知慧姐摇摇头，说刚开始绣的那几天，兴致十足，每天晚上熬到深夜也不愿罢手。可半个月下来，感觉这样的针线活太枯燥乏味了，最后一件绣到一半不想绣了，常常绣了十来分钟，就随手扔在一边。看着被冷落一旁的半成品，想想就这样置之不理，浪费了太可惜，才勉强绣完了。说罢，慧姐一声长叹。

养花弄草也好，绣十字绣也罢，都不是慧姐真正喜欢的事。人只有找到自己真正喜爱的事情才会感兴趣，做喜欢的事才会有乐趣，才会心甘情愿地付出时间和精力。那么，慧姐真正想做的喜欢的是什么呢？我不禁问了问。

"有件事一直盘踞在心里，现在想做不知会不会太晚？"看着我们仨探究的眼神，慧姐停顿了一会儿又接着说，她是家中长女，自幼喜欢书法，初中毕业后想上美术学校，但为减轻父母负担14岁就参加工作，在化工厂的车间做工人；18岁由单位安排进修，学成归来做会计，3年后升任财务科长，工作更繁忙；25岁结婚，上有老下有小，家务事没完没了；30多岁下岗，后由家属身份进入公司三产业……这么多年来，为了工作和学习，为了栽培孩子，为了孝敬老人，她把书法梦抛之脑后。如今退休了时间充裕，从现在开始练书法还来得及吗？她行吗？

慧姐的顾虑和担心，让我瞬间想起摩西奶奶的故事：农场和刺绣占据了摩西奶奶的大半生，直到晚年因关节炎被迫放弃了刺绣，开始绘画，并从此爱上了绘画，觉得自己越活越年轻。80岁时在纽约举办个人画展，成为美国最著名、最多产的原始派画家之一。摩西奶奶突破了年龄和教育的限制，通过自己的尝试和发现，用画笔描绘出一种别样的丰富人生……

我把摩西奶奶的故事讲给慧姐听，对她说人生永远没有太晚的开始！做自己想做的喜欢的就对了，任何时候开始都不晚。慧姐深受鼓舞。

其实，现在就是最好的时光，对一个真正有所追求的人来说，生命的每个时期都是年轻的、及时的。当有了自己真正想做的事时，就从现在开始坚持下去，不管成功与否，享受自己的爱好，享受自己所向往的生活就好。

人生没有太晚的开始，晚了的只是开始的勇气。

乘着舟，让我们红尘做伴

国网湖北超高压公司宜昌分部 余欢

澄澈的水面上，月光流泻，一片清辉，小舟漂荡其间，只能听到微风中水波轻拍船身的细微声响，我站在船头，不知将驶向何方，只见波光粼粼中，天上的满月被微风吹起的涟漪切割成无数光圈层层漾开去……这是我午间小憩梦到的画面，醒后依然清晰可感，仿佛一伸手都能触碰到那满船清辉：凉凉的，亮亮的……这不就是"醉后不知天在水，满船清梦压星河"的真实写照嘛！好想也学学古人：小楫轻舟，梦入芙蓉浦。

第一个在舟中作诗的人大概是屈原。在《涉江》中，她最悲哀的诗句都与舟有关："乘船余上沅兮，齐吴榜以击汰。船容与而不进兮，淹回水而凝滞。"舟是屈子的知心，屈子心乱如麻，舟也在水上荡漾。"将运舟而下浮兮，上洞庭而下江。去终古之所居兮，今逍遥而来东。羌灵魂之欲归兮，何须臾而忘返。"从洞庭出发北行进长江顺流而下，去之愈远，而思之愈切，归期渺渺，一路的伴侣只有舟了，在屈子心中，舟岂止是交通工具而已？

舟带着屈子去流浪，去漂泊，舟也能带着捕鱼人误入桃花源，开启一个完全未知的世界。发现桃花源的人是常年在船上打鱼的渔夫，他弃舟登岸，"复行数十步，豁然开朗。土地平旷，屋舍俨然，有良田美池桑竹之属……"。我想，陶渊明安排一个打鱼人发现桃源世界，绝不是随意为之。舟中的人，就像舟外的水一样，在流动中保持纯洁，在流动中寻寻觅觅。舟中的人都有一颗不安分的心，有一双会发现的眼睛。以舟为生，无论是摆渡还是打鱼，都不仅仅是一种职业，也是一种精神世界的探秘和跋涉吧。

说到精神世界的探秘，唐代的诗人们应该最有发言权。读唐诗，感觉唐代老老少少都在奔波，有的在马背上，比如，写出"大漠孤烟直，长河落日圆"的王维；有的在舟船上，比如，写出"两岸猿声啼不住，轻舟已过万重山"的李白；还有的一生漂泊，比如，写出"即从巴峡穿巫峡，便下襄阳向洛阳"的杜甫。"故人西辞黄鹤楼，烟花三月下扬州。孤帆远影碧空尽，唯见长江天际流。"朋友乘舟远行，自己站在江边久久眺望，不忍离去，直到最后一点孤帆消失在奔腾不息的江水中。一江春水，永远东流，带走了多少离愁别恨。中国人的时间意识大约就是在舟中获得的。逝者如斯，不舍昼夜——寄身于舟中的古人，在奔波流浪中，时间意识开始觉醒。

而这一觉醒，使唐代的诗人们最大限度地从舟身上汲取到创作灵感。在舟上垂钓者："孤舟蓑笠翁，独钓寒江雪。"在舟中享受轻松一刻者："竹喧归浣女，莲动下渔舟。"在舟上相思者："谁家今夜扁舟子，何处相思明月楼。"在舟上告别友人者："李白乘舟将欲行，忽闻岸上踏歌声。"最后，舟竟成为他们生命的归宿，李白的最后一夜是在舟中度过的。据说他为了捞取水中的月亮而失足落水，李白一生在告别，最后以这样诗意浪漫的方式告别人间，也算是舟成全了他的宿命。杜甫一生最崇拜李白，连告别的方式都如出一辙："亲朋无一字，老病有孤舟。"一切在他预料中，在舟上与深爱的世界作别。滕王阁上一诗成名的王勃，英年覆舟而亡，像一颗彗星划过初唐的天幕，对这位少年天才而言，这样的结局是幸，还是不幸？千年之后，当孩童也能对"落霞与孤鹜齐飞，秋水共长天一色"朗朗上口时，我们不能不说，这些把名字虔诚地刻在水上的人，随着奔腾不息的水流，滋养了一代又一代后人的灵魂，他们因此也得到了永恒。

宋代最爱乘舟的文人当推苏东坡了。出三峡、游石钟山、赏西湖、谪海南，哪一次离得了舟？最喜欢"小舟从此逝，江海寄余生"两句，据说这两句诗写在他家门外的墙壁上，题完字他就回房间睡觉去了，早上被附近的人看到以为他玩失踪，放弃一切功名利禄追寻自由去了，匆忙报官要去渡口寻找，后来才发现他在房间里呼呼大睡。其实，这是苏东坡内心对自由的向往，现实生活中"长恨此身非我有，何时忘却营营"，太压抑，太痛苦，太孤单，所以内心世界向往一叶扁舟，江海余生。前后《赤壁赋》是苏东坡最伟大的作品，在舟上的东坡居士，跟在陆地上的他完全判若两人："苏子与客泛舟游于赤壁之下。清风徐来，水波不兴。举酒属客，诵明月之诗，歌窈窕之章。少焉，月出于东山之上，徘徊于斗牛之间。白露横江，水光接天。纵一苇之所如，凌万顷之茫然。浩浩乎如冯虚御风，而不知其所止；飘飘乎如遗世独立，羽化而登仙。于是饮酒乐甚，扣舷而歌之……""方其破荆州，下江陵，顺流而东也，舳舻千里，旌旗蔽空，酾酒临江，横槊赋诗，固一世之雄

也，而今安在哉？况吾与子渔樵于江渚之上，侣鱼虾而友麋鹿，驾一叶之扁舟，举匏樽以相属。寄蜉蝣于天地，渺沧海之一粟……"江流有声，山高月小，水落石出，泛舟中流，饮酒赋诗，人生至乐。这才是东坡内心中最快乐的精神家园，只有在舟中，生命仿佛才能完全打开。天地之间物各有主，什么江上清风、山间明月，看似跟凡人无甚关系，但在苏东坡豪迈洒脱的精神世界里，这些东西于他是取之不尽、用之不竭的宝藏。苏子可知，"相与枕藉乎舟中，不知东方之既白"里的"东方既白"已经作为一种中国传统色流传至今，即黎明时太阳跃出地平线那一刻天空蓝蒙蒙白不透的颜色。东坡泛舟饮酒赋诗，不仅给我们留下了宝贵的精神财富《赤壁赋》，还留下了一抹宝贵的中国色彩。

　　与乘舟看遍大半个中国且在舟上开怀欢畅的苏东坡不同，李清照后半生的愁绪都压在舟上，所以她才会发出"只恐双溪舴艋舟，载不动，许多愁"的哀叹和担忧。当然，小舟也不仅仅见证了中年易安的愁绪，也曾陪伴她度过无忧无虑调皮贪玩的少女时代："兴尽晚回舟，误入藕花深处。争渡、

争渡，惊起一滩鸥鹭。"沉沉暮霭中，玩耍了一天的少女们回舟误入曲港横塘藕花深处。小舟带着一群天真烂漫的少女进入一个清香流溢、色彩缤纷、幽杳而神秘的世界，这种经历一生有一次足矣。青年易安，与丈夫赵明诚两情相悦、举案齐眉，无奈新婚不久，赵明诚负笈远游。备受离愁别绪煎熬的易安在红藕香残秋凉之际"轻解罗裳，独上兰舟"。想要去昔日与丈夫乘船同游的地方睹物思人，一解相思，可是"此情无计可消除，才下眉头，却上心头"。舟之于易安，从少女时的天真烂漫，到青年时的生离两处，再到中年后的天上人间，生命与舟，竟结下如此解不开的缘。

而我与舟的缘分，要从18岁那年说起：

因家在重庆，当年要来武汉上大学时，曾想过由重庆朝天门码头上船，走长江黄金水路经三峡顺流而下到达武汉。对我来说，如果真用这样的方式开启自己的成人礼，进入大学，进入社会，该是一个极好的寓意吧。但人生哪有什么"顺流"？若干年后才懂得，人生的实质是"逆旅"，所以我们才会对幸福、快乐有孜孜不倦的追求。在人生的长河里，没有那么多坦途供我们大步向前，也没有那么多桥梁让我们轻松走过，我们不能不乘舟，不能不涉水。在舟中咀嚼生命的轻和重，在水声和星群里让眼睛放光，将江上清风，山间明月，耳得之为声，目遇之成色，去体验像卷轴一样延展推开的人生画卷，让我们一起享受这个过程。

当你老了

国网武汉市经开区（汉南区）供电公司　陈攀

第一次听到《当你老了》是在春晚的舞台上，当莫文蔚迈着大长腿款款出现的时候，老公说了句："哟嗬，那英又上春晚了。"我和儿子互相看了对方一眼，狂笑。听完歌，我们都沉默了。大家对歌词的感受各不相同，儿子说像是他唱给妈妈听的，他想象着我有一天头发花白的样子。我觉得是唱给相爱的两个人听的，互相珍惜彼此，共同守护慢慢变老的日子。

第二次听《当你老了》是朋友圈里的一段某卫视节目中，莫文蔚和费玉清一起清唱的片段，当时节目现场坐着优雅还未老去的赵雅芝和刘嘉玲，她们依然端庄美丽地笑望人生。我转发给两个闺密看那段视频，她们没有作声，3分钟后同时丢过来两个一样的表情，我已然明了我们内心的感受是一样的，感谢时间沉淀了很多东西，感动似水流年里彼此懂得。

第三次想起这首歌的歌词，是2022年春节前回去看父母的那个下午。母亲蜷在沙发的一角盖着被子，眼眉低垂，似睁非睁，阳台上正好有一缕阳光照在她的头发上，稀稀松松的卷发刚刚染过，从缝隙中依稀可见棕色的残留染剂。进门的时候，电视机里放着民国戏，音量开得很小，睡意蒙眬的母亲连忙起身示意我小点声，父亲刚吃完感冒药睡下了。

"让你别染头发，那些都有毒的，特别是你头发本来就很少，又舍不得让理发店用好一点的染发剂，多伤头皮啊？"

"明天我们高中同学聚会，所以昨天去捯饬了一下，你爸今天已经批评过我了，以后再不许搞了。"

"不过这个颜色挺适合你的。"我凑过去扯过妈妈的被角，依偎在她身旁拉起了家常。这间房子是前几年父母用一生积蓄买下来的，在小县城算是比较好的电梯高层小区，90平方米的两居室被母亲收拾得井井有条。他们当时买房的初衷是，怕万一哪天谁腿脚不方便了，另一个还能推着轮椅出去晒太阳，否则只能窝在一方天地里，像从前奶奶那样透过阳台"窥探"邻居的市井人生，多么忧伤而现实的理由。在那以前，我一直以为父母的老去离我还很遥远，习惯在他们面前扮演羽翼未丰的丫头，一厢情愿地认为我未成熟，他们怎敢老去？

直到2020年有一次母亲生病，我才真正意义上意识到父母的老去几乎是一夜之间。当医生说需要住院开刀时，父亲才打电话告诉我和姐姐。当我们驱车几十公里赶往城市中心这家最好的医院时，远远地看见父亲焦急地拿着催费单在护士站来回踱步，看到护士忙碌的身影想问什么又退回去了。几天未见，父亲似乎一下子老了10岁，由于走急了忘记戴老花镜，他看不清单子上的字。因为眼底黄斑，父亲双眼视力只有0.2和0.6。

那段时间我和姐姐白天上班，晚上陪护，每次和父亲交接时，他都会千叮万嘱母亲坐起来床摇起的高度，靠枕怎么放她最舒服。那一刻我总会用"怀疑"的目光注视他，这还是那个儿时记忆中老是加班、偶尔喝醉、粗枝大叶不懂爱的男人吗？也是在那段夜夜相处的日子，我听母亲聊起，才知道父亲退休后变了，每天当她还没起床，习惯早起的父亲就买好菜，做好早点端上桌喊她。尽管他们还是会为了父亲买菜"上当"等鸡毛蒜皮的事拌嘴，可母亲说这些的时候，脸上分明泛着少女般的羞涩和得意。

2021年年底最忙的一段日子，我大概有一个月没有回去看他们。元旦家庭聚会的饭桌上，几杯酒下肚的父亲说漏嘴，母亲想拦没有拦住。她有一天不舒服，人昏昏沉沉的，居然糊里糊涂把一板消炎药全吃了，等她发现不对劲也不敢告诉父亲，以为没大碍。直到半夜突然尿血，父亲开着他的电三轮直奔医院看急诊，输了几天液后才好转。那餐饭我是忍着眼泪吃完的，我无法想象冬天的大半夜，视力不好的父亲，是怎么搀着母亲下楼，又是怎么开着电三轮去的医院，那几公里的路该有多艰难。我和姐姐埋怨父亲不打电话的同时，也深深地自责，养儿防老，可他们真的需要帮助的时候，我们在哪里？母亲当时坚持不想让25公里外的女儿赶回来，那个时候他们还惦记着第二天我们要起早上班，要送孩子们上学。父母最心疼的永远是儿女，他们爱得深沉，爱得"小心翼翼"。

从那以后，我越发害怕"子欲养而亲不待"的遗憾，想用一种互不"干扰"却又彼此"关心"的状态和他们相处，于是不厌其烦地教父母用微信。春节期间，刚学会抢红包的父母，在家庭微信群中，和两个外孙互发互抢不亦乐乎。如今，变天了会收到母亲的温馨提示，"记得给孩子们加衣裳"；看到网上的诈骗新闻，父亲会第一时间在群里分享，生怕我们吃亏上当；时不时他们还会发一段跳广场舞的小视频，偶尔母亲还会在群里"头脑风暴"猜字谜……这些信息有时"嘀嘀"一声欢快地出现在上班路上，有时会"低调"振动弹出在开会的间隙，每次想到这又是母亲敲了几分钟才发出来的一段话，我就情不自禁会心一笑。虽然我并不是每次都能及时回复，但我们都知道对方今天过得挺好，就安心了。

"当你老了……风吹过来，你的消息，这就是我心里的歌。"

当你老了，我们还能愉快地打字聊天，我能透过文字想象你在沙发上打盹的模样，我能通过你发的照片分享你当下的喜乐，偶尔我还会假装比你笨猜不出字谜，求你告诉我，然后等你甩过来一张得意的动画表情，我再接上一串崇拜的表情包，这感觉真好！

■ 文学作品

垭 口

国网恩施供电公司 梁智巍

小时候，爷爷告诉我，翻过那道垭口踏上盐茶古道，青石板路的那一头，连着我从未见过的繁华。

小时候，一灯如豆，织布机吱吱呀呀彻夜不息，昏黄飘忽的灯光，映照着奶奶沧桑的脸。

爷爷的旱烟忽明忽灭，盐茶古道上的故事没完没了，悠长的叹息声里交织着不甘与渴望。

奶奶织好的西兰卡普，图案里永远都有一轮圆圆的月亮，因为她厌倦了夜晚无边的黑暗。

爬上那道高高的垭口，走在荒芜经年的盐茶古道，冥想当年的人声鼎沸，谛听久远的脚步声。

奶奶的织机早已尘封，墙角笨重的石碓无声无息，徜徉在这千年古寨，轻轻地触碰那些追寻光明的记忆。

那一年，长长的队伍翻过高高的垭口，火红的旗帜在风中猎猎飞扬，土家汉子质朴的脸上写满了坚毅和憧憬。

铁锤钢钎，扁担背篓，还有无数古铜色的脊梁。敢死队员腰系绳索，半悬于万丈绝壁之上，开辟光明的通道。

打破那幽深峡谷亘古不变的宁静，锁住那千年万年流淌的滚滚洪流，水电站建了起来，电杆立了起来，古老的山寨里第一次亮起了电灯。

然而，短暂的惊喜过后却是深深的失落。电源单一、孤网运行，可靠率低而电价偏高，电灯终究没能取代油灯和松明。

石磨还在隆隆作响，撒尔嗬的腔调依然高亢悲凉，垭口下山寨的夜晚，依旧沉寂迷茫。

曾经梦想，可以在明亮的灯光下，织一床鸳鸯戏水的西兰卡普，跳一场酣畅淋漓的摆手舞，唱一首撩人情思的《黄四姐》。

曾经梦想，可以用电网联通山外的世界，把山中珍品送到四面八方，让人们在青山绿水间流连忘返，让土家人心中那只永生的白虎，看到幸福的希望。

企盼中，一轮又一轮电网改造悄然推进，一座座铁塔拔地而起，一条条银线联结起千家万户，崭新的电网让山寨焕发出蓬勃生机。

学校里的孩子们用上了取暖器、电厨房，一条又一条生产线落户山寨，观光电梯建到了山崖，直播带货成为山寨里最新的时尚。

不见了古老的灯盏，不见了古老的磨坊和水车，告别了袅袅炊烟，告别了贫穷落后，山寨的天更蓝，水更清，山更绿。

垭口，还在那里，而脚下的山寨早已不是那座山寨。

斗转星移，花开四季，其间有多少人、多少事值得铭记？

难忘那年冬天，一场突如其来的寒潮，让输电线路遭受毁灭性打击，上百根电杆倒伏在山间地头。是他们，在零下十几摄氏度的极端气候里连续奋战，短短5天，就让寨子里重新亮起了温暖的灯光。

新冠病毒袭来，是他们，甘冒被感染的风险，承受着巨大的心理压力，在医院坚守保电55天。他们化身为宣传员、跑跑队，走家串户宣传防疫知识，配送生活物资。

在暴雨肆虐的7月，是他们，枕戈待旦、闻警而动，用血肉之躯与灾害对抗，打响拉锯战、攻坚战，洪水涨到哪里，电就停到哪里，洪水退到哪里，供电就恢复到哪里！

脱贫攻坚，是他们，和山寨里的乡亲同吃同住同劳动，结对帮扶，不落一人；为发展找出路，为产品找销路；寻找水源，他们腰系绳索，悬吊于万丈绝壁，义无反顾钻进漆黑幽深的山洞。后来乡亲们才知道，他们不仅写了请战书，还偷偷写好了遗书。

从有电可用，到用上放心电、舒心电，他们孜孜以求，一步一个脚印，默默诠释忠诚和担当。

从供电服务，到履行社会责任，他们不忘初心、牢记使命，在岁月的长河里砥砺前行。

4月的风，轻轻吹过垭口，青石板路古意盎然，犹如片片散落的史书，书写着发黄的记忆。

4月的风，在山寨缓缓流淌，土家先民们苦苦求索的繁华，犹如一幅气吞山河的丹青长卷，渐次落墨渲染。

高高的垭口，见证这岁月静好。

4月的风，轻轻吹过。

父母在我家过年

国网鄂州供电公司　郑翔娣

自年迈的奶奶2021年仙逝之后，父母才可以二人一起出远门，2022年春节，父母便来我家过年了。往年年关，忙碌的我们总是图轻松，买些现成的年货，相比之下，2022年的年，才真正地叫年呢。

过了腊八，老爸老妈就开始采买各类食材。某天下班回家，我看见家里的大盆里面堆着一堆灌好的腊肠。见我一进门，老妈就问："有没有粗一点的棉线呀？"我说："要那干啥？"老妈说："系腊肠呀，系好了好挂起来晒呀！"好吧，可是我家实在没那玩意儿，因为我们从来没有这样准备过年货，只好把缝衣线多折几道

对付。当一大卷缝衣线用完的时候，腊肠也被老妈系成了一截一截长短相同的"小棍棒"，提起来一串串的煞是好看。我家的阳台，立马成了老妈的晾晒场，这成串的肉红的新鲜腊肠，沐浴着冬天的阳光，年的味道，一下就弥漫开来。

过了几日，一个大风呼啸的清晨，天气预报的寒潮准时报到，天还没亮透，我就听见大门响了，起床一看，我可爱的父母全副武装，戴着帽子、手套、围巾正要出门，我问："这么早，又这么冷，你们不多睡会儿，要去干吗呢？"老爸乐呵呵地道："我们去买肉啊，买新鲜的五花

肉，你妈要给你们做梅菜扣肉！"我哭笑不得，嗔怪他们："哪天不能买呢，非等到变天的时候出去呀？"老妈接话说："不冷不冷，你看我们穿这么多，再说要不了一会儿就回来了，去晚了就买不到好肉啦！"说完，二老就冒着凛冽的寒风出门去了。

次日是个周末，老妈特地赶在这天做梅菜扣肉。因为我们一家都爱吃她做的梅菜扣肉，往年的春节，只有我们回到父母家才能吃上，所以她特地安排在这天"现场教学"，说学会了以后想吃随时可以做。老妈把头天买好的新鲜五花肉拿出来，这块肉宽约15厘米，一整块肥瘦均匀，脂肪部分晶莹剔透，是块上等好肉。她将肉切成五段，放在锅里煮到能用筷子戳动肉皮，然后拿出沥水，待水沥干，将少量蜂蜜和白酒调成糊状均匀抹在肉皮上，再将锅内油烧至八成热，用筷子插在肉里，肉皮朝下放进油锅内，炸至肉皮变成焦黄色并起泡时捞起冷却。此时，再将食盐、姜蒜末、花椒粉、生抽等调料放在盆里，将冷却好的肉顺着纹理切成厚薄均

等的肉片，放进调料盆里搅拌均匀并腌制半小时左右。腌好后，拿出几个干净的大海碗，把肉皮朝下，一片一片细致地码进碗里，再把事先切成碎末并加作料炒好的霉干菜放在肉面上压紧压实，便可以上锅蒸了。不一会儿，肉香和着各类调料的香味，渐渐飘进家里的角角落落，馋虫也被勾得蠢蠢欲动。夹起一片蒸好的肉放进嘴里，入口即化的肥肉，松软美味的瘦肉，舌头轻轻一转，味蕾立即被激发出所有的潜能，完全沉醉在这人间美味里无法自拔，待一片丝滑细嫩的肉在嘴里悄悄地消失殆尽，只让人唇齿留香，久久难忘。

又一个清晨，我可爱的父母又赶早去采购了一块上等好肉，给我们做珍珠丸子。这道菜也是我家每年年饭上的必备菜品，虽然工序较梅菜扣肉简单点，老妈制作起来依然全情投入，丝毫不马虎。提前将糯米用冷水浸好，将肉剁成肉泥，打进一个蛋清，撒入切好的姜末、蒜末和食盐等调料搅拌均匀，将这些肉泥仔细搓成一个圆圆的小球，放在浸好的糯米里轻轻滚一圈，浑身沾满洁白的糯米，一个漂亮的

珍珠丸子就制作完成了。一转身的工夫，老妈便把一大盆肉泥全变成了丸子，排列得整整齐齐，像列队等待检阅的士兵，甚是可爱。摆出一盘上锅蒸，很快就肉香氤氲、米香扑鼻，吃上一口，肉的细嫩和米的软糯完美契合，成就了史上最美味的珍珠丸子。

除夕当天，父母依旧闲不住，早早起来，操持传统的团年饭，我们只能打打下手。讲真的，父母真的不再年轻了，都是古稀之人，2022年在我家过年，原打算让他们好好享享清福，奈何他们一刻也闲不住，看着他们在厨房忙碌的身影，我不禁又暗自欢喜，爱在厨房忙碌，一来说明他们身体尚还健康，二来说明他们依然保持着对生活的热爱，三来我还能享受来自父母的爱。年饭桌上，老爸老妈做了九菜一火锅，寓意十全十美，一家人整整齐齐，围坐畅饮，欢歌笑语，我们这个小家，第一次有了浓浓的年味。

晚上，春晚如期而至，我陪着头发花白的父母享受这一年一度的视觉盛宴，他们爽朗的笑声不时响起，时光仿佛穿越回几十年前，那个山区温暖的小屋，窗外飘着鹅毛大雪，屋里温暖如春，他们年轻，儿女绕膝，我们年幼，懵懂无知，炉火跳跃，晚会精彩，大人欢笑，孩子蹦跳，好一幅人间天伦。如今，我也只想这样陪伴着他们，将离家三十年没尽的孝全都补起来，吃他们做的梅菜扣肉、珍珠丸子和腊肠，听他们的唠唠叨叨，给他们买新衣服新鞋子，陪他们看电视、拉家常，任由时光年复一年。

父亲的菜园

国网鄂州供电公司　姜志刚

老家的菜园离老屋只有几十米远，出门左拐就可以看得见，旁边一个小水塘为菜园提供了充足的水源，这里是我家一年四季绿色生态作物的生产工厂，一年四季向我们几个离家外出的子女提供着充足的绿色生态食品；菜园"离家近、水源足、土壤肥"这三个得天独厚的条件让乡邻羡慕不已。

父亲去世前，问我菜园怎么办。他知道，瘫痪的母亲一个人不可能留在家中，她也管不了菜园，如果我不管，那只有给乡邻种，这么好的地总不能撂荒，这个应该不是种了一辈子农田的父亲想要的结果。

我毫不犹豫地回答：我来种！父亲听后点了点头，脸上若有宽慰，交代我家里哪些农具放在哪里，我一一记下；交代时，父亲满含笑意，仿佛他的传世珍宝有了接班人。

父亲去世后，母亲就被我们接到了集镇的街上居住，没人居住的家只好锁上了门；几家邻里都来相问，菜园能不能让给他们种。我说明我要种后，大家才都作罢。

虽说生在农村，却是少小离家求学，很少干农活。初接手菜园时，园中尚有父亲生前种下的瓜菜后裔，只需稍微打理，园中一样生机无限；待果尽叶枯时，我开始犯愁：接下来我该种什么？

除去枯叶，已经是深秋，听人家说可以

种萝卜，我便用铁锹对园里的土地略做翻耕，开始下种；没有对土地进行细耕，萝卜的苗长势尚好，等长根茎时才发现，根茎痛苦地在坚硬的土疙瘩上求生存，它的下部只好绕过硬土块斜向下面生长；栽好的菜秧无缘无故站着死了……

面对这些，我也曾想打退堂鼓；"我来种！"，说说容易，要种好真是很难。

好在现在有"度娘"可问，也有"西瓜视频"可看。我在上面搜索一下，发现更多的农业技师教你下一步种什么，如何种。

我长年喜欢吃大蒜，于是专门辟出一半的土地来种大蒜。没有现存的蒜种，我便上淘宝上去找，还真不错，第一次就购回不错的蒜种，乡亲都说，比街上农资站的好。

有了萝卜的前车之鉴，我又用钉耙对翻好的土地进行细作。大蒜也很争气，一出头就展示了勃勃的生机，好景不长，蒜叶出现了黄斑，于是对照视频上的办法处理。端午前，收获了几十斤大蒜头，腌了两大坛，吃上一年是没问题的。

立春开始种上了土豆，没有用地膜覆盖，一场倒春寒后，大部分的种子冻死在土里；好

在土地争气，扛住冻的几颗可怜的种子居然收获了20多斤土豆；阳春三月，豌豆开始结果，我兴奋地看着稚嫩的果实，过几天等来的却是鸟儿将其啄食的惨痛结局；清明前后种花生，光翻地就忙活了几天，好不容易种下了花生种，过两天回家一看，种子几乎全部被鸟儿从地里翻出来吃了，没办法，只好重新买种回来，种好后，又买上尼龙网在上面罩起来，8月挖花生时，也收获了两大袋。

5月初，我也学着其他人家栽起了红薯，这个种起来倒是不难，栽上去几天就开始蔓藤，我开始期盼霜降收获时有个好的收成。

在所有的种植过程中，你时刻要与杂草保持顽强的争斗，几天不去，菜园就有可能迅速被它们占领；往往是刚锄完的草，一场雨下来，好像天上有人种草籽一般，杂草在菜地遍地生根发芽，除杂草成了种植以外最常干、最辛苦的事；还有各种各样的虫害，好好的菜地几天不管，就变得千疮百孔，不能用剧毒的农药，有时还得用手去捉虫；还有与飞鸟斗，与禽畜斗……

我半个月后回家一看，菜园已经成了邻家鸡的乐园，原来父亲架起的围网年久失

修，早已是千疮百孔，鸡子可以大摇大摆地进出菜地，里面的青菜早就被啄得一塌糊涂，没办法只好重新买来围网，花一整天时间重新架起一道围网，总算跟鸡划清了界限，把整个园里的土地重新翻了一遍，准备随时耕种各种菜品。

"菜地一枝花，全靠肥当家。"没有人居住的家自然提供不了农家肥，化肥又不愿意用，于是饼肥成了首选，买回的菜饼先发酵，然后在作物生长的相应阶段进行施肥，作物生长需要的肥料也得到了妥善解决。

在经过一年多的与天斗、与地斗、与各种动植物斗的过程中，我也逐渐成长为一名"半吊子"的农人，也知道春天该种啥，秋天该收啥。虽说种得不咋的，小小的菜园在我的侍弄下，也是一年长绿。

国庆七天假，我几乎天天都往家里跑，给老屋透气，给菜地浇水，忙得不亦乐乎；有人说，菜种得那么多，吃得完吗？在菜地里辛苦劳作过程中，我从来都没有想到过这样的问题。

菜成片成片长出来吃不完的时候，我便分给乡邻，这个时候种菜的辛苦早就抛之脑后，享受的是分享带来的快乐。

很累的时候，我就回到老屋，搬个凳子，坐在父亲的遗像边，静静地看着，仿佛是想告诉父亲，菜园我没丢，我种了什么，收获了什么……

在周而复始的种菜过程中，我突然发现，对老家菜园的牵挂，不是什么诗和远方，却是一种乡愁的表达。

因为有了对菜园的牵挂，我也多了更多回老家的理由。每次回家，打开老屋的门，给老屋透透气，有空的时候也打扫一下。虽说无人居住，经过我每次回家的换气、打扫，老屋同样显示出灵性和生机。

回家的途中，每每跟乡邻打招呼时，我总是自豪地说，回来看看我的菜园。我突然发现，有了菜园这层特殊关系，在没有父母和亲人的老屋，我不是过客，而是从未离开过的主人。感谢你——父亲的菜园。

宋朝的这些人儿：醉翁之意不在酒

国网襄阳供电公司 周乐章

什么是最好的人生状态？我想，大概就是哪怕生活平凡到毫无新意，甚至充满着苦难和不堪，你依然可以过得风生水起，笑对人生。即使天塌下来也要带着微笑，用现在的话说就是"娱乐到死"。

再看古之文人，大多在生活的苦海里沉浮，"入门闻号啕，幼子饥已卒"的杜甫，"巴山楚水凄凉地，二十三年弃置身"的刘禹锡，"同是天涯沦落人，相逢何必曾相识"的白居易，数不胜数，不一枚举。诗人总是多情而敏感的，他们大多心思细腻，对苦痛的感知也高于常人，大抵也是因为他往往想的、想要的，也多于常人。所谓苦难成

就诗人，此言非虚。

而诗人对待苦难的态度也各不相同，杜甫极其悲切，观民间疾苦，吟苦痛之词（可能这就是浪漫的白哥不太喜欢搭理他的理由）；刘禹锡引吭高歌，悲而不伤，作高亢之语；白居易外职避世，独善其身，行自娱之事。面对生活，无不都是各显神通，而欧阳修却独有良策。

欧阳修，字永叔，号醉翁，北宋政治家、文学家，诗文皆有成就，在政坛极负盛名。欧阳修的一生，属实有些惨。如果说年轻时的他有幸经历了人生四大喜中的洞房花烛夜、金榜题名时，那与之对应的人生三大

最使人黯然神伤的悲事：幼年丧父，中年丧偶，老年丧子，他也无一逃脱。

压不倒你的，必使你强大。他的生命中从来不乏苦难，接踵而至的苦难反倒让欧阳修炼出一个有趣的灵魂。他始终对生活怀着一颗赤子之心，生活虐他千万遍，他待生活如初恋，大抵如此。他晚年以六一居士自称，藏书一万卷、金石遗文一千卷、琴一张，棋一局，酒一壶，还有一翁，在五物之间，谓之"六一"。用现在网络上常见的一句话就是：一人一屋，一狗一猫，心向大海，春暖花开。能说出这样的话，或许只有"回也不改其乐"的居陋巷的颜回，有着这样强大心理的人，该是对生活怀着怎样的热爱啊！

欧阳修4岁丧父，但母亲出身世家，知书达礼，一直没有改嫁，亲自教他读书，靠母亲"画荻教子"，欧阳修走上了学而优则仕的人生大道。母亲对他性格的养成影响最大，她从小就教育欧阳修"利虽不得博于物，要其心之厚于仁"，就是说，虽然受经济条件限制不能普惠众人，但千万不能缺少仁爱之心。在她的培养下，欧阳修逐渐成长

为一个刚正不阿的人。

欧阳修从少年时便推崇韩愈，酷爱散文，但当时骈体四六文当道，因此他屡试不第，连续两次落榜。不过，作为全能之王，一代文宗，岂能被这小小的应试文难倒。第三次赴考，他临时改变行文风格，竟在国子学的广文馆试、国学解试中连续两次夺魁，连中监元与解元，又在第二年的礼部省试中再获第一，成为省元。天圣八年（1030），欧阳修参加宋仁宗亲自主持的殿试，最终位列二甲进士及第，排第十四名。

随后，欧阳修官拜将仕郎，试秘书省校书郎，充任洛阳留守推官，同时，也被恩师胥偃看中，定为自己的女婿。

如果说岳父胥偃是他生命中遇到的第一个贵人，那么在洛阳任职的直接领导钱惟演则是他生命中的第二个贵人。钱惟演是吴越王钱俶的第七子，北宋大臣，"西昆体"的骨干诗人。他很少让欧阳修干琐碎的行政事务，使他有不少闲暇时间与梅尧臣、尹洙等文友一起切磋诗文。当时文坛上流行骈文，文风华丽，欧阳修自然不满足于那样死板的文风，而是凭借自己丰富的学识，以效法先

秦两汉的古人为手段，力图打破当时陈腐的文风，推行"古文"。在钱惟演的支持下，欧阳修等人有了充分的时间去琢磨古文创作。后来古文创作在宋代繁盛一时，留下了无数千古名篇，为他以后的厚积薄发奠定了基础。

可好景不长，后来，钱惟演政治失意，被迫离开了洛阳，离别的愁绪还未缓和，夫人早产而逝的噩耗便已传来。钱惟演调离、妻子死去，而欧阳修也即将离开到汴京上任。离开洛阳的欧阳修，早已不复当年，他把心思渐渐放在自己的仕途之上。然而，他身为韩愈的忠实粉丝，不仅继承了韩愈的为文之道，连在仕途上都像极了韩愈的豪迈果敢、无所畏惧。宦海沉浮数十载，欧阳修总是保持着刚直不屈、一以贯之的勇者姿态，政治上锐意求新，人际关系上爱憎分明，用现在的话说就是"捅天捅地捅空气"，这样的愤青性格，注定是要以悲剧收场的。

宋仁宗一朝，政府官僚机构非常臃肿，时任谏官的范仲淹力主改革。当权之臣自然心中不乐意，于是给范仲淹扣上了"越职言事、勾结朋党、离间君臣"三顶大帽子，一拨干将纷纷被以各种理由调离朝廷，欧阳修则被贬官到了偏远的滁州。

欧阳修天性旷达，非常看得开，对他来说，有酒有山水，在哪里当官都一样。滁州的山水是美丽的，唐代诗人韦应物任滁州刺史时，就留下了著名的山水诗《滁州西涧》；两百多年后欧阳修来了，忙完公务，撰写作品之余，带上酒出门寻山访水，找好友谈论经和道。"朝而往，暮而归"，这样的日子真的很美！即使在夏天，欧阳修组织大家在荷塘边击鼓传花做游戏，也仍离不开酒。当时，一个琅琊山的和尚智仙建了一座亭子，邀请欧阳修题个名字，欧阳修见此地群山围抱，有山有水，简直是喝酒的好地方，随即为亭子取名"醉翁亭"。

从此，这亭子便成了欧阳修常去的地方，办完公之后和大家一起爬山、野宴，喝醉了酒就呼呼大睡。"醉翁之意不在酒，在乎山水之间也"，这是他的《醉翁亭记》中的名句。醉能与民同乐，醒能述之以文，他以醉翁自居，却对于生活异常清醒，他清楚自己要干什么，也清楚要怎么做，即使仕途蹭蹬，也从不萎靡消沉。

在北宋的文坛上，他和易安大人可以算得上最喜欢喝酒的了，排名不分先后。但是不同于李清照的御姐豪放派，他更像是苏轼，前者"一醉解千愁"，虽然无力改变烦恼但可以喝点酒来淡化它；后者"何以解忧，唯有美食不可负"，以积极的态度对待人生。

写文写赋，皆追古风，不得不说，韩愈对欧阳修的影响不可忽视。他撰写了今存最早的金石学著作《集古录跋尾》，主持修订了《新唐书》，独自撰写了《新五代史》，还写了专门介绍牡丹的《洛阳牡丹记》。此时的欧阳修，已将古文之精髓发扬到了巅峰，再无半点骈文之风，世人都认为他醉了，只有他自己知道，他比以往任何时候都更清醒。

除了个人有很高的成就之外，他还带动了整个北宋文坛的欣欣向荣。唐宋八大家中，宋朝占六位，其中苏轼、苏辙、曾巩均是他的学生。韩愈的星星之光，在欧阳修这里，终于成为熊熊燃烧的燎原之火。除此之外，欧阳修还做到了外举不避疏，内举不避亲，对苏轼、苏辙、曾巩、张载、程颢、吕大均、包拯、韩琦、司马光等有真才实学的后生都大加赞美、竭力推荐，使这些默默无闻的后辈最终崭露头角，日后成长为文坛巨匠、旷世大儒或历史名臣。

可以说，欧阳修的一生就是"左手美酒，右手桃花，三上作文，千古伯乐"。他初次被贬到夷陵，生活在"二月山城未见花"的穷山恶水之中，却依然坚定地相信"野芳虽晚不须嗟"；他调侃自己的文章，"余生平所作文章，多在三上：乃马上、枕上、厕上也"；他自嘲是个酒鬼，"遥知湖上一樽酒，能忆天涯万里人"；他鼓励年轻人要多玩，"行乐直须年少，尊前看取衰翁"。

如今，1000多年过去，当我们想起欧阳修时，仿佛还能看到一个白发老人，左手拿酒，右手拿书，面色微醺，笑嘻嘻地说：

醉翁之意不在酒，在乎山水之间也！

芒种煮梅，遥思昭烈

国网武汉供电公司　陈立坤

"河阴荠麦芒愈长，梅子黄时水涨江。王孙但知闲煮酒，村夫不忘禾豆忙。"南北朝诗人长卿的这首《芒种》，生动地描摹了这个节气的地方物候和人世情态。

芒种前后，正值时气湿热，人们常常易感困乏，食欲不振，故被称为"苦夏"，需食苦饮酸，以除湿祛暑。此时正值梅子熟时，我爱邀三五好友，在江滩边闲坐，围炉煮茶，佐以莲子、乌梅，举目江景，畅谈古今，好不快哉。

有时雷雨骤至，好像云上有天人锤响夔皮的巨鼓，霎时间万马奔腾，蹄声直碾在肝胆上，一阵战栗与寒战过后，又觉血气翻涌，心脏附和着这豪迈的鼓点，兴奋地跃动着。遥望江上电闪，忽明忽暗，顿觉心念百转，思绪飘飞。

遥想当年，曹操威挟天子，进位丞相，击败吕布，收取徐州，好不风光。此时正值青梅熟时，曹操邀请刘备一同煮梅饮酒，酒至半酣，忽然乌云滚滚，骤雨将至。曹操让刘备说说当世英雄，刘备穷举当时虎踞一方的诸侯，都被曹操一一否认。最后，曹操手指刘备，然后又指向自己，慨然道："天下英雄，唯使君与操耳！"

青梅煮酒之事虽仅见于演义，但曹操对刘备所言，却是正史《三国志》所载。钟惺有诗凭吊曹操云："古人做事无巨细，寂寞豪华皆有意。"此句可谓道尽个中滋味。英雄间总是惺惺相惜的，更何况，曹操在刘备的身上看到了同样的光芒。彼时的刘备，刚经历过折兵失地、妻子离散的惨祸，现今又寄人篱下，何其狼狈。可纵然尘染双鬓，满面倦容，也遮掩不住他心中的火种。

那是理想的火种。东汉末年，天下离乱，民不聊生，刘备目睹如此惨状，心中暗怀终结乱世、解民倒悬的理想。滚烫的理想之火种，无时无刻不烧灼着刘备的心。这火种，催生出"髀肉复生"的感慨，"如鱼得水"的快慰。这火种，也终是燃作了赤壁的大火，夷陵的烈焰。

《月令七十二候集解》中记载："五月节，谓有芒之种谷可稼种矣。"芒种的字面意思是"有芒的麦子快收，有芒的稻子可种"，所谓北方的早麦收获，而南方的晚稻播种。人生亦有时节，曹操的一生，恰如早麦，早年便已家业雄厚，征兵后麾下智士良将如云，一统北方，占尽天时。而刘备的一生，无疑类于晚稻，起步虽晚，但度量极大，坚韧不拔，百折

不挠，先取荆州后取川，庇护一方人民，终成基业。刘备的谥号是汉昭烈帝，谓其昭显德行，复兴前业。这正是刘备一生的最好写照。而刘备心中燃烧的，不只是建国安邦的理想之火，更是复兴的理想之火。刘备国号季汉，以表存亡继绝、汉祚不灭、文明复兴的理想始终传承。

五千年文明传承，深刻道出中华民族的自信之源。而这源头活水，饱含着无数中华儿女对太平与统一的期盼，正浇灌着中华民族伟大复兴的理想："中国共产党带领人民追求的'复兴'不是要回到汉唐盛世，不是要重温'万国来朝'的旧梦，而是要使中国赶上世界前进的潮流，'让中华民族以更加昂扬的姿态屹立于世界民族之林'。"

时维芒种，序属仲夏。早麦已收，种豆未晚。太平年代，我辈更当不忘初心、牢记使命，长怀昭烈精神。

理想主义之火不熄，伟大复兴之火不熄。

那年绿茵闪耀时

国网武汉供电公司　彭静

2022年10月的某天，闭关在家的我突见电视上卡塔尔世界杯的吉祥物发布，惊觉原来11月20日就在眼前，烽烟将起，又是一个四年过去了。

说来惭愧，从1994年被男同学们耳提面命带着看世界杯，至今近30载，我一直很稳定地保持在被我家先生调侃的"水货球迷"水平。原因无他，只因别人口若悬河评论球赛双方"532"或"442"阵形的优劣时，我总是眼睛发亮地追逐着球场上的球星，其他全不上心，亦是一个追星族。

绿茵场上从来不乏明星。从当年德国的"三驾马车"、橙色兵团的"三剑客"到后来的齐达内、小贝，再到C罗、梅西……各路英雄，不胜枚举，但2002年日韩世界杯沉沙折戟，倍感失意的"两巴"却始终是我的最爱，这么多年一直没有变过。所谓"两巴"，即意大利的罗伯特·巴乔与阿根廷战神巴蒂斯图塔也。

素有"绿茵诗人"的巴乔拥有地中海一般湛蓝深邃的眼眸，天神吻过的容貌，温存而勇敢的心，神奇却又脆弱的双腿……曾经几乎所有的球迷都爱他，而且是爱他的全部。

1990年，稚气青涩的巴乔以其精彩绝伦的带球过人破门得分技惊世界，开启了他的燃情足球岁月；1994年，巴乔用他柔情的发辫凝聚起全部的智慧才情，几度力挽狂澜于既倒，在美利坚书写了一段不灭传奇；1998年，他壮志未酬，怀着满腔遗憾惜别凯旋门。尽管自此之后，他风雨兼程，几度沉浮、悲情四溢，但也许就是那悲情岁月中的点点滴滴，幻化出巴乔最为动人心魄的魅力。无数球迷执着地追随着他，陪着他走过悲喜交加的燃情岁月。

这么多年，古典而忧郁的巴乔在我心里一直是球场上的肖邦，以灵性创作着诗篇。虽然无缘那年的世界杯，但他饱蘸着真情和挚爱的过程，早已刻在了爱他的球迷心里。多年过去，人们可能会忘记齐达内印在大力神杯上的吻，但无论如何也无法挥去巴乔功亏一篑时长跪在绿茵场上的满腔热泪。那泪水太过于炙热，烫在我的心上至今还留有痕迹……这就是巴乔，永远的巴乔。前段时间偶尔刷到他现身球场边的视屏，灰白的头发随风微动，眼神依然温暖坚定，眼角的皱纹蕴含着故事，整个人像坛酒，愈陈愈醇，回味悠长。

如果说巴乔代表的是一种极致的优雅，那像草原烈马般的巴蒂斯图塔骨子里就自带"拔剑倚天观沧海"的豪迈。巴蒂似乎生来就是要凭借自己的侠肝义胆当英雄。他野性，带着生养他的潘帕斯高原的雄风；他激昂，绿茵场上常常像雄狮般仰天咆哮；他深情，待他的球迷像待自己的亲朋，不时听到他请偶遇的球送喝一杯的逸事；他低调朴素，腰缠万贯却只戴一块便宜的手表，开一辆亲民的汽车。他将自己大部分金钱都投资在阿根廷家乡的农场上，只因他记得，自己是农民的儿子，他来自那里。

赛场上，他仰天长啸，他长途奔袭，他腾空跳跃，他浑然天成肆意舞出属于他的弗拉明戈舞步，尽情挥洒一腔满满激素的青春之力，那时候的他比年轻英俊的小贝似乎更加耐看。那进球后冲向场边角旗的亮相，狂野不羁，像潘帕斯雄鹰要对全世界呼喊："我是绿茵主宰，我是球场之王！"成熟的巴蒂知道自己要的是什么，他只要激情和勇气！

四年又四年，人生能有几个黄金四年？纵横绿茵，睥睨赛场的英雄有几人能一直捍卫自己的荣誉，而不沦为冷板凳上的过客？

回想曾令国人热血沸腾的2002年，彼时常有人庆幸我们分在了C组（后来再看，其实是真正的死亡之组），队里只有巴西是绝顶高手，土耳其、哥斯达黎加在意气风发的中国队面前似乎也没有绝对胜算。于是一干业余评论大拿各种排兵布阵，大有田忌赛马的谋划：输巴西、平土耳其，胜哥斯达黎加，最后凭借净胜球出线，完美！那时的我们以为这只是个开始，后来，呵呵，就没有后来了……20年后再回望，我们才发现，原来那是个巅峰！

其实中国男足应该吃牛排还是吃海参，在我看来，并不重要。重要的是让我们热血沸腾的那股劲儿去哪儿了。那股劲，是我们童年时看《排球女将》，少年时看中国女排，青年时看《灌篮高手》时感受到的热血、勇敢与直面对手不屈不挠、不放弃的坚

韧。我想，这些可能就是体育带给人的热气腾腾的正能量！

滚滚长江东逝水，浪花淘尽千古风流，绿茵场上从不乏明星闪耀。巴乔和巴蒂虽久不在江湖，可江湖一直有他们不灭的传说。每当我们遥想当年"绿茵肖邦"和"阿根廷战神"的风采，他们的影像就可以穿越岁月和时空，在我们的脑海中重现，同时浮现的还有绿茵场上他们熠熠生辉的那段燃情岁月。

我很喜欢一句话：心里若没有皱纹，终生仍是少年。青山依旧在，几度夕阳红，岁月不绝，英雄不老。

■ **文学作品**

跑马的女汉子

国网咸宁供电公司 高莺

　　汉马重开，我稳坐朋友圈刷屏，手指一划一拉，果不其然看到穆姐姐开开心心在朋友圈晒出了自己的完赛证明，蓝色背景板上"好汉归来"的字样特别显眼。

　　穆姐姐姓穆，正儿八经穆桂英的穆，大名穆清华。人虽生得娇小，气场远超两米八。我俩相识于出差，几次三番携手闯荡决算总会场，算是培养出了坚定的革命友谊。后来她的位置从"前锋"升级为"教练"，轻易不再出山，徒留我孤身走暗巷，对峙绝望……咳咳，扯远了。

　　做财务做久了，脑子里每天运转高速马达，看上去坐着没动弹，实则疲乏得很，久

而久之，容易生出各种毛病来（比如，胖）。有一年，我自己胖到受不了，因为没啥体育细胞，只好捡了最简单易上手的跑步来作为减脂运动，经过一整个夏天的努力，终于隐隐约约看见了腰，并且还意外控制住了过敏性鼻炎，喜得我逢人就介绍"跑步大法"。那时只要一出差，我跟穆姐姐总是同住一屋，休息时她被我一通按头安利，就这么欣然进了坑。

　　工作结束后，我俩一个回咸宁，一个回襄阳，在朋友圈展开了轰轰烈烈的斗图大赛，斗的是跑步轨迹图。我爱夜里浪，她爱晨间舞；我晒一张操场跑道，她晒一

张公园步道；我若拍了张月夜风抚柳，她必还我一张襄阳古城墙，这场斗图大赛一时之间难分伯仲。但是大浪淘沙，沉者为金，这"沉者"自然不是指的体重，如果说一开始大家还算是齐头并进，后来的种种端倪，则早已注定最终败将必然是我。四年前已跑入10公里的我，现在还在 10公里处徘徊，甚至还有退步趋势；而我亲爱的穆姐姐则一路火力全开，从健身跑到微马，从微马到半马，从半马到全马，跑圈女神迅速新鲜热辣出炉。

这场斗图大赛，我终究是输了，但我输得心服口服。我当跑步是减脂方法，高兴就跑，不高兴就蒙头大睡，三天打鱼两天晒网。她是不干则矣，一干到底。我俩在北京打工，她顶着PM2.5超标警告从高培中心跑到鸟巢；我俩在济南打工，她凌晨4点多爬起来顶风冒雪，誓做大明湖畔的穆桂英；我俩在杭州打工，她在心心念念的"西湖玫瑰"跑道上与周润发"发哥"擦肩而过。以上时刻，我都在房间香软暖融的被窝里……伟人说了"世界上怕就怕认真二字"，你看，这是又一铁证。

现在的穆姐姐已经是马拉松赛场常客了，虽然疫情期间，她户外跑的时间也减少了许多，但偶尔还是会在朋友圈晒出自己的跑步照，仍然皮肤细腻白嫩，身材窈窕紧致，最关键的是精气神倍儿足，我已经跟人家没得比了，浑身上下唯一还能拼一拼的大概是脸皮厚度。但是我不会忘记奔跑时风从发梢、指尖穿过，身体自由地舒展，耳中只听得见自己一声声沉沉的呼吸，轻轻摆胯，自然带动双腿，与呼吸的节奏丝丝相扣。跑的过程中跑者只看得到自己，只感受得到自己，脑中再无一丝繁杂，那感觉实在美妙得要紧。

"零是一切的开始，如果不从那里出发的话，什么都不会开始，什么事情也都无法达成。"著名侦探家工藤新一先生曾这样说过。汉马回来了，穆姐姐回来了，我也会努力回来的。毕竟汉马主题就是：历尽千帆，女汉子归来（好汉归来）！

秋冬里的那团火

国网襄阳供电公司　樊成浩

我喜欢到月亮湾公园跑步，这个汉江边的湿地公园，占地10公顷，一年四季，风景各异。因为地方大，景观造型施展得开，景随步移，一步有一步的风景，一处有一处的乐趣。我最爱的，是每年入秋以后，乌桕带来的炙热如火的景观。

乌桕平时是从不显山露水的，夹杂在其他树丛中。你发芽我也发芽，你抽条我也抽条，你站我也站，你绿我也绿，普通得根本不会引起人们的注意。它的美，一定要留到秋天。一到秋天，它就脱颖而出。周围的绿都沧桑起来，绿不下去了，无可奈何地颓废、零落，它就变黄、变红、变暖，一身暖色，不争不抢，不徐不疾。就像京戏里，配角们叽叽喳喳、唱念做打，你方唱罢我登场，好不热闹。然而，懂行的看客都知道，这是暖场。时候到了，主角说，你们都唱罢了吧，该我了。于是盛装打扮，踩着鼓点，踱着方步，不紧不慢，按着自己的节奏，一招一式，惊艳登场，赢得满堂喝彩。

清人李渔在《闲情偶寄》里说"枫之丹，桕之赤，皆为秋色之最浓"。深秋时节，"乌桕经霜满树红"，一串串心形的叶片挂在树上，十分引人注目，因而有"乌桕赤于枫，园林二月中"的美誉，这盛况不输枫叶。

乌桕红叶期很长，从每年的10月下旬开始，一直持续到11月，大概一个月的时间。尤其是11月中下旬，万物萧条，地上满是厚厚的枯叶，其他杂树上是寂寞的秃枝，更衬托了乌桕的美。你看它，满树的火红间，有金黄、绿黄，五彩斑斓，煞是好看。那种深红不似枫叶的红，如血如火如朝霞，红得淋漓尽致，红得无拘无束，大方而热烈，不曾有半点人工修饰的痕迹，就依自己的个性，随便生长，一簇簇一片片一堆堆，溪河边，阡陌上，岸边，石缝里，山林间，处处皆有它们大红大黄热闹的身影。这是一树暖融融的叶子，好像会发光、发亮、发热，叫看它的人也跟着舒展坚定起来，像寒流里喝一碗热汤，浑身有了力量。

我真觉得整个秋冬季节，没有比它更好看的树。

稍微能与它媲美的树，当属银杏。它们都是秋冬的树，在死气沉沉、寂寥萧条的秋冬给人带来绚丽和温暖。但是银杏有些娇气，半遮半掩的，犹抱琵琶半遮面，不够爽快。站在向阳地方的黄透，甚至开始落叶了，站在背阴处的树还是青绿色。比如，这

几天，鱼梁洲的银杏已经黄过，叶子落得差不多了，而我们院子里的银杏，还在不急不慢地过着夏天。即便在一个院子里，也是绿的绿，黄的黄，步调不能统一。更有甚者，一棵树上，一半金黄，一半青绿。好不容易等到全部黄透，又遇到一场秋雨，把树叶打落得不成样子，稀稀疏疏，面目可憎，无论怎样变换角度取景，都难掩颓像，坏了兴致。观赏银杏，必须掐着点儿去，就像一个不诚心请客的主人，规定了极短的赴宴时间，必须这时间去，客人去得早了晚了，就只能碰一鼻子灰，吃闭门羹了。

想来想去，还是乌桕最好。在一个多月的红叶期，不论刮风下雨，始终保持这样的风姿，热情似火、温暖明媚，以最好的状态等着你来。

这是我心中秋天当有的慰藉之模样。

然而，如果你认为乌桕的美，只在秋天，那就大错特错了。乌桕，总是会在你疏忽它、忘记它的时候，猛然间给你意想不到的惊喜。就像你正走着路，肩膀被人从后面拍了一下，你扭头一看，啊，正是你想见的人。

12月中旬，红叶飘落，乌桕和其他树一样，只剩下光秃秃的树枝了，显得那样平凡。

一天晚上，我在月亮湾公园外的河堤下散步，路灯散发出暖黄色的灯光，宁静安详。我猛然间抬头，发现树上许多白色珍珠点缀其中，星星点点，树枝被路灯照耀着，在夜幕下，光与影，黑与白，枝干在光影里摇曳，煞是好看。那一刹那，我脑海里涌现出了好多优美的词语：身形曼妙、疏密得当、富有张力、风姿绰约、树影婆娑、飘逸灵动、仙风道骨。我在树下呆站住，就那样一直抬着头，看着它、观察它、欣赏它。每一根枝条，虽然形态各异、百转千回，但最终都是迎着光的方向，向上挺拔生长。

第二天白天再去看时，才发现那是我最爱的乌桕啊。那满天的星星点点，是红叶落后结满的累累果实。短短几天时间，像川剧里的变脸一样，换作截然不同的另外一副模样。不变的，是依然那么惊艳，那么好看。

回顾乌桕的一年四季，模样变化丰富：春夏观景，绿树成荫。秋可观叶，娇艳似火。冬可观形，婀娜多姿。时间悄无声息流逝、交替，乌桕叶从绿意盎然到色彩斑斓，即便最后不剩下一片树叶，不论怎样变幻，始终完美诠释着春夏秋冬各个季节的内涵，展现着浑然天成、鬼斧神工的美，展现着自然界一切生命最原始的冲动和热情。

乌桕的生命力非常旺盛，耐旱、耐寒、耐湿、耐瘠薄、耐盐碱，旱也好，寒也罢，只要有一寸土壤，它便能成活繁衍，而且耐水淹，洪水浸泡十天半个月，乌桕也会"叶"不改色，依旧茁壮生长，可谓给点阳光就灿烂。正是凭借这一过硬的生存能力，乌桕树遍布我国大江南北、长城内外，但凡走进乡村，一般都能看见洒脱的乌桕身影，按照农村人的说法，这树特"贱"。

湖北省大悟县乌桕种植历史悠久。早在1987年3月18日，县人大常委会就作出《关于命名乌桕树为大悟县县树的决定》，号召全县人民广种县树，爱护县树。如今，乌桕早已成为大悟的乡土树种。全县有300多万株，折合面积7.5万亩，居全国之首。田埂、地边、渠旁、路旁，山山岗岗到处可见，遍布全县。乌桕树已成为该县农村经济发展的主要树种之一。我曾非常有幸，在漫山红遍的时候，专门去过一次大悟，在漫山遍野里尽情领略它的美。

乌桕浑身是宝，不仅是优质速生用材树种，也是常用的乡土绿化树种，同时，乌桕还是重要的工业原料树种，它的种子可以榨油，称为"桕油"，是油漆、油墨的主要原料。乌桕还是生活中难得的药用树种。过去在农村，只要谁家小孩的手脚或者屁股上出现红肿，农村俗称"疖子"，大人便会掐一片乌桕叶，用牙齿轻磕叶片两面，使破损处流出树汁，然后就着唾液贴于红肿疖子处，疖子就会明显好转。在过去缺医少药的年代，很多农村的孩子都接受过这种简单的"治疗"。

我爱乌桕，爱它四季分明，随季节变换呈现出的截然不同的美貌，总能带给人美的享受。爱它无须人工，生机勃勃的野趣和顽强的生命力。爱它奉献自己的一切，带给人们幸福和富裕。爱它饱经风霜浸染，越挫越勇，越冷越红的秉性。爱它低调内敛深沉，有人问津时，毫不示弱，尽情施展它的美；无人顾及时，把根扎深，吸收养分，积蓄力量，只待季节一到，厚积薄发，一鸣惊人。我爱乌桕，爱它那诗画般的殷红，爱它的喜庆，爱它的热情似火，爱它穿透季节的浪漫。我爱乌桕，爱它温暖的色调，给人幸福和希望。我爱乌桕，爱它阅览四季，繁华落尽，即便不剩下一片树叶，只有光秃秃的枝干，依然傲然挺立，以一副茕茕而立的傲骨，站在横扫落叶的秋风里，挺拔坚韧大气，给人不折不挠向上的力量。

从来没有一种树，能有这么多良好的品行和优点，以至于我竟然不知道最爱它什么。那么，就爱乌桕的一切吧！一切好的品质，都值得我们去爱，去学习！

■ 文学作品

少年樵夫

国网竹溪县供电公司 李贤青

北风呼号，天地苍茫，皑皑雪野里有三个黑点在移动。周遭都是山，前方的山更高耸一些，铺天盖地翻涌的雪片落地，没有声响，三两只乌鸦在盘旋长啸，僵硬嘶哑，半死不活。

黑点都穿着黑棉袄，偶有灰白是棉花钻出窟窿的颜色。足蹬草鞋，草鞋包裹棕布，棕布包裹脚板，雪厚腿短，步履蹒跚。腰悬竹筒，筒壁横向上下各削空一部分，左右留节钻孔，麻绳穿入，扎一疙瘩再从肚皮处绑紧，冷光霍霍的刀片从竹筒空隙处插入，刀片随脚步节奏击打屁股和竹筒，时而沉闷时而铿锵。这东西也叫刀鞘，只是主人不是刀客，是三个砍柴的少年。

父亲的脸色已阴郁好久，报名时1元学费已耗尽了他的财力，学期快结束了，另5角他再也想不出办法。老师也无奈，我被留校几次饿了几顿。

这年冬天很冷，每担（100斤）柴价已由8角飙升到1元，饿肚子的滋味不好受，老子娘的叹息也不好听，长满柴火可换钱的大山呼唤着我，我得自救。

前面两位是我堂哥，他们都是这行当里的老手，挺照顾我的，我踏着他们的脚印前行。

翻越了一座山，下山，沿河蜿蜒十数里再上山，山腰处是此行的终点。

这里长满了一种叫花柳树的植物，落叶灌木，木质坚硬，是烧木炭的好材料。柴贩子爱买这种好柴，价钱稍贵，现金支付，不打白条。

荆棘和杂草都被大雪覆盖，穿越于花柳树林里像在棉花堆上打滚，快意顿生，我们专盯树干挺拔皮褶别致的下手。举刀、刀落、柴倒。

植物若有痛感，哥仨都是屠夫。很快，亭亭玉立的花柳枝干横尸一片，粗迈的老树因难砍难挑难烧侥幸活命，它冷眼旁观，风吹树梢声声悲咽，它在为倒下的子嗣唱丧歌吗？它在诅咒杀手樵夫吗？都不是，只是风吹树梢呜呜叫。

砍倒的均有酒盅粗细，两米余长，堂哥判断我有50根足矣，我想挣够学费还想让母亲高兴，舍不得扔掉多余的，根部对齐理顺，用葛藤捆成尽可能等重的两捆，细细一数，整70根。

山脊间的山沟是樵夫们放柴的通道，虽举目皆白仍能看出和周边风景大不同，常年柴捆的滑行冲撞让此地变得光洁顺溜，植被难以存活。

放柴很像放排，利用地心引力地势陡峭让柴捆自然滑行，节省体力节约时间，雪地里放柴绝对是享受。三个人六捆柴连成一线，人坐柴梢，喊一声走，即风驰电掣，樵夫瞬间变成了纵马驰骋的战士。

没有山沟，还是要自己挑着柴走。大堂哥帮我削好了钎担剁好了打杵，他干这些时专注庄重，像工匠雕琢手艺，家贫而厌学的他几乎就没上过学，砍柴是他的主业，什么山长什么柴、哪个旮旯有山泉解渴他都了如指掌，他很看重声誉，很提防砍柴专业可能超越他的人。

太重了。钎担压肩时我叫了一声，回程的路上不轻松，我要坚持挑回家。

时间约莫正午，雪依然在下。

打杵撬钎担双肩分担负重，脖子被两根木棒呈A字状夹住，人像囚徒棒像枷，一手扶柴一手握杵，又像定格做拥抱状的人偶，艰难跋涉的双脚证明我们是活樵夫。

累，极累。

气喘如牛。

冷风遇热汗在鬓角上结成冰凌，两鬓斑白。我后来读《卖炭翁》时就很有感觉，理解背诵都很快，老师不知道我少年卖柴郎的际遇帮了我忙。

走走停停。

背风处雪深盈米，这样的地方我们会在雪堆里打几个滚捏几个雪球砸向对方，风啸和嬉笑交织，苦累暂时遗忘。

我们不用雪解渴，沿途树干或岩壁下垂的冰柱多得不得了，折一根塞嘴里咯嘣作响清脆冷艳。

乡村孩子从不缺乏找乐的精神和天赋，用尿液在雪地里画圆是冬天的重头戏，谁画的圆大谁就是老大，大圆是领导其他孩子的硬件之一。堂哥人大肚子大，圆也最大。

堂哥砍柴技术名不虚传，莽莽雪原里哪里藏着萝卜他能知道。我后来明白，一年四季他差不多天天砍柴，山民种萝卜的地方他理应知道。

停停走走。

饥饿是最好的烹调师，已吃了几茬子萝卜了，深冬的萝卜早已熟透，甜度不低，吃太多了胃也会火辣辣地痛。除了忍住别无他法。

极累，真的极累，有累死的感觉。好几回我想扔掉肩上的柴山跑回家。学费怎么办？咬牙切齿踟蹰缓行。有一会儿我甚至和读过书的小堂哥一起高吼毛主席语录：下定

决心不怕牺牲排除万难……那个年代革命的英雄主义和革命的浪漫主义对所有人的影响都刻骨铭心。

人驮着柴挣扎着终于走出了山沟，沟口和汉白（陕西汉中至陕西白河）公路交会，依山傍路，是一块风水宝地，支书家的房子就坐落在这儿，柴贩子和他合伙买柴。

各路山沟流出的老少樵夫们会集在支书家的大晒场里，支书规定不仅要排队而且不许喧哗，支书的权威已纵横了好多年，静悄悄的人头静悄悄地挪动。

支书家门缝里有酒肉飘香，我深呼吸几口，吞下涌出的口水。

轮到我了，柴重76斤，柴款7角6分。

雪停了，天快黑了，血色黄昏映照下我数清了钱又反复揉搓。

钱的归宿：交清学费5角，剩2角6分给母亲，母亲又凑4分买盐两斤。

母亲还夸赞了我一句：老三有用了。

时间：1976年冬天，小学三年级上学期寒假前夕，我8岁。

师徒情

国网襄阳供电公司　夏琦

　　我从小就能跑好动。到了打酱油的年纪，我妈总使唤我干些跑腿卖力气的活儿。比如，去开水房拎水。又比如，给一个老头儿送饭。

　　老头儿姓黄，住在矿区子弟学校坡下的一个大院子里，离我家两里多地。院墙是红砖砌成的，东西各留一门。印象中，他住在西边砖房的单间里，紧挨着西南角的月亮门边。相邻几间，是矿办招待所，几乎都空置着。院子南北两面住家不少，多是半边户。男人们一去下井，"半边们"就窝在冬青树下戳毛线。树上的麻雀叽叽喳喳，树下的女人家长里短，很热

闹。老头儿从不凑这个热闹，他总闭着门。门里门外，两个天地。

　　说是送饭，也不是餐餐都送。逢周末，遇过节，家里包了饺子，又或是烧鱼时，我就少不了跑一趟。这同城快递的活儿总归我。我妈嫌我姐"肉死，干啥都跟摸蛆一样"，怕饺子"憨成坨"了都还没送到。所以，一个月，我总有几次机会见到老头儿。

　　老头儿有点怪，不沾大荤腥。猪肉剁碎，包成饺子他却也吃。偶尔还吃点新鲜鱼，熬成奶白汤的那种。除此之外，他自己开火都炒素菜。其实，没啥人见过他烧菜煮饭。那扇门里

的世界，人们既陌生，又好奇。但有人逛早市，碰到跑完步去买菜的他，总是站在几个固定的摊位前。卖青菜的，又或是卖豆腐的。有时，卖鱼的摊子他也去光顾，远远地站着。摊主挑好杀完，他拎一条回家。卖肉的摊子，他从来都是绕着走。

我家有小菜园。门前还有个大堰塘。蔬菜和鱼都能自给自足。偶尔，屠夫王说杀了猪，我妈会早起去菜市场抢肉，才能遇见他。

"今天来家里吃饭，凯凯昨儿钓了几条。"

"不啦，不啦！买了，买了。"他总是笑眯眯的，摇两下头，又点两下。

"那包了饺子，让老二送过去。"我妈知道老头儿最好这口。

"不忙了，一会儿还要出门。"

巴掌大的矿区，两分钟能走完的主街，又出去哪里呢？况且老头儿退了休，又没种地。除了早起晨跑，晚上散步，就窝在家里。他不爱跟人打交道，性子较清冷。遇到别人和他搭话，他也笑笑地回一句，很惜言语。

我妈心里明镜似的。从和我爸谈恋爱起，她就认识老头儿了。打了这么多年的交道，他清高、不愿麻烦人的秉性，我妈早已摸得门儿清。

回到家，和面擀皮，剁肉包饺子。待锅里的饺子翻腾了三道水，我妈拿漏勺盛了满满一搪瓷钵，再装进布袋，绾个结。她递到我手中时，总不忘，嘱咐一句"给黄爹爹送去"。出门前，再唠叨两句。一句是"快点，莫凉了！"一句是"慢点，莫洒了！"

一溜烟儿的工夫，我便敲响了老头儿家的门。

"我妈让我来……"

"是老二呀，进来坐！"门开了，我没进去，也不喊人。

"我妈说，趁热吃。"这句其实是我自己想说的。毕竟，我这"飞毛腿"都出马了，凉了感觉不好回去邀功。

老头儿伸手接过布袋，笑眯眯地回："下次跟你妈妈讲，不要太费心了。"说话间，已经腾出空碗，又洗净抹干，装进布袋递还于我。屋里有果子的话，他也会挑两个塞到布袋里。

走时，送我到院门口，他交代我："回

去慢点跑。"他说话语气温和，听起来像儒雅的校长。但他口音中又带着外地人的腔调。我爸曾说过，他是江浙一带的人。

黄爹爹无儿无女。矿上的大人们都知晓，我是懂事后问的我妈。

"那个我去送饭的老头儿，黄爹爹，他是谁？"

"不准老头儿老头儿地叫。那是你爸的师傅，是个孤老。"

"哦，是个孤老。"我重复着她的话，若有所思。我妈怕我听不懂似的，又跟着解释："无儿无女。"我妈总是讲些在我听起来全是废话的话。

我咋可能不知道"孤"是啥意思呢？孤——孤单、孤独嘛，就是身边没有亲人。

"那他结过婚没？"我追着问。

"死娃子，心思不放在学习上，问那么多废话干啥！"我妈也经常嫌我废话多。打那之后，我再送饭时，就会多打量他两眼。找着机会，我也会跟他多说两句话，还会张口，甜甜地喊声"黄爹爹"。他听后总是眉开眼笑的。

有时送饭，碰上他不在家，我也不急着回去。月亮门出去有个小花园，种着夹竹桃、石榴树，也有一棵蜡梅和几株夜来香。等待的空隙，我也会溜到园子转一圈。

夏季傍晚，夜来香的"红喇叭"花开了，采下几朵吊在耳朵上当耳坠。冬天，我也没闲着，蜡梅开得旺，我踮着脚拽着枝往怀里扯，凑在鼻头贪婪地闻。老头儿的门不常开，可窗子从不关着。从屋里朝窗外望时，四季都有景。我逛园子时，会不经意地透过木窗打探里面的世界。窗边的木桌上，摆件不多，但很整齐。墙角有张小方桌，搁着一台彩色电视机。南边靠墙有张木床，铺着已有些发白的床单，被子被叠成豆腐块状，像电视里放的那样。虽说一间通屋，卧室和厨房都在一起，可屋里没有丁点油烟味。地上也很干净。

我家爹爹也住着一个单间，他和黄老头儿的年龄相仿，可他床上的被子从来都是铺着的，钻进去就能睡的样子。

我跟我妈讲那些我偷看到的稀奇事。我妈说："你以为都像你爹爹一样吧！人家黄爹爹以前当过兵，讲究着呢！"从我妈的口中，我知道这个身材矮小的老头儿，从部队转业后，被分配到磷矿汽车班。遇上我爸，便有了师徒缘分。

教技术，教做人。老头儿对我爸很上心，我爸对他师傅也很尊敬。结婚时，我爸跟我妈说："对他老人家，要跟对我老头一样好。"我妈应允了，甚至做得还有些偏心。

除了送饭，每半个月她还让我去拿一次老头儿的脏铺盖。趁着天晴，我妈洗洗晒晒，第三天再让我送回去。

又拿又送，只因老头儿从不愿去我家。现在回想来，大概因为家里还有一位老爹爹。他觉得自己只是位师傅。可他哪里知道，我们一家，已经把他当成亲人。活着时，孝顺他，百年后，也会为他养老送终。

可老头儿死了。一个盛夏的清晨，死在煤气站。

他还是穿着那件白汗衫，一条灰短裤，一双黑布鞋。扛起灌好的气坛子，刚站起来，就"叭"的一下倒在地上。笑眯眯的眼睛从此闭上了。医生赶到后，判定是脑出血。

院子里的女人们"啧啧"惋惜，说：

"他老人家身体那么好，走得好突然呀！"还说："都是命！无儿无女，没享到福，早走了也好。"也有的说："哪个说没享到，人家夏师傅一家天天又洗又浆的，三天两头的还看到老二过来送吃送喝的！"女人们又一次聚在一起，叽叽喳喳的。

当天，我爸正在外地出车，等收到消息赶回来时，老头儿人已成灰，安静地待在木盒子里。我妈自认为是老头儿的亲人，但在法律上不被认可，当天也没能见到他。

听说，由矿上领导出面，将老头儿送去火葬场烧了。

听说，夜晚，那扇紧闭的门被打开，有人翻箱倒柜地在屋里折腾了大半夜。

闹得沸沸扬扬的是，传闻老头儿的床铺下都铺的是百元大钞。

让人瞠目结舌的是，办丧事时，无儿无女的老头儿蹦出来两个侄儿，一滴眼泪都没流。最终，侄儿抱着骨灰盒和一个厚信封回去了。

我爸妈连着好几天晚上，摸去月亮门的后花园，躲在墙角烧纸。口中念念有词，说到伤心处时，我爸声音哽咽了。

有风有雨，也有情。

后来，我妈跟我讲，当年万元户还很稀缺时，老头儿拿着自己的存折要塞给我爸，硬被我爸偷偷地退回去了。老头儿倔，隔个一年半载，又塞，我爸又退。他总是说："没有师傅，就没有现在的我。"不是父子，胜似父子。他俩是真的很珍惜这段师徒情分。

丧事办完后，矿领导通知我爸，去小屋里搬点东西。我爸看见那台墙角的彩色电视机和冰箱，眼圈儿又红了。那是当年大多数家庭还在看黑白电视时，我爸买给他师傅的小彩电。院子里的邻居为此议论了好久，说老头儿有福气。

老头儿去世后，每年七月半，我们给过世老人们烧纸时画的圈又多了一个。我妈边祭拜边喊："黄师傅，来拿点钱，买点吃的穿的，不要舍不得花。"

虽然，她知道，老头儿很简朴。我爸出差带给老头儿的好料子衣服，都被他压在箱底。虽然，她经常埋怨我爸，没有坚持去帮老头儿干些重体力活。虽然，在老头儿死前的一个月，她还和我爸商量，找个机会把老头儿的家搬近一点，照顾起来更方便一些。

可是，没有机会了。那个姓黄的老头儿，我们都只能在相片中再见了。

■ 文学作品

挖莲藕

国网十堰供电公司　王恒佩

2022年的中秋节，月亮大而圆，莲藕大而糯。相比吃着月饼赏月，我更钟情走进藕塘挖藕。

卖完了100多亩西瓜，农历八月小舅家的莲藕又到了收获的季节。每每看到挖藕师傅们在绿油油的藕塘里面弯着腰挖藕，我都觉得妙不可言，绿色的荷叶、黑色的护衣、白色的莲藕、蓝色的小船，几种鲜艳的色彩组合在一起丝毫不感觉冲突，倒是给人一种置身画中的感觉。偶有微风拂过，顿觉"碧藕花风入袖香"。在藕塘边看着师傅们接连不断地从水中捞出一根根莲藕，不一会儿就把蓝色的小船装满，我已经按捺不住内心挖藕的冲动了，可是连体皮质护衣数量有限，我只好作罢，帮忙拉藕、洗藕、装藕。

中秋节这天，师傅们放假回家团圆，我知道我的机会来了。等到10点钟赶到藕塘边上，看到万哥正在炫耀手中刚挖到的莲藕，赶紧找了件护衣穿上，下塘去加入他。去田里干活穿的护衣类似厨师的罩衣，挖藕时穿的护衣是为了防水防淤泥，是连体皮衣，从脚底到胸部都被裹得严严实实。虽说现在早已没有了前些日子的酷热，但衣服穿到身上依然捂得难受，难怪师傅们下塘经常光着膀子。

我穿着护衣别扭又兴奋地走到塘边，对着岸边的亲戚们说道："别忘了给我拍视频。"我深吸一口气，迈腿下塘。左脚刚踩进去，心中一惊，怎么脚还在往下陷，等到踩实，水已淹至腰部，心中懊悔没有带一根竹竿探水扶手。试探性地慢慢往藕塘中央走，发现水和淤泥的深度只有50厘米左右了，原来是下水的地方太深了。走到荷叶旁，万哥说他已经挖了三根了，看我的了。"没问题，今天必须挖到藕。"我想挖几根莲藕总不至于太过艰难吧。

"挖藕"只是习惯这样说，并不是像挖地一样拿着农具，现在的采藕更确切的说法是冲藕、捞藕。就是拿着高压水枪，把枪头伸进水中，对着淤泥施加水压，把淤泥冲开，然后把莲藕从水中捞起来放到身边的小船上，几十亩的藕塘如果全部徒手去挖，效率是非常低且是劳人的。我纯粹是为了体验挖藕，所以用小时候传统的方式去挖。弯下腰，把淤泥一点点挖到身后，挖藕的第一步是找藕。挖了半天淤泥不见莲藕，我心中就慌了，换个地方继续挖，一连三个地方都是如此。岸边不时传来"找到藕没有？"的声音，更让我感到尴尬。这时万哥点拨我说要顺着莲藕的茎往下找藕，我刚挖的地方都是

枯干枯叶，没有藕也正常。水中寸步难行，为了保持身体平衡，我伸手去握一棵绿叶的藕茎，手马上反射性地放开，仔细一看上面全是小刺。没办法，我只得将双腿叉得更开，降低重心，沿着藕茎往下挖淤泥。不到两分钟，果然摸到了，没有根须，硬邦邦的，确定是莲藕了，兴奋之情溢于言表，我对着岸上的镜头喊道："摸到藕了，一会儿记得拍照。"虽然早已大汗淋漓，但是想到忙活了半天终于要收获了，我的内心攒着一股劲要把这根藕挖起来。

正常来说，一根完整的莲藕果实包括一根又细又长的"干"部和三到四个"枝"部，不同于树木，莲藕的"干"远没有"枝"粗。"干"部上方连接带刺的藕茎，与水面垂直，长度可达七八十厘米，味道生涩，一般不直接食用，多用来制作成藕粉。"枝"部多为三到四根，与水面平行，横卧在淤泥中，每一根又有四五节莲藕。我这次摸到的藕"干"还好，只有50厘米左右。越往下泥巴越硬，到最下方时，每次只能挖出一小抔淤泥，手指头顶部已经磨得生疼。在清理完"干"部周围淤泥后，我用两只手

在藕"干"周围360度画圈，寻找"枝"部，确定只有三根后，开始各个击破。一点点清理"枝"部周围的淤泥，清理得差不多了，我拉着藕"干"却发现往上提不动，要不说三角形具有稳定性呢，周围都没有泥巴了，却依然紧紧吸附在水中。可能正是因为这样的生长方式，拼命地吸收淤泥里面的营养，才能长出硕大的莲藕，呈现"接天莲叶无穷碧"的壮观景象。无奈之下，只得求助于高压水枪，在它强有力的冲击下，莲藕终于松动，我很轻易地从水中拿出来了。拿到莲藕的一刻，我的兴奋点达到最高，也是最疲惫的时候，一步步艰难往岸边走时，差点因力竭而往前摔在水中。

上岸后拿着水枪洗藕，洗完发现我今天挖的那根明显比其他的藕大一个维度，再看看胳臂上大大小小的划痕，心中五味杂陈，有少许挖藕成功的自豪，更多的是对生活的感悟。一是奋斗必须讲究方式方法，尊重事物发展的特点和规律，方法得当事半功倍，高压水枪加上技术熟练，两个师傅一天可以挖1000多斤莲藕，远胜过传统蛮力挖藕。二是看待事物要透过现象看本质，两米多高的茎和锅盖大小的荷叶，看起来非常壮观，这是由水下莲藕的根部汲取营养、紧紧依附在淤泥中作为支撑的。生活处处有哲理，摘西瓜有，掰玉米有，挖莲藕也有。

掰玉米

最近一段时间都在妻子的老家度过，周末也不例外。刚好赶上收玉米，让我时隔十几年又体验了两天掰玉米的"酸爽"。

周五晚上看到门前一袋袋的玉米，我就自告奋勇地跟妻子的爷爷说："爷爷，明天早上我跟你一起去掰玉米。""不不不，你们小孩子没干过这种活，你就在家玩。"爷爷笑着说。"没事，人多好干活。"我在心里打定了主意第二天要去，向奶奶要了件干活用的护衣。爷爷不知道的是，我早在小学二年级的时候就开始掰玉米了，那时跟着外婆、二舅一起到地里，把掰好的玉米装进20斤米袋子里面，扛在肩上，在山路上摇摇晃晃地往家里搬运。我去掰玉米不仅仅是时隔多年心痒难耐想去体验，更多的是因为我知道这活儿太辛苦，爷爷虽然身体硬朗，可是刚过完80岁生日，我想帮他分担点农活。

最近一段时间十堰的高温天气异常恐怖，40摄氏度已成为常态，据爷爷说，打他记事起就没遇到过这么热的夏天。夏天干活都是趁早，我定的4点半的闹钟，4点15分就醒了，一骨碌爬起来快速洗漱完毕。爷爷、岳父和我组成的掰玉米三人组就出发了。爷爷在前面开着他用了十几年的悬动机，我和岳父开着车跟在后面为他照亮前行的路。悬动机这种农具前面类似手扶拖拉机，后面可挂小车厢，可挂犁耙，属于犁地拉货两用农具，在农村很常见。这是爷爷卖了水牛买的，一个六七千元钱的家伙在农村属于大件农具了，所以爷爷用得很细心，用他的话说，十几年早就回本了。

伴随着"嗒嗒嗒"的机器声，4点45分到达玉米地边上，地里黑黢黢的，不过掰玉米倒也不成问题。我左手扶着玉米秆，右手把玉米棒扯下来扔到地中央，随后用脚使劲一踩，把玉米秆踩倒，这样做是防止遗漏玉米棒。三个动作一气呵成，倒也来得快。刚开始掰的时候，我劲头很足，像极了一个熟练的庄稼汉，可是这毕竟是个力气活，上学这十几年也极少下地，右手不停扯玉米棒，

胳臂不一会儿就酸痛难忍。待到5点钟前方山头朝霞初露时，我已汗流浃背，衣服、裤子全贴在身上，甚至外穿的护衣前后也印上了"地图"。可是看到前面两位"老师傅"的身影越来越远，我又怎么好意思停下来，只能咬着牙继续掰。玉米秆都是一人多高，站在地里一眼看不到头，掰起来有一种未知的绝望，我只能不去看玉米地，偶尔瞟一眼远处的山头，拍一拍5点钟的玉米地来愉悦心情。待到7点钟爷爷说今天掰的玉米够了，要装袋回家时，我的嘴巴已经黏糊糊的，像极了大学体育课跑完1000米时候的缺氧状态，不想再说任何话，只想大口大口地喝水，然后洗把脸，因为汗水流进眼睛又擦不干净的滋味实在太难受了。

装袋、上车、回家剥壳也不轻松，不过和快节奏的掰玉米相比，显然要好受多了。我的掰玉米体验很快就结束了，相比我掰玉米时的流汗、酸痛，爷爷心里要难受得多。其实种地，种的就是自己，作为一个靠天吃饭的农民，勤勤恳恳劳作几个月却遇上2022年这样几十年不遇的高温干旱天气，玉米减产三分之一，自然是有苦难言。家里

原本买的100个网状袋子用来装玉米，最后满打满算只装了64袋。我所能做的就是帮助爷爷缩短掰玉米的过程，让他看到孙辈也像他一样，在不必担心温饱的今天，依然可以为了庄稼出力流汗，在这草木不摇的午后给他带来一丝丝内心的清凉。

收麦子

在所有的农活中，没有比收麦子更令我头疼、讨厌的了。

因为我出生于农历四月底，母亲口中的收麦子时节，所以从小我就关注收麦子这件事。一般来说阳历五月，当田里陆陆续续有人挥舞镰刀收割麦子的时候，就到了我吃长寿面的时候了。一年级下学期转到隔壁村小，在外婆家住了几年，从头到尾经历了几次收麦子的过程，麦芒划遍全身的感觉至今难忘。

外婆家所在的小村落，三面环山，另一面是弯弯曲曲、一眼望不到头的山谷，山谷两侧交错居住着20多户人家。每到农历四五月，麦熟季节，麦田就由一片片绿地毯慢慢变为金黄的海洋，金色的麦田围绕着绿树掩映的村庄，色彩甚为艳丽。风乍起，吹皱一田麦浪，噼里啪啦地响，连带此起彼伏的知了声提醒着农人收获的季节即将来临。因为地形限制，这里通往麦田的多为仅容一人通过的小路，且麦田被切割成大大小小、不成规则的形状，农业机械无法下地。家家户户为割麦子准备的农具就是最原始的镰刀，二舅从来不攒钱，手特别散，尤其喜欢置办各式各样的农具，家里的镰刀就有十多把，全都被他磨得锃光瓦亮、锋利无比，集中堆放在一起，乍一看还以为是大户人家给麦客备的呢。很多地方收割麦子就地取材，用割下来的较长的麦子当绳子；这里的人很少用，二舅从来不用，因为路不好走，麦田到稻场一个来回要走很远，用龙须草搓成的草绳可以捆更多麦子，走山路也不容易散。

麦子熟了留给农人的时间不多，为了尽早收割完毕，外婆和二舅天蒙蒙亮就带着镰刀、草绳和钎担出发了，等我早上睡醒拿着箩筐、带着水壶赶到地头，外婆和二舅还在弯着腰"沙沙"地割麦子，身后已经整整齐齐排放了很多垄麦子。外婆偶尔抬起头，可以清晰地看到汗水冲破她脸上的麦灰，直直地淌到地上，这时候千万不能用手去擦拭汗珠，只要一碰就奇痒无比，只能侧着脑袋用肩头衣服蹭一蹭眼角的汗水。

外婆和二舅喝完水休息一阵，就开始捆扎麦子，身体蹲下来，一只脚踩实麦捆，用力拉扯绳子，然后迅速捆实，打结，用镰刀割断草绳，将带三角铁皮包裹的纤担使劲往麦捆中扎进去，左右各两捆，一次可以挑四捆麦子。看到瘦小的外婆和腿有残疾的二舅吃力地挑着麦子，我很想帮忙，但是无奈我连一捆麦子都拿不动，试着让二舅给我绑一捆最小的麦子，摇摇晃晃抱到家后已完全散架，路上稀稀拉拉丢的至少有三分之一，而且脸上、胳臂上被麦芒划得火辣辣地疼，尤其是路上浑身都痒却不敢松手去抓的感觉实在让人抓狂。尝试失败后，我就老老实实做起了我的本职工作——拾麦穗，在被镰刀光顾过的区域，仔细弯腰查看落捆之穗。站在麦田中，风吹过来一波接一波的麦浪在眼前涌动，裹挟着闷热的空气，炙烤着我小小的身躯。现在回想起来倒是跟歌曲《风吹麦浪》的词挺符合：当微风带着收获的味道，吹向我脸庞。弯下腰拾麦穗，我的脸距离地面只有几十厘米，带着土腥的热气直往脸上扑，热得人发晕，会真正体会到《观刈麦》中的"足蒸暑土气，背灼炎天光"。

通常上午九十点钟外婆和二舅把麦子挑回家，垛在一起，然后才考虑吃饭的事。下午三四点的太阳依旧毒辣，为了按计划收完麦子，我们三个必须再次奔向麦田，开启当天的下半场行动。依旧是他们两人在前面弯着腰"沙沙"地割麦子，我在后面睁大眼睛寻找遗落的麦穗，简单的动作一直反复持续到六七点，一不小心，便沾染了一身夕阳。在西边晚霞结成大大的红花的时候，我们就必须抓紧时间了，不过再怎么迅速，经常因为外婆"贪心"想多割点麦子，等我们回到家整理完麦捆的时候，天已经完全黑了。

从地里回家，浑身酸疼，奇痒难耐，洗完热水澡后，最期待的就是外婆做的凉面。虽是酷暑，但外婆家的井深且被树荫笼罩，井水拔凉拔凉的，再加上捣碎的青花椒，在我看来绝对比二舅碗中的啤酒更美味解乏。

割完的麦子，天晴时散开晾晒，阴雨天码垛，晒干之后拆开均匀撒在稻场，二舅在前面拉着石磙子，后面绑着柏树枝，我坐在树枝上，一圈又一圈围着稻场转，直至完成小麦的脱粒过程。而后用木锨扬场，将除去麦壳的小麦再次晾晒、装袋。至此，收麦子才算真正完成。

以前看电影《天堂电影院》时，看到台词"生活不是电影，生活比电影苦"，我首先想到的就是收麦子。随着阅历的增加，我才理解外婆和二舅辛辛苦苦种小麦，其实种的就是自己，收麦子收的就是自己的付出和汗水。连续几年收麦子给我留下了挥之不去的阴影，但是长大后已然成为鞭策我吃苦耐劳、坚韧不拔的精神动力来源。心有半亩麦田，藏于烟火人间，激励自己成长的路上像一株成熟的麦穗一样弯下腰，蓄力成长。

那晚的江风

国网襄阳供电公司　吴琳

巴东老城在我记忆中，一直是戴望舒《雨巷》中梅雨季节江南小镇般存在，让我常常追忆与怀念。

小学毕业那年暑假，父亲的单位组织职工去长江三峡疗休养。为了让我出门长见识，父亲决定带我"行万里路"。这是我生平第一次远行，自然一路开心雀跃。沿途的张飞擂鼓台、神女峰和小三峡江滩上拾起的三峡石一直留在我的记忆深处，但对巴东却无印象。也许游轮经过巴东县城时，我远远眺望过它，只是不曾留下记忆的痕迹。

1994年，三峡工程正式开工后，全国各大旅行社"告别三峡游"的宣传铺天盖地。在这种氛围的影响下，1996年的五一小长假前夕，我和几位同学临时决定来一场告别三峡游。因为同学的友人在宜昌超高压分公司工作，所以同学建议不报旅行团，自己购火车票到宜昌，在友人那玩一天，然后从宜昌直接坐船游三峡。

我们下班回家简单收拾了行李，赶到火车站时，那里已是人头攒动，人流量比平时多了几倍。我们满心憧憬着三峡美景，买了到宜昌的站票，一路欢快站到宜昌。

宜昌友人热情地招待了我们，却也告诉我们一个坏消息——五一期间的三峡游轮票早已售罄，只能先去巫山，看是否可以直接游玩小三峡。

等到了巫山，我们第一次深刻体会到什么叫人山人海。小小的码头上，行人摩肩接踵，一道道人墙风雨不透。几个男生好不容易挤到了队伍前面，回头一看，女生们都还在人墙外，只好又用了九牛二虎之力折返回来。看这情形，游小三峡是不太可能了，我们坐下来一合计，决定避开人群，直接赶到巴东住一晚，第二天去漂流算了。

到达巴东时，夜幕已降临，我们从码头拾级而上，是一条长长的青石巷，青石巷两旁是高高低低的木板房，房前有老人躺在凉床上摇着蒲扇，话着家常。大部分临街商铺已关门歇业，昏黄的招牌灯或是木板房中透出的灯光点亮着青石铺满的路面，陌生人的脚步声引来屋内几声警觉的犬吠。我们沿着青石板路，一家一家地询问街道两旁的招待所或旅馆，结果无一例外，房间都已住满，无法再接待客人。有店主得知我们的来意，直言景区根本没有能力接待这么多游客，劝我们回去为好。

我们疲惫地坐在码头石阶上，一时有点茫然失措。最后还是一位男同学拍板决定，

为了不露宿街头，趁着江上还有货轮，赶紧买张票回宜昌休息。

可是，货轮也不是我们想坐就能坐的。几经周折，最后一艘运"二师兄"的货船主同情我们，卖了我们几张回宜昌的甲板票。响亮的汽笛声划破夜空，货船与县城渐行渐远，县城临江的建筑物上长长短短的灯影映照在江面上，如天上的街灯映在江中，令江波泛起银光，码头上那条长长的阶梯仿佛通向夜空。

我们一行人坐在甲板上天南海北地聊着天，清新凉爽的江风从江面上慢慢吹来，拂过我们的脸颊，吹到我们的心间。放眼望去，长江两岸的青山影影绰绰，别有韵味。深蓝色的天空里悬着无数明亮的星，交相辉映，好似在窃窃私语，述说不为人知的故事，又似在一路追随，认真听我们的故事。忘了是谁诗兴大发，站起身来，向着一望无际的江面，大声诵出李白的"天门中断楚江开，碧水东流至此回。两岸青山相对出，孤帆一片日边来"。然后大家一发不可收，开始一首接一首吟诵着诗词，硬是把与"二师兄"同船渡的苦变成了李白当年出巴蜀游历

的豪情壮志。

夜深人静，男生们在甲板上围着坐成一圈，吸着烟提着神，女生们在人墙里枕着背包，安然而睡。那晚，男生们指间忽明忽暗的火光点亮了我们的梦境。

如今，机缘巧合下，我又踏上了巴东的土地。看着横跨江面的长江大桥，挑起两岸的巍巍青山，大江南北的高楼鳞次栉比，依江而建的滨江走廊美如画。可我却感到人是物非，这座陌生的县城不是我记忆中的巴东。直到我在无源洞的陈列馆里看见那张老码头的照片，熟悉的感觉扑面而来，记忆中的巴东与老照片交叠重合且渐渐鲜活起来，让我不禁莞尔一笑，这才是我记忆中的巴东老城。

巴东老城已永沉江水之下，不得再见真容，可那晚的石头阶梯、那晚的青石板路、那晚的星空、那晚的江风，在我心中永远记忆犹新。

■ 文学作品

忆君别时桑下去

国网襄阳供电公司 胡新梅

看到街上小摊或商超有桑葚售卖，我不禁想起老宅的那棵大桑树。

以前村里各家少有院落，房前屋后种的树并不多。我印象最深的当属门前的那棵大桑树，树龄已无法考证。

桑树没有白杨挺拔，但它的生命力极其旺盛，主干不高，树枝向外延展扩散，形状似蘑菇。

从记事起，我就常听二伯说，要把桑树放了给奶奶做老屋（棺材）。初时，妈妈颇有微词，没有发言权的我也不乐意，想不通奶奶活得好好的为啥老说做老屋。

奶奶73岁那年，总怕自己迈不过"七十三八十四，阎王不叫自己去"这道坎。巧合

的是奶奶那年常生病，于是二伯再没提用桑树做老屋之事。没多久，哥哥从新疆回来，说桑树材质差，不结实，易腐朽。奶奶未表态，放树之事就此搁置。

每年春天，桑树枝繁叶茂，三四月，满树开着密密麻麻的米色小花，散发出淡淡清香。

五六月，累累桑葚挂满了枝头，由淡青色逐渐变成黑紫色。成熟的桑葚黑中带紫，水分够足，肉质油润，甜味十足。那时我们常骑在树上，边摘边吃，弄得满嘴黑紫，像花脸猫。我爬树的功夫要归功于这棵桑树。因为爬树时衣服常被剐破，为此我也没少挨骂。

盛夏，纵横交错的树枝叠加密实的桑叶，形成天然屏障，整个桑树像一把撑开的

巨型遮阳伞。在没有电风扇和空调的年代里，桑树下就是众人乘凉之地。夏夜，月光穿过桑叶缝隙，细碎如银洒落地上，风一吹，地上的影子随风摇曳。傍晚日落树梢时，奶奶就在地上洒水降温，然后铺上席子，便于晚上睡觉。吹着温热的南风，听着知了一浪高过一浪的鸣叫声，耳边伴着蚊虫的嗡嗡声，我总是难以入眠。大弟和我缠着奶奶讲故事。在八仙过海、牛郎织女、玉兔天宫捣药的故事里，我们数着天上的繁星渐入梦境。

在没有电子游戏和电视、少见书籍的农村，桑树底下就是我们的游乐场。打纸板、老鹰捉小鸡、跳绳、踢毽子、爬树比赛，我们玩得乐此不疲。

后来，我家盖了新房，搬出老宅，爹执意不带走一土一木，说是要把老宅留给二伯。之后我上了高中，爬树的机会逐渐减少。二伯一家不久也搬离了，老宅逐渐荒了。再后来，二伯去世，那棵桑树被放倒，做成了老屋。没有桑树、没有奶奶的老宅，我不再依恋，但每次看到桑葚，我都会不由自主地想起那棵大桑树，想起树下那段欢乐的时光。

■ 文学作品

楹联中的襄阳之古隆中

国网襄阳供电公司　周晓东

　　晋征南大将军杜预和武乡侯诸葛亮同时配祀文庙、武庙，在华夏历史上并无第三人。这二人与襄阳都有不解之缘，杜预在镇守襄阳时，完成统一大业。诸葛亮在襄阳形成对三分天下的战略判断。所以襄阳称得上人杰地灵。

　　从17岁到27岁，人生十年黄金时间，诸葛亮在襄阳过着优哉游哉的生活，他在风景优美的隆中读书，偶尔在自留地做农事体验，多数时间和同学们在论坛上灌水吐槽、互粉。难道是他不想当公务员吗？还是不具备做刘表入幕之宾的条件？

　　论关系，诸葛亮的一个姐姐嫁到襄阳豪门蒯家，另一个姐姐嫁给老师庞德公儿子庞山民，自己则做了沔南名士黄承彦的女婿。黄承彦和荆州刺史刘表是连襟，如此，蔡瑁成了诸葛亮的妻舅，刘表成了诸葛亮的姨父。诸葛亮与襄阳蔡、蒯、庞、黄四大家族结成紧密的关系网。在注重门阀的时代，孔明无疑拿到了加入刘表集团的通行证。

　　一臣不事二主。所以主择臣，臣亦择主。这种双向选择是以节义为契约的。诸葛亮不得不慎重观察领导的格局。

　　诸葛亮吊足刘玄德胃口，在其三顾后，许以驱驰。君以国士待我，我以国士报之，也成为君臣际遇典范。千百年来困顿不得志的文士来到隆中，不免要长歌短赋宣泄感情，隆中的诗词文章必然富有五车。这使得隆中成为一个历史文化的地标。

如今隆中悬挂的古联却是到处复制过来的：

能攻心，则反侧自消，从古知兵非好战；

不审势，即宽严皆误，后来治蜀要深思。

原作出自成都武侯祠，作者是四川盐茶使赵藩，他为规劝上司岑春煊而作，楹联有明确的时、事、地的指向，不可作为通用联。

再如，镶嵌在武侯祠大门两边石头上的门联：

冈枕南阳，依旧田园淡泊；

统开西蜀，尚留遗像清高。

祠堂据说为清康熙年间建筑，此联为清早期遗存，下联"统开西蜀"，切人不切地。其实原作亦是成都武侯祠的二门门联。

这种复制是文化上的惰性和不负责任。它造成景区的千篇一律、缺乏个性，抹杀了不同地域的武侯祠的历史和文化差异。同时为文化溯源造成一定的麻烦。

隆中明以前的原创楹联没有遗存，清早期亦未见，可以追溯的只有清光绪十三年（1887）湖北提督程文炳大修武侯祠时，石牌坊有集句联：

伯仲之间见伊吕，

指挥若定失萧曹。

和民国荆襄镇守使黎天才集句：

伯仲之间见伊吕，

先生有道出羲皇。

这种现象与隆中的历史地位很不相称。相比成都与南阳等的武侯祠，历代题额和楹联传承有序。究其原因是明代第三代襄王朱见淑也看中隆中风水，不但把墓地建在六角井附近的武侯祠，而且把整个隆中征用，使得历史遗迹和文化遗产破坏殆尽，从而造成文化的断层。

《对联话》中记录着最早可查的隆中两副楹联：清季军兴，湖广总督杨慰农霈以阳湖张仲远道员曜孙为营务处，战败镌职，同侨居襄阳，尝过隆中谒诸葛武侯祠，各署联而去。

杨联云：

谁谓将略非其所长，当时予智矜才，终逊此一生谨慎；

可惜天心未曾厌乱，至今知人论世，岂徒传两表文章。

张联云：

行藏以道，出处因时，使无三顾频烦，亦与水镜鹿门，甘心肥遁；

成败论人，古今同慨，似此全才难得，尚有子由承祚，刻意讥评。

这两副楹联并没有像惯常的祠堂楹联一味褒扬，而是以历史上对诸葛亮的差评为发端，提出个人见解，是作者另辟蹊径，还是别有怀抱？

这不由得要谈到楹联背景：

1855年，石达开率领太平军西征，武昌是军事重点攻击目标。湖广总督杨霈让道台张曜孙襄助营务，但是杨霈自己不会打仗，还消极避战躲到德安，造成武昌城空虚被攻破，湖北巡抚被杀。

咸丰皇帝大怒，将二人革职。二人解职，一同侨居襄阳，访隆中时各留下一联。

"将略非其所长"出自陈寿《三国志》诸葛亮传："然连年动众，未能成功，盖应变将略，非其所长欤！"简单释义：用兵策略，并非他的长处所在。

杨霈上联对陈寿的评价予以反驳：你们都自负才智，说我不擅长兵略，最后都不如丞相的一生谨慎。

下联则继续对丞相六出祁山无功而返进行辩诬，不要说丞相只会舞文弄墨，评论人要放在当时的环境中，那时天道正乱，还不是统一的最佳时机。

杨霈科举进士出身，一副联写得文采飞扬，论点论据充分，借着楹联为自己辩解。

张曜孙，字仲远，他虽然不如杨霈职位高，但是文学上成就远远大于杨霈。他与父亲张琦、伯父张惠言开创常州词派，张家妇孺皆能诗，他与他姐姐的诗甚至远播朝鲜。朝鲜诗人金正喜《阮堂集》中亦有《题张曜孙四姊绿槐书屋图》及《题澹菊轩诗后》。史载他的姐姐张纶英于魏碑甚工，日本、朝鲜使者，皆购之以归。张曜孙是最早的红学专家，著有《续红楼梦（未竟稿）》。同时，他以不为名相即为名医为信条，终成一代名医，著有《产孕集》传世。

武昌丢失，他比杨霈有更多苦水。战前他积极备战，上书武昌、汉阳守御各《二十四事》，而不能用，城破欲殉城，自缢被救下。可是朝廷上下把丢失武昌的脏水都倒到自己身上，真是百口莫辩。于是借武侯祠题联一抒郁郁之气。

上联：隐与出都跟时势有关，如不是非凡际遇，诸葛亮也和庞德公、司马徽一样终老山林。有人说鹿门应该是特指孟浩然。但是我以为诸葛亮与庞德公、司马徽从时代、地域、交往上，有着更多的可比性。同时，庞德公是最早在鹿门隐居的名士。因此在本联中，鹿门应该指的是庞德公。

下联：莫以成败论英雄，没有百战百胜的英雄。像诸葛亮这样的全才，也曾经被苏辙、陈寿诟病。言下之意，何况是我。作者似乎在这里释然了。然而结句刻意讥评，却透露出作者真实意图，总有一些人喜欢纸上谈兵，评论别人句句在理，事到临头却无一策。他们不讲事实和公理，只会落井下石。作者在联中反戈一击，为小人生灵活现地画像。

这两副联都展示出文学的基本属性是抒情，它未必完全站在客观立场，而是从作者主观感受出发。作者可以借别人的酒杯，浇自己的块垒。这就造成同一主题、同一事件，因为作者经历、学养的不同，写出的作品也是千人千面。这些作品反过来会与读者形成化合的二次创作，也就是情感的共鸣，从而慰藉心灵，激发失意者的志气。这大概也是好的文学作品长久不衰的魅力所在。

■ 文学作品

张家巷的幸福深处

国网监利县供电公司 胡红梅

清朗的午后，踩着深深浅浅的绿荫，我再次回到老街，那个我披着嫁衣走进婆家的地方，那条我曾经生活过的监利县容城镇张家巷。

婆家所住的张家巷，在县城曾经最繁华的老街后面，闹中取静的一条小深巷。老街街边那老去的泡桐树用身上斜斜垂挂的粉紫花儿，云霞般绚亮着这古色的老街，串串花儿低首垂眉，痴情地点缀着深巷，片片叶子散发着夏天的味道。当城市的各个角落轮震石响，高楼林立，霓虹闪烁，城与城、城与乡镇之间已然千城一貌时，只有老街覆着时光的灰尘，固守着自己的模样。这一带的青

色老屋、旧书店、日杂店、茶馆、路边的算命摊，以及身后的弯街窄巷，都浸染上土色的沧桑，散发着时光的味道。在这条幽静的街上，仍能找到那些老去的或渐渐要淘汰的手工艺作坊，如手工弹棉花、剃头担子、金银饰品加工、铁器、五金或农具等，那些陈旧的店里，坐守着不愿放弃传统手艺、忠实又迷茫的老手艺人。脚步移到一家竹器店，看到那些精良的手工做的竹篮、筲箕、筛子、鸡笼、刷锅帚，还有竹椅等，我还是禁不住地蹲下来，一样样地摩挲着这些散发着竹子清香的竹器，想起那时候住在婆家，时不时一个人跑到这家店里来，选上一只小巧

的竹篮，或一个竹篓，回家插上几枝野花或狗尾巴草，瞬间觉得在屋子里仿佛置身于山野深处。

走进青石板铺就的张家巷，来到拐角一栋小楼前，小楼已经残旧，木门紧闭，台阶上长满青苔，二楼阳台的那扇朱红色的门已经发白……邻居张姐出门晒豆角，在打量了我一番后，惊喜地招呼我："你回来了！"只这一声招呼，让我强忍着的泪水一下子奔泻而出。20年前，我披着一身红色的嫁衣，踩着一块块青石板，牵老公的手走进这条小巷，围拢上来的邻居都友好和善地和我打招呼，一声声的祝贺，顷刻间温暖了我初入婆家时忐忑的心境，往后的日子里，我不管遇到家庭生活上的琐事，还是为人母后因抚育方式和婆婆的意见相悖等，我的邻居们都给予我无尽的帮助和暖暖的爱意。

小巷永远是那么古朴美丽、幽深曲折，两旁的屋子门前，邻居们都种上花草，婆家门口是两棵栀子树，小巷一年四季都鲜花满巷，或蔷薇挂满院角，或金银花倾泻而下，或绿植爬满墙壁……小巷里整洁干净，走到任何一个角落，都是一尘不染，"门不闭户"是这条小巷里悠久的传统，家家户户都互相照应、互相帮助，所以在我的记忆里留下了"邻里助学""为独居老人善终""众邻助力危难"等感怀的故事。小巷里的热闹景象是永远让人怀恋的，每到傍晚，当忙碌了一天的人们回到家时，小巷会奏出一首锅碗瓢盆的交响曲，接着，一股股饭菜的香味便飘荡在小巷中。孩子们在小巷里追逐打闹：有的互相炫耀着刚得到的玩具，有的逗着毛奶奶家门口的肥猫乱窜，有的蹑手蹑脚地偷摘刘老头墙头的葫芦……嬉笑打闹，一时间为平静的小巷注入了活力。主妇们在低矮的厨房里做饭，男人们已经在堂屋的八仙桌上斟好了酒，老头们仰面躺在太师椅上，悠然地听着收音机，不时地哼上几句。……此时，小巷就像一张风情画，没有什么大红大绿，却透着一股朴实——朴实的人，朴实的生活。

夜色降临，小巷的人都要歇了，小巷一时显得很寂静，只有一些小虫仍然不闲着。老屋的后院里，多少个夜晚，我抱着优儿，月亮爬上来，淡淡的月光泻在石板路上，偶尔路人走过青石板的声响，在月色里静静地流动；一边摇着蒲扇，一边哼着儿歌，一阵微风和着花儿淡淡的清香拂过怀中优儿的脸庞，我和月色一起沉醉。

"杏花、春雨、江南"，走在小巷，仿佛走进一幅明媚的江南水乡的画卷，家家户户屋后临着后河，那时在我的小楼上推开窗，还能看到小木船在晨曦的薄雾里缓缓流过；走在诗情画意里，落脚处又只是走在茶饭飘香、平常百姓的尘世烟火里，脚步轻轻

摩挲着地面，这随处弥漫的气息，勾起我游走在这条小巷深处漫长而温暖的记忆，每一个脚印都踏在记忆的腹地。

眸光环视，触目似乎都是记忆，是我的记忆，是老街的记忆，是小巷深处的记忆，是那一个个曾鲜活生动有滋有味的日子的记忆。走出张家巷，遥望身后，便只有这条愈加寂静典雅的小巷，锁在一重又一重的岁月烟雨中了。

11岁，我一个人去矿上找父亲

国网鄂州供电公司　周兆铭

那年冬天，我11岁，上小学四年级。傍晚，我刚放学回家，就听到好久没见的矿工叔叔陈克武，与我妈妈在谈论爸爸在煤矿上的事，隐隐约约只听见说爸爸在井下遇到矿车脱轨，什么矿车飞起来撞在井下岩石壁上火星直射。妈妈逼着陈叔叔问我爸爸到底怎么样了，陈叔叔说矿上不让说。

见到我回来，他们都止住了话题，陈叔叔是隔壁村的，离我们家几里路，说家里有事要回去，摸了摸我的头，就匆匆离开了，留下我和妈妈在村口站着。望着陈叔叔远去的背影，母亲流着泪，拉着我的小手回到家中。

父亲当兵转业后去了离家100多公里的七约山煤炭矿务局工作，每两个月回家探亲一次，有时半年回来两次。我们兄妹五个，由妈妈一个人领着艰辛地生活在穷困的乡下。

当晚妈妈没有做饭，我们一家人就洗了洗脚，早早地上床睡了。

我们家是三间土砖瓦房，我和大弟弟在西边搭一张床，妈妈带着两个小弟和妹妹睡在东边房子里。

这一夜，我一点睡意也没有，总是回忆着爸爸回来探亲时的快乐时光。我担心爸爸可能在矿上出事了，要么人不在了，要么人受了重伤，隐约听到东边房里妈妈的叹息声。

第二天是星期天，不上学，我下定决心，一定要到煤矿去看个究竟，看我可怜的爸爸到底怎么样了。

一个冬夜，鸡叫了头遍，我估计家里人都睡着了，悄悄地穿好衣服，打开门，天空正下着雨，一阵冷气朝我袭来。雨伞在妈妈房间里，我在另外一间房间里找到了爸爸的一件长雨衣，穿上快有我一半高的矿工靴，从书包里摸出仅有的一元钱，慌慌张张地迎着风雨走出了家门，直奔长江的方向，赶着去坐"汉九班"（汉口到九江）的轮船，到矿上找爸爸。

当时年少不懂事，可能是鬼故事听多了，我才11岁，个子又矮，穿着爸爸的长雨衣，三分之一拖在地上。漆黑的夜里，总感觉后面有人跟着，又不敢朝后望。

从我们家到鄂州的轮船码头边有10多公里，那个年代没有公路，都是窄窄的土石路，最宽的路面只能走手扶拖拉机。路两边长满了干枯的茅草，在寒风中发出"喔喔"的响声，加之我要经过两处葬满死人的坟山

和鄂州市殡仪馆，我感到很是害怕。

两次经过坟地，我都退了回来，特别是经过殡仪馆时，更不敢往前迈出半步了，一看到殡仪馆门前一个被风吹断的带叶的樟树枝在寒风中摆来摆去，像吊着个人一样，我更没有了往前走的勇气。

当时走也不是，不走也不是，我大声哭了出来，最后想到电影里说鸡叫后就没有鬼了，横下心冲过了殡仪馆门前的那条山道。

跌跌撞撞，我在路上记不清被长雨衣绊倒了多少次，来到鄂州轮船码头时，一看售票室的挂钟才刚刚4点。我要坐的那趟船是5点30分的，整个候船室空无一人，只有浑身不知是被汗水还是雨水湿透的我，昏暗的灯光将我的影子照得特别小。

5点钟，售票窗口吱的一声打开了，一位女售票员喊，有人买票吗？我说"有"！售票员说"人呢"？我踮着脚，伸出小手，半天才将皱巴巴的一元纸币，用两根小手指夹着，使劲地递到窗口前。售票员收钱后，站起身，将手伸出小窗，将两角钱夹着一张粉红色的船票递给我，

看不见我的人，她问我接到票了没有，我说"接到了，谢谢阿姨"。

5点钟，我夹在乘客中间，手里抱着雨衣，顺利地登上了船。

汉九班是一艘小轮船，只有三层高，沿途只要是江边的集镇都要停靠，我现在还记得沿途停靠点燕矶、茅山、杨叶、黄石、河口。我注意力高度集中，我的终点是河口，坐渡船过河到达海口镇，再沿土石路，一直往前走，就可以到达爸爸工作的所在地——七约山矿务局茅村煤矿。

在船上买食品是不要粮票的，看到来来去去的乘客，在船中间的小卖部买饼干、汽水、黄石港饼时，我将小手伸进口袋，摸了几次，看到香甜的食品，感觉肚子在咕咕地叫唤，想到昨天晚上没有吃饭，肚子更饿了。由于乘船按票号入座，我的对面就是小卖部，我吞着口水，忍着不看，但还是忍不住看几眼。

轮船走走停停约两小时后，到达了河口。我在河口下船后，瞄准几位目标乘客，交了一角钱的渡船费，顺利到达。

我只到过爸爸的矿上一次，那次是4岁多一点，妈妈带着我们兄妹几个到矿上去探亲，到达河口镇是被爸爸矿上的拉煤车接走的。

我不敢问路上的人，怕被别人骗走。我壮着胆，问了一位穿着蓝色公安服装的警察叔叔，问他七约山矿务局怎么走。叔叔拍了拍我的小肩膀，指了指大山脚下弯弯的山路，叫我一直沿公路走，说有30公里的路程。

我沿着警察叔叔指的路，快速往前冲，饿了、渴了只能在山脚下的小溪边喝饱山泉水再走。

下午，太阳快落山时，我看到了"七约山煤炭矿务局茅村煤矿"几个红色的大字，心想终于到了。听到了煤矿广播传出的歌曲，我心想，我的爸爸应该没有牺牲，如果牺牲了，怎么广播里还能传出这样欢快的歌曲呢？

走进矿区大门，问了一位头戴矿工帽的叔叔，说我是周克炉的儿子，请问我爸爸现在在哪里？

那位好心的叔叔牵着我的小手，来到了爸爸的宿舍门前，叔叔敲门往里喊："克炉，你儿子来了！"

"儿啊！你怎么跑来了啊？"爸爸嗓子哽咽着说，我没有上前搂着我的爸爸，只是哭着在他的身前身后转来转去，看到爸爸好好地站在我面前，我拧了一下手，感觉不是在梦中，我失声痛哭起来，嗓门很大，引来一大群矿工围观。

我哭着说："爸爸您要是出了什么事，妈妈和我们怎么办啊？""我再三叮嘱你克武叔，叫他回去不要乱说。我的儿啊，这么远的路，你拖着这么长的雨衣，穿着这么重的矿工雨靴，是怎么走来的啊？"爸爸心疼地帮我脱下矿工靴，我喊疼，在不知不觉中，脚上打满了血疱。

一坐下来，叔叔们说我的爸爸这回是走运，捡了一条命！原来爸爸在处理矿车道接头时，只听见"轰"的一声，矿车沿500多米、约35度的斜井，如脱缰的野马，飞奔着朝爸爸冲来。当过兵的爸爸身手敏捷，一下子钻到铁路底下的空隙里，任凭矿车从他的头上飞过。我的爸爸躲过一劫，矿车停下来后，被撞得面目全非。

为爸爸逃过一劫的事，矿上有几位运输队的叔叔挨了处分降了级，矿上担心爸爸惊吓过度，安排他休息一周。

我离家出走到矿上找爸爸的事，惊动了矿长，惊动了矿党委书记，惊动了矿工会主席。考虑到我偷偷深夜出门，怕我妈妈和我家里人担心，矿上准假，连夜派了一辆四门六座的绿色专车，送我和爸爸回家。

回到家，果然听到妈妈在哭泣，一打开门，妈妈就要拿扫帚打我，说我胆大包天，敢一个人半夜跑去矿上，我被爸爸护着。大弟弟走过来哭着说："大哥，你半夜跑了，害得我被妈妈打了一顿，说我晚上睡得像个猪，连晚上你跑了都不知道！"

11岁的我在风雨交加的晚上，一个人偷偷跑到矿上找爸爸的事，在矿区传了很久，都说我爸爸这辈子辛苦，值！养了一个胆子大，又特别懂事的儿子。

煮得占禾半是薯

国网随州供电公司　李绪祯

一到初冬，我就对烤红薯充满了期待。

红薯刚烤熟拿出来的刹那，香气四溢，甜腻焦香，靠近表皮略微焦黄的部位是最好吃，也是最香的地方。

说到红薯，不得不提曾经与红薯亲密接触的时光。

读初一放暑假，我和妹妹去外婆家体验生活。

外婆说我们大了，要学着做饭，学一些简单的农活。我和妹妹也信誓旦旦，说一定完成外婆分配的任务。

外婆第二天就进行了分工，早上5点喊我起床和她一起上后山摘辣椒，还叫妹妹起来做饭，叮嘱7点多就回来吃饭。

我想着摘辣椒肯定比做饭容易，特别开心地陪外婆上工了。

爬了好几个山头，终于到了外公开垦的菜地，几大垄辣椒，有红有紫有绿，都挂着露珠，趁着太阳不大，我和外公、外婆三个人分工，一人负责一垄，刚摘觉得容易，可没多大一会儿，汗珠就顺着衣裳往下淌，手指被辣椒辣得火辣辣地疼，像要点着一般，一擦脸上的汗珠，脸也变得火辣辣。

还好山上不时有风吹过，总算有丝丝凉意。摘完差不多7点，看到面前四大篮辣椒，我不敢上肩挑。外公说："你提那个小筐子，这四篮我和你外婆挑回去。"

回家后，妹妹把米饭煮熟了，菜炒了一半，脸也被烟灰弄得像花猫，悄悄跟我嘀咕，用柴火灶煮饭太难了。

我笑笑，没说手和脸到现在还火辣辣地疼。

第二日，换班，我留在家里做饭，妹妹去芝麻地锄草。

生火我用了半小时，然后下米煮饭。总记得外婆说米煮开花就要捞起来，我也不知道怎么判断米开花，估摸着时间就捞起来，然后再把米下锅蒸，谁知火大了，一股煳味儿。

我急得赶紧往外退柴，小姨来了，我犹如见到救星，赶紧让小姨补救。小姨指挥我把饭都捞起装盆，一尝，有的煳，有的生，还有大半是夹生的，她又把煳米剔掉，下水重煮，才算把一锅米饭弄熟。

后面切菜炒菜都是小姨操刀，我断不敢下手了。

外婆看我做饭不行，妹妹干农活表现欠佳，后来就是妹妹留家里做饭，我每天出工干农活。

锄草、浇水、收菜、割草、翻红薯藤、割红薯藤、切红薯藤、煮红薯藤……

整个暑假，我都在与红薯为伍，每隔几天，外婆就带我上山翻红薯藤，将徒长的藤子切掉，还要把藤子从田埂左边翻到右边，下次再从右边翻到左边，让红薯叶均匀接受日照，这样红薯结得多，长得大，在干旱的傍晚还要给红薯浇水，我提个小桶跟在外婆身后，有样学样。

红薯的花与喇叭花外形接近，有淡紫色、淡粉色、紫红色，非常美，一垄花开，在阳光中摇曳多姿。

收回来的红薯藤要先洗净，再理整齐。外婆搬个大木盆出来，给我一块砧板、一把刀，让我学着切，切得越细越碎越好，我总怕切到手，所以切得慢不说，还切得乱，外婆还要进行二次加工。切好的红薯藤和上午打回的构树叶，一并被外婆放到锅里煮，这些草煮熟，兑上糠和麸皮，成了猪最爱的吃食。

有一天，外婆和外公去收芝麻，妹妹和表妹去河里捉鱼，我一人在家负责煮红薯藤，许是中午三头猪未吃饱，许是熬煮的红薯藤香飘小院，三头猪在猪栏哼哼叫得厉害，我用勺子搅搅，感觉红薯藤已经熟了，就盛了一小桶，兑上糠，搅拌一下，倒到猪槽，打头的猪吃了一口，就像弹簧一样，跳开了，后面来的两头，不敢往前凑，我见猪食直冒热气，心里一惊，忘记兑潲水了，又装了潲水兑进去，搅了好一会儿，热气散了，三头猪才挤拢吃起来。

到初冬，我和妹妹帮外婆挖过一次红薯，开始不得要领，锄头总是从正中把红薯挖断，外婆让我们顺着藤子侧挖，一带一大串，好几个红薯跳出来。

甩泥，去藤，装筐，一天挖了200多斤，外公将外皮完整的放地窖储存，断的、破皮的都堆在堂屋。外婆挑了几个进了灶屋，一顿饭的工夫，烤红薯的香味就飘出来了。

外婆用红薯做过许多吃食，蒸熟切条晒成红薯干；蒸熟拌面粉搓成红薯圆子，过油一炸，真是香脆无比；或者生的直接切片，挂点面糊，放锅里煎至两面金黄，红薯面粑外焦里软；还有红薯面窝、红薯糍粑。

如果红薯丰收，外公还会制成红薯粉条，这个技艺烦琐，我至今也不明白为何红薯中的淀粉晒干后，用水溶解淀粉就能制出粉条。但是腊月煮上猪腿火锅，将粉条下火锅，比猪腿还受欢迎，经常一筷子没夹几根就被表哥们抢光了。

舅舅得知我们喜欢吃红薯，这几年专门留了红薯藤种红薯，舅舅种的红薯和外公种的一样，溏心，无渣，软糯，香甜。

妈妈说，舅舅专门留的红薯藤，比切块出的芽种出来的红薯好吃，就是产量低。

朋友吃过舅舅种的红薯，第二年念念不忘，询问我在哪里买的，比她在超市买的蜜薯还要好吃。我说是我舅舅种的，碰到干旱，产量太低了。

我外出求医的时候，带着舅舅种的红薯，随着米饭一起蒸，吃一口，就像回到了故乡，回到了乡村无忧无虑的日子，乡愁或许就是心灵对于味道的记忆。

■ **文学作品**

我的小院我的梦

国网孝感供电公司 吴国华

初夏某周末，我回到离城不远的老家。吃罢母亲做的早饭，泡杯新茶，室内茶香四溢，窗外细雨纷飞。坐在窗边书桌旁，听雨打窗棂，听风听雨听心。

来过我老家的文友Y兄发来微信，推荐《院子，才是人生最好的养生场所》一文让我收藏，并留言说他看到此文感触颇多，当即便想到我老家的院子、我的那些花草和我年迈的父母。他同时建议我最好为我的小院写点什么。我读着他推荐的美文，回味老兄长温情的话语，思绪一下子回到了从前，回到了我实现小院梦的那些过往。

20世纪七八十年代，我家在湾中间的三间土屋，门口一个土砖围成的正正方方的院子，院子大门上方有个两面流水的屋顶，人可以在此遮阳避雨。院子里有两棵树，一棵是父亲不知从哪里淘回的合欢树，这棵全村人都没见过的树，让儿时的我在小伙伴面前颇有几分得意。合欢树春天开粉红带点白的毛茸茸的花，妩媚至极。有趣的是它的叶子，白天张开，晚上自然合拢，很是可爱。

另一棵是农家常见的栀子花树，枝繁叶茂，蓬径数米，花量奇大。每到端午节前后，洁白的栀子花一朵接一朵开满枝丫，花香四溢，芬芳了整个农家小院。清晨，两个姐姐在鸟鸣声中醒来，争先恐后跑到树下，贪婪地吸吮着花香，摘下几朵缠在辫梢，早饭后欢喜地上学去。祖母打扫完小院，给还没上学的小妹梳个像天线宝宝一样的朝天辫，再摘下她认为最好看的那一朵，用红头绳把花缠在小妹的辫子上，笑眯眯让小妹转圈，满意地左看右看。然后，老祖母又绕树一周，欢喜地摘下一大盆又香又白、带着露珠的栀子花，端着盆子迈着小脚，送给左邻右舍那些正在喂鸡或者洗漱的女人……40多年前的这一幕，在我前年写散文《栀子花开》时，曾经异常清晰地浮现于我的脑海。现在写这篇文章时，童年我和小伙伴们趴在院子里地上打玻璃珠子，在祖母默许下，卸了大门当球台打乒乓球，在合欢树下小板凳上做作业，夜空繁星，皓月当空，在竹床上乘凉等快乐往事铺天盖地般袭来……

几年前看电影《芳华》，偶尔在家中翻找老照片，我竟然找到1981年在老屋院子里拍摄的一张全家福。照片中后排的父母那时刚过40，风华正茂。中间各有一对乌黑辫子的姐俩正青春年少。前排我和小妹分站祖母两侧。坐在椅子上，当时近80岁的老祖母微闭双眼，安然慈祥。中年的我在写有关故土文字的时候，在回忆快乐童年的时候，在思念那个疼我入

骨、离开我们快30年的老祖母的时候，照片上的那个盛满儿时快乐时光的老屋小院在脑海中频频浮现。

时光缓缓流逝，我们渐渐长大，快乐似乎慢慢变少。老屋和小院也在20世纪80年代末被推倒，取而代之的是一栋崭新的红砖大瓦房。新房占地面积扩大，我家的老屋、小院和小院里的合欢树、栀子花树伴随我的那些快乐的年少时光也消失在岁月深处。

90年代中期，我们姊妹四个先后离开老屋。我告别老屋离开小院在城里成家立足。新世纪第一年，父亲也在城里分了房改房。虽然父母不太习惯城市生活，但为了帮我们接送孩子上学，也搬到城里居住。老家人去房空，老屋静立于故土，在岁月中斑驳，在风雨中守望。

2003年一次偶然的机会，我在城郊（现在早已是市中心）买了块几十平方米的地。家人商量，稍微借点钱，建栋小私房。设计时，我宁可房子面积减少也要建个小后院，想象着未来的小院闹中取静，除了有母亲的菜地，有一两棵果树，还要亲手种下记忆里儿时的合欢树和栀子花树。就在我找好施工包工头，虔诚

地燃香放鞭，打好了房子地基，准备购料开工，实现我多年的小院梦时，我的建房修院计划戛然而止。

那时，父亲单位宿舍院子隔壁的一个农机公司开发，做了几栋步梯房。其中一排门面房正好在一个老汽车站改造的服装城旁，也算打造的服装城新街。一天饭后散步至此，打听了一下，价格不是很贵，其中一间34平方米的店铺，方方正正，位置不错。家人心里盘算了一下，大概和建房费用差不多，想着买下这间门面房少操很多心，每年出租出去多少还有点收益，的确是个不错的选择。我甚至幻想着等商铺出租赚了钱，再来实现我的小院梦也不迟。鱼和熊掌不可兼得！犹豫再三，最后我还是忍痛割爱，抛售房屋地基，万分不舍中放弃了建房的念想，重温儿时小院快乐时光而打造小院的梦想也随之破灭。

拥有私房，准确地说拥有小院的遗憾，多年来一直在心底纠缠。唉！就像生活中必须面对的抉择，对错哪里又说得清楚？记得一天黄昏，我特意走到差点实现我的小院梦的那个地方，一排整齐的新房一栋挨着一栋早已建好。我曾预留的小院被新主人重新打地基，做成了四层的住房，没有后院的私房是无趣的，总像缺少了点什么。"哼！没有品位的家伙！"我在心里默默嘟哝一声，在复杂的心情中逃离开去。

时间的河，缓缓流淌，一晃又是多年。房地产开发渐渐升温，城里寸土寸金，自建私房再无可能。然而，机会有时像人生里那些意外，猝不及防就降临在你身上。有一天，我在槐荫论坛网站"房产租售"板块上看到熊咀新城的一条街（今天本市花鸟市场隔壁）上有栋四层的私房要卖。房主去深圳发展，新装不久的房子，所有家电、家具带送。最让我动心的是他家的小后院，大概20平方米，令人十分满意。想着买下住人或者整栋楼出租，有个后院多好，想象着继续改造一下，搭建个玻璃阳光房，种花养草，养猫喂狗……那一刻，我沉寂多年的小院梦又在心里闹腾。梦想很多时候如同飘来的肥皂泡，近在眼前，伸手碰触时又烟消云散。或许还是欠缺了一点点缘分，或许人生更多的是遗憾，与房主反复沟通洽谈后，终因几千元的价格差额和其他原因，买卖双方没有达成共识，心仪的那栋私房小楼、那满意的小院与我擦肩而过。现实终于还是打败了梦想，心心念念的小院梦又一次破灭。

"流水它带走光阴的故事，改变了我们……"时光好不经用，一晃进入了新世纪的第二个十年，小小少年的我被岁月烟熏火燎，被生活拷打折磨，一不小心进入油腻中年。每天在钢筋混凝土中生活，车水马龙中出门，霓虹闪烁中归家，焦虑浮躁的我在回望逝去岁月时，思念生活20多年的故土时，浓浓的乡愁肆意弥漫，唯有在文字中倾诉抒怀。得不到的总是最好的。对记忆里的老屋和老屋的小院越发怀想，对"采菊东篱下"的田园生活愈加向往，我的小院梦越发期待实现。

那两年突然喜欢各种树木，2013年也像湾里很多人一样，在家里荒芜的土地上种下几亩桂花、红叶石楠等绿化树。总算有个理由周末驱车回家，回到儿时生活过的故土，在曾经插过秧的田地里静静坐着发发呆，看夕阳西下，看树叶在微风中舞蹈，看红的白的花安静地开，心就慢慢静了下来。每每站在透风漏雨的老屋门前的老槐树下，看着曾经家里用过的老物件，曾经的年少往事一件件涌上心头。其时，很多久居农村的年轻人纷纷到当地镇上或者城里买商品房，有的为了婚事，有的为了孩子上学，有的为了体验全新的都市生活。同时也有走出乡村多年，厌倦了都市生活，老家有宅基地的城里人纷纷回家修缮老屋，或者干脆推倒重建。"如果我跟云朵说话，你千万不要见怪，因为城市是个几百万人一起孤独生活的地方……"写到这儿的时候，刚认识不久的"卡西莫多"书店的老板老潘在他的书友群里发了《瓦尔登湖》里的这句话。城里的人想出来，城外的人想进去。这世界那么多人，每一天都在上演着城乡的双向奔赴。

庆幸父亲当年的英明决策，进城时没有卖掉老屋，祖祖辈辈的宅基地得以保留。2015年，想到父母年事渐高，与一楼住户换房未果后，我和家人商量，卖掉四楼父亲的三居室的房子，回老家建房，办建房手续，移树，拆房，备料，整整一个冬天，建好了三层带院的小楼。房子装修前我随意买了些喜欢的花草，没有合欢树的后院，栀子花树当然必不可少。2016年装修好房子，父母终于如鱼得水，离开老家15年又回到了他们最熟悉、最适应、最欢喜的地方，再次开启有鸡鸣犬吠、土灶炊烟的农家生活时光。

2017年无意进了一个花友群，从赏花开始，用力、用心、用情打造小院，种花、养花成了我周末生活的常态。我拥有小院的梦想终于照进了现实，一颗疲惫的心终究得到安放。工作之余，忙碌之后，我回到故土回到小院，在花木营造的幽雅氛围中，看书、喝茶、养花、做饭、发呆……林语堂先生曾这样描述过自己对于悠闲生活的想象——"宅中有园，园中有屋，屋中有院，院中有树，树上见天，天中有月。不亦快哉！"

昨晚驱车回家，吃母亲特意做的土灶晚饭后，没有月光，一个人坐在后院石榴树下喝外地朋友寄来的新茶。村里年轻人都不住村里，只剩下几位老人不离不弃，坚守故土。乡村的夜晚黑得早，虫鸣啾啾，蛙声阵阵，身旁那些亲手种下的花花草草仿佛在跟我诉说，又像在劝慰……

清晨我在鸡鸣犬吠、鸟鸣花香中醒来，顾不上洗漱，拿了手机下楼，直奔前院后院，对准那些可人的花儿，怎么也拍不够。爬满厨房外墙的"风车茉莉"暗香袭人，不同品种的月季花、绣球花带着露珠，竞相绽放，争芳斗艳。

后院站C位的那棵高大的石榴树正满树花开，这恰到好处的别样的红惊艳了时光。2019年也是这样的初夏时节，我刚从武夷山旅游回来，那是个微风细雨的早晨，母亲轻轻打扫庭院，一下一下扫那堆风吹雨打下的红红的石榴花。每当想起我的小院，想起我的母亲，不知为什么，这一幕老是浮现出来，格外温馨。可以想见，即将到来的盛夏时节，老父亲呵护有加的这石榴树满树的石榴熟了，一个个红灯笼似的又将点亮我宁静的小院，点亮老家这个寂寞的小村庄。

"此生养一座属于自己的院子吧！它也将助你活出自己的精彩！"Y兄推荐的美文末尾的一句话让人沉思，当我们感觉身心疲惫的时候，不妨停下来看看身边的风景，生活不该只是奔波，更要有诗和远方。人生海海，能有幸拥有一个自己的院子，不大，不奢华，能盛下我们所有的诗意梦想，足也！

三万里驰骋梦回大唐

国网咸宁供电公司 谌胜蓝

触摸大唐的历史其实不难，比如，用40多首唐诗，也可以一睹大唐风采。

触摸大唐的历史确实不难，比如，透过李白和高适两个人物，也是一个视角。

这是国漫电影《长安三万里》给出的启示。

一把剑，一壶酒，一首诗，那是李白。

一把刀，一匹马，一首诗，那是高适。

嗯，殊途同归的"归"，便在一个"诗"上。

人生得意必须写诗，官场失意更需要写诗。盛世大唐要有诗，狼烟四起也要有诗。

在中国，值得用诗歌还原的一个时代，莫过于大唐。

故事以盛唐为背景，以安史之乱为转折点，其后吐蕃大军攻打西南，长安岌岌可危，困守边塞的高适向监军太监回忆自己与李白从少年到老年的交往。剧情在这样的回忆中，一步步展开。

少年李白和高适相识于浪迹江湖的穷游之时，初次相见，两人就被对方的气质吸引。面对口吃的高适，李白说："高三十五，你心中的一团锦绣，终有脱口而出的一日！"

彼时两人都立下鲲鹏大志，把追求功名、建功立业作为远大理想，但是大唐给了两位踌躇满志的少年太多坎坷。

自信"自己的才华抵得上一万个相识，一

亿年的情谊"的李白，在求取功名途中却遭冷遇。愤懑之余，他从黄鹤楼到扬州，再到长安，一路纵情山水，游戏人生，频频出入青楼酒肆。但是，在黄鹤楼上看到崔颢的"晴川历历汉阳树，芳草萋萋鹦鹉洲"，李白立志要写出一篇超越《黄鹤楼》的诗来，最终成就了大唐诗仙的美誉。

高适原有一身高超刀法，却苦于不能上阵杀敌，只能用在宴会上讨好权贵。但是，在扬州败给裴家剑法后，他下决心回到梁园，苦练武功，终成为国杀敌的大将。

不同的性格造就两人不同的人生路，相同的进取心照亮两人的前行路并让彼此见证和扶持。

剧情在"莫愁前路无知己，天下谁人不识君"一诗中展开，全剧无处不在的是诗歌。经历大唐的由盛转衰，一首首唐诗闪亮登场，杜甫、王维、吴道子等也逐一亮相，可谓群星璀璨，大唐的诗情画意一览无余，华光万丈。

和诗歌媲美的，是美到让人眩晕和窒息的画面。长安城的繁华里有云集的商人，扬州的梦幻中有翩跹的舞姬，边塞的冷清中正飞扬着大雪……每一个画面都是一道奇观，惊艳全场。

最让人难忘的场景是诗人们神游天宫，醉酒狂歌、恣意潇洒中吟诵出《将进酒》！极尽想象，成为影片最心醉的沉浸享受。

李白告诉我们，中国式的浪漫也可以震撼绚丽，荡气回肠。你不见一抬眼，黄河之水天上来。你不见转眼间，轻舟已过万重山。

高适告诉我们，只要不在沉甸甸的人生中放弃追求，他心中的那团锦绣，终会脱口而出。

影片的结尾，在国画般迤逦斑斓的背景中，一首首唐诗被不同的方言吟诵，杯中明月、家国情怀、悲欢离合、河山万里，尽在"大鹏一日同风起，扶摇直上九万里"，尽在"日暮乡关何处是，烟波江上使人愁"，尽在"举头望明月，低头思故乡"。

与唐诗相遇，便是这样的空谷传响和不同凡响。

诗在，长安在，大唐在，中国也在。不是吗！

放牛赚来了学费

国网鄂州供电公司　姜志刚

1980年，分田到户，我家和湾下五婆家还有其他三家共分到一头水牛，放牛是一家一天，五爹是工人，他们家的农活主要是五婆干。

那年暑假，五婆跟我妈说，暑假帮他们家放牛，收假后帮我交学费。

那年下学期，我读四年级，学费是2.5元，这个对当时每个工时只有1角多钱的我家来说，也算是个大数字。听说五婆能帮我交下学期的学费，母亲就很高兴地替我揽下了这活。

这样，加上自己家里也要放牛，每五天中，我就得放两天牛，那个暑假就有一半的时间得放牛了。

我们家分到的那头牛那个时候有两岁多吧，正是能吃能干活的好光景。早上5点左右，我得先爬起来，把全家人的饭做好（家里人每天4点多钟就都下地了，留在家里做饭的还算个好活，可以多睡一会儿），然后去放牛。

夏天，牛怕蚊子咬，一般晚上都是系在水塘里。蚊子或苍蝇多了，牛便把头和身子埋到水里面去，方便赶走这些可恶的小东西。如果水塘里面的水不够的话，牛也会在泥地里打一下滚，把全身涂满泥巴，牵出来放的时候，你就要加倍小心了，它一个"神龙摆尾"，可能搞得你满身是泥。

放牛这活特别"系人"，从早到晚，最需

要关心的是牛的肚子，它是否吃饱就直接关系到你当天放牛的态度和质量。

一大早，我先把牛从池塘中牵出来，瞄一眼牛背凹进去的部分，初步判定，昨天的人家是否将牛喂饱才能交牛。

当然，交接牛这个环节一般是在头天晚上进行，那个时候接牛的人家都会去看一下牛凹进去的部分如何，农村人虽说不明着说，但如果看到牛没喂饱，心里肯定也是不好受的，眼神也是异样的。毕竟，那个时候的牛相当于家庭主要劳动力。

放牛还是个细致活，哪些草牛爱吃，哪些草牛不吃，哪个地方的草好，哪种草牛吃完会快速填饱肚子，这些都是要在放牛过程中慢慢地发现、细细地体会的。

因为分了单干，家家都铆足了劲。田里、地里的庄稼都特别能吸引牛的注意力，不论你牵着牛走在人家的田堤还是地边，都得把牛绳拉得紧紧的，抓得牢牢的，决不能让它贪嘴。稍不留神，它那大长的舌头一伸，犹如镰刀，一扫就是一大片，被主人家看到了，非得把你骂死。

放牛也有轻松的时候，找到一片荒山，任凭牛自己悠闲地边走边吃，这个时候，还可以找本书看看。无聊的时候，还能骑到牛的背上，到池塘里游泳。此时，"乱插蓬蒿箭满腰，不怕猛虎欺黄犊"的意境一下子就出来了。

别小看牛那凹进去的一片，牛啃一天青草有时候也不见得能填满。最让人尴尬的是，在交接牛前，牛突然拉了一堆粪，看似要饱的肚子一下子又瘪了，看到接牛人那哀怨的眼神，心一下子虚了，连连跟人家解释，牛刚拉了的。有时害怕人家说，又拿着镰刀割些草送过来，心里才安一些。

牛也是很辛苦的，特别是农忙时节，从早上四五点钟开始，就不断地拉着犁、耙奔走在各个田地之间，只有晚上休息的时候，才有时间吃一点草补充一下，明天早上轮到下一家，又是辛苦的一天。也许是看到牛的辛苦，每次轮到我放牛的时候，我都把牛放得格外饱，因此多次受到接牛人家的表扬。

看我牛放得不错，五婆也特别高兴，暑假结束，不光承诺帮我交学费，还帮我买了一件汗衫，算是奖励。

拿着自己辛苦两个月放牛赚来的学费，在开学那天交出去的时候，心里感觉特别自豪。

书在，书房就在

国网宜昌供电公司　王淑娟

书房，简称书斋，是阅读、书写以及业余学习的地方。

"老学庵"是南宋诗人陆游晚年的书房名称，此名表达了诗人活到老、学到老，生命不息、学而不止的精神。

"饮冰室"是近代学者梁启超的书斋名，"饮冰"出自《庄子·人间世》：形容心情焦虑，内心烦躁，因而饮冰。以此命名，暗示了他忧国忧民的思想。

"浣花草堂"是杜甫的书斋名，杜甫在诗中提道："成都乱罢气萧飒，浣花草堂亦何有。"

在大矿山的山脚下，一张不知道从哪里背来的旧木桌，上面安了一个电灯泡，临窗。这是我的第一张像样的书桌，也是父亲在他年富力强的年龄在路边建的一座小房子，有两面墙借助公路与大下坡的垂直面，我的书房就在客厅临窗的一个角落。

夜晚，山间非常安静。我经常做作业到深夜，父亲找鞋匠用皮革缝制的一个大书包，用了很多年。读书的人，最渴望有一张桌，一个凳子，一盏灯，几排书。而我们读到的最喜欢的书，莫过于历史、地理、语文、英语。家里没有闲钱买书，更不用说报纸。所以我们的书非常少，除了课本，家里几乎看不到书。到了老年，父亲非常清瘦。他年轻时给我们带回来的那些画报，扉页泛黄，仍然像珍宝。

就是这样一个路边临时搭建的小房子，父亲专门给我一个地方做书房，我的书房非常整洁，父亲告诉我：一个人可以穿得非常朴素，但是必须整洁。他自己本身就是这个样子。即使长年累月穿着工作服，也是有模有样的。

求学的日子，书包是我的书房；阅览室、图书馆是我的书房，我会随身带着一个本子，买不起书，就摘抄；工作以后，集体宿舍的床头柜是我的书房，一个小板凳，一个行李箱，就是书桌。等我能买得起书了，史铁生的《我与地坛》是我买的第一本书，书在，书房在。

史铁生的书房在地坛，轮椅也是他随身携带的书房。

作家莫言说："我对史铁生满怀敬仰之情，因为他不但是一个杰出的作家，更是一个伟大的人。"很多人知道史铁生，都是因为陈凯歌早年改编自史铁生的小说《命若琴弦》拍成的电影《边走边唱》，电影中有一句经典的台词贯穿始终："千弦断，天眼开。"这句话的背景是盲人琴师的师傅说过，弹断的第1000根琴弦能带来光明。

在《病隙碎笔》里，史铁生在谈到"残疾情结"时引用了马丁·路德·金的话："切莫用仇恨的苦酒来缓解热望自由的干渴。"

史铁生说："不光残疾人，我们很多人都有这种情结（残疾情结），这个情结有时候会左右很多人，把残疾当特权，并且演变成一种自我感动，自我原谅。这会对人的心理造成非常不好的影响。"

在《病隙碎笔》中，史铁生曾写过一段令人感叹的话：

"我四肢健全时，常抱怨周围环境糟糕；瘫痪后，怀念当初以奔跑行走的日子；

"几年后长了褥疮，又怀念起前两年安稳坐在轮椅上的时光；

"后来得了尿毒症，又开始怀念当初长褥疮的时候；

"又过了一些年，要透析，清醒的时候很少，便又开始怀念起刚得尿毒症的时候。"

每个人都是这样，拥有时不在意，没有了才想起珍惜。

一个人的成熟之处恰恰在于：懂得接纳缺憾，能够承受失去。

史铁生用残缺的生命，说出了最为健全而丰满的思想。他体验到的是生命的苦难，他睿智的言辞，照亮的反而是我们日益幽暗的内心。

我第一次读到《我与地坛》是在大学语文课本上，那时候我还舍不得买书，更没有专门的书房。

卧室就是书房，我每每在母亲睡后读书写作，母亲总是担心我的眼睛和心血。她总是说："你这样熬夜，总有一天会用光的。"那个时候我的眼睛有多好，飞行员的视力，对母亲说的话不以为然。

如今，当我眼睛越来越模糊，没有眼镜完全不能读文字的时候，才明了母亲那时候说的话。

工作后，我不断地买书，再后来，我有更多的能力买书，也能买房子，拥有一间真正的书房。书的种类也越来越多，从第一本书到几千册书，从文学类到历史类，到语言类，再到医书。

2021年暑假，我在北京参加了毕飞宇的新书发布会，也买了两本书。最近我看的一本书是2021年买的吴军博士写的《数学之美》，同时还看到很多年前在《小说月报》上《黄连厚朴》的作者叶广芩新出的小说。

每一本书，我只能看到三分之一，或者更少，完全没有了当初看第一本属于自己的书的欣喜迫切。这让我想起一句话："书非借不能读也！"

我2021年买过三次书柜，都是最简朴的竹制书柜，是回来组装的。可能前生是个木匠，最喜欢组装书柜，当看到一排排自己组装的书柜整齐端庄地立在那里，各个时期买的书都能有所归属时，心里安然。

一个人能安坐在书房里，饮茶看书，静看花开花落，云卷云舒，是多么惬意的时光。但我只愿能回到最初，不管在哪里，有没有书房，一本书，就能带我看到人类整个精神世界，一如史铁生的《我与地坛》。

怎么回到最初？我想大概是把一切归零，把时间倒着过，就像苹果的创始人乔布斯说的："把你生命的每一天当成最后一天来过。"

我想，要把每一本遇到的书变成自己的思想，那么随时，你都在书房之中。书在，书房在。

在书屋中理解他，成为他

恩施永扬建设公司 刘幸子

　　我的书屋不大，藏书更谈不上丰富，净是这些年来零散淘来的，但胜在喜爱，皆为心头好。工作闲暇之余，我便会在书屋里躲避世界，陶醉其中。三排的书架，有一满格都是关于父亲的书籍。或许是自己正在准备成为人父，或许是父亲在慢慢老去，我想去试图理解"父亲"这个角色，理解这份不易察觉的沉重的爱；通过对往事的回忆，重新认识我的父亲，更或者是，认识自己。

　　父亲在我们心目中有着不同的形象。有人说，父亲是家庭的支柱；有人说，父亲是指引方向的灯塔；还有人说，父亲是疲惫时可以依靠的臂膀。如果说母亲的爱像浩浩荡荡的江河一般绵延不绝，那么父亲的爱便似巍峨的山川般宽厚深沉。在书屋里，我从文学作品中去聆听他们与父亲的故事，品味父爱二字的力量，感受自己父亲的伟大。

　　《傅雷家书》是知名翻译家傅雷十几年间写给儿子的家信，既是一个父亲对儿子的谆谆教导，也是一位哲人点燃青年赤子之心的火把。从做人道理，到艺术修养，傅雷把"先做人，后成才"的教育理念融入书信当中，并以此指引一代年轻人的成长。这本书告诉我们，父亲可以是交流文学艺术的朋友，也可以是无微不至甚至有点唠叨的亲人，还可以是要求十分严格的长辈，更是正直谦逊兢兢业业的终生榜样。

《遗产》则是将视线凝聚在罗斯刚刚去世的父亲，一个平凡、卑微的犹太老头临终前的日子，他的一生像一条浸透了琐碎往事的河，在他和他的作家儿子眼前，半明半灭地流过。父与子之间的关系，从来没有像现在这样既亲密又陌生，既血肉相连又渐行渐远。当亲人的生命进入倒计时，所有的思索与拷问，所有的惶恐与悲伤，都逼得人透不过气来——哪怕这个人，是以冷峻著称的菲利普·罗斯。

《父亲》是丁帆教授主编的散文集，收录了百年来诸多名家书写父亲的精品文章，共88篇。作者既包括鲁迅、周作人、胡适、茅盾、巴金、老舍等现代文学大家，也包括王安忆、余华、阎连科、迟子建等活跃在当今文坛的著名作家。父爱如山、母爱似水，乃亘古不变的主题。文集所选篇目既有对父母亲发自内心的怀念，也有对"如何做父母"这一问题的深刻思考。一篇篇散文使读者回想起自己与父母相处的种种细节，重新审视自己与父母的关系，更可能因此重新认识"父亲""母亲"这两个伟大名词的意义。类似的作品还有《喧嚣》《嘿，爸爸！》《父子之间》《半个父亲在疼》等，字里行间都在表达父爱的深沉与伟大。读懂父爱，理解父亲，站在他们的肩上去尽力地热爱生活。

回想起我与父亲这些年，幼时家里条件差，父亲一年四季都在外打拼，在我童年的记忆中只有过年他带给我的玩具；待到少年时期，漫漫求学路加上青春期的叛逆，我与他的相处沟通全在严厉教导和争吵之中划过；等到大学毕业参加工作，我与父亲才开始有了融洽的沟通。现在，48岁的父亲开始沉默寡言，我安排给他的咖啡，他会皱着眉头喝，我吃不完的零食，他也不会再命令我吃完，他很久没站在我的对立面，更没有再呵斥过我半句。以前会觉得爸爸很烦，后来知道中年以后的男人时常会觉得很孤单，因为周围都是依靠他的人却没有他能依靠的人。父亲外表胡子拉碴像个硬汉，其实从我有胡子开始，他的内心早已变得柔软，这世上好像我和他的关系最近，我们是父子，但提起聊天的次数，少得可怜，我看着他也靠着他，永远是孩子的轻松惬意。有时候就忘了，他背负着一切，还只能靠自己。国庆放假时，我带着父母去上海游玩了一趟，也是这一次旅行，我发现父亲视力开始变差了，在张灯结彩的上海街头，熙熙攘攘的人群中，我爸靠着声音才找到我；迪士尼乐园里我指到的菜单，他会揉着眼睛去看，我有些担心晚上的烟花他也看不清。父亲淋遍了人生的冷，没做过一场童话的梦。他不好意思去坐旋转木马，就紧张地攥着手机在旁边等着我们。当全世界的明亮退场，为夜晚的烟花秀铺出幕布一张时，父亲抬起头，眼睛收下了炫彩的光。回酒店后，父亲笑嘻嘻地向

我招手，他递过来一个我当时看了许久的玩偶。父亲的眼睛里，藏着春夏秋冬的田间地头；藏着打工时穿梭过的人流，还藏着我的小时候。

在书屋内，在文字中，在回忆里，我读懂了父亲，读到了他的孤独与不易，读到了他的辛苦与伟大。他也曾无忧无虑，可后来他成了我的父亲，又撑起了我的天。未来的我，也将会成为人父，也会用后半辈子去诠释父爱二字。

向我的父亲致敬，去理解他，成为他。

爷爷奶奶的巨流河

国网武汉供电公司　童海华

偶然看到作家张爱玲写自己的祖父母。对于没有见过的爷爷奶奶，她说："我跟他们的关系只是属于彼此，一种沉默的无条件地支持，看似无用、无效，却是我最需要的。他们只是静静地躺在我的血液里，等我死的时候再死一次。我爱他们。"这是一种非常有洞见的视角。

我们何止和自己的祖先是这样的关系？我们和自己的一切支持系统都是这样的关系。人生无根蒂，飘如陌上尘。30年前，我曾经在汉口读了3年的书。30年后，我又一次踏入汉口这片土地，总有一种难以名状的情感在心中挥之不去。我总在想，我从鄂州到汉口，从汉口到鄂州，命运怎会如此？

我试图从翻阅旧物件，从一张张老照片中回忆往事来找到答案。我试图从我记忆中的爷爷奶奶那里去找寻答案。

父亲近年来特喜欢翻阅他保存的陈年旧物。他将当年在部队当兵写的家书收集保存下来了。这次在我离家之前，我也帮父亲整理翻阅旧物。我翻出一个完整的邮票。父亲却告诉我，有好多信封上的邮票都被当年的二叔剪下或者撕去了。一些残破的旧信封夹裹着家书，当年的岁月是那么艰苦和贫穷。这些陈年旧物中，有一两张照片，让我非常好奇。父亲指着照片中的人告诉我，这个是你爷爷8岁时候（也就是1932年左右）和他父亲的合照，旁边剪下的那个人是他的母亲。我在翻看另一张照片时，发现和爷爷小时候的合影中，也是他的母亲照片被剪下。我想这是得有多恨他的母亲，才会剪去和她的合影啊，抹去和她一切的痕迹。

我看着照片上两个人的着装，典型的明清风格，爷爷的父亲一看就是那种有钱没有干过重活身体欠佳的公子哥。果然，我在爷爷的自传中，知道他在汉口开照相馆，拥有一定家底，而且规模很大，有汉口品芳照相馆、中山大道永真照相馆、华景街正亚照相馆，还有沙市明星照相馆。但是，在爷爷8岁左右，他的父亲去世，母亲改嫁。爷爷在自传中没有提到原因，但是写了他在1949年武汉解放前的一些经历。爷爷在父亲去世以后，靠祖母和舅父养大，最后在姑父的帮忙下当学徒，1943年经人介绍在汉口松隐轮船上做工，1946年曾在日通轮船（此轮原名二神丸）上加油，那个时候由于憎恨日本人，爷爷经常偷偷把油给中国人，给中国的纱厂提供了很多便利。1949年以前，他在汉口至武昌裕华纱厂、裕华水厂任过职，开过大

车，当过焊工、厨师，开过大轮船（巡逻艇）。爷爷在自传中还提到，他是在1949年5月16日上午8时离船，当天12点武汉就解放了。他最终选择留在了汉口，后来经武汉市人民政府排查，爷爷有过在海关工作的经历——海员手册和大车司机（开大船的执照）。他根据组织需要，服从组织调配于1951年被派往湖北省公安厅水上公安总局学习，然后调入湖北大冶、湖北黄冈水上公安局任职。

读到这里，我的内心感慨良多。我不断打捞记忆中关于爷爷的画面，可是一点都没有。有的是关于奶奶的记忆片段，不断涌上心头。

记忆中，我在10岁之前一直是跟奶奶生活。爷爷总是睡在他那个单独的房间里，很少见他踏出房门。每餐饭都是奶奶做好了送到他的屋里吃，最后奶奶再去收拾。我和奶奶、小姑三人住在隔壁的房间，中间隔着一个堂屋。那个时候的冬天冷，晚上奶奶会上床铺上厚厚的稻草，睡不着的时候，她会跟我讲她在武汉的故事。奶奶总说爷爷年轻的时候脾气不好，有时候睡在床上他会将一桶

（盆）凉水从头淋到脚。我听着，内心虽然心疼奶奶，不喜欢爷爷，但是幼小的我什么也做不了。直到现在的我，在电视剧里看到这样的画面，就会想起奶奶曾经给我说的情景。后来，我从杨本芬奶奶的《我本芬芳》中看到爷爷的影子，他们对外人热情，对孙辈宠爱，唯独对妻子异常冷漠。

记忆中，小叔和小姑跟爷爷都不亲密，见到爷爷就像是老鼠见到猫，躲之还来不及。小叔的脾气也是很暴躁，一言不合，就开始爆粗口和动手。我那个时候总是吃不饱，穿不暖，奶奶如果在吃上偏爱我，小叔他们就会对我使脸色。说来也奇怪，我那个时候敏感爱哭，常常是被小叔拿来发脾气的对象。我自己也不知道，父母把我当留守儿童留在农村，在奶奶身边生活的几年，我究竟吃过多少苦。因为爱哭，被小叔吼，越吼我越怕，越怕我就越哭。他最后没办法，把我拎起来送到村后的大堤上迎着北风哭。最后，还是奶奶把我劝回来。

记得我刚参加工作那年再一次回乡。夜晚乘凉，奶奶又跟我讲爷爷跟她之间的故事。他们当年住在汉口三码头横街68号，她在武昌裕华（现在是绿地）纱厂当女工，每天坐小船来回。奶奶说，那个时候为了贴补家用，还会摆摊做小生意，她最会做的早餐就是油炸面窝。我后来吃过奶奶亲手做的，确实比外面普通的面窝好吃。奶奶说爷爷脾气古怪，对她很不好，因最初爷爷看上的是奶奶的大姐，最后因为奶奶的母亲做主，将奶奶（老二）嫁给爷爷。

奶奶说她有七个姊妹，五个兄弟。家境贫寒，很难养活。她的四妹在一个雨夜被送到佛堂，被人领走了。奶奶一生都记得这件事，她说，四妹在她怀里哭了好久。新中国成立后，她多方托人打听抱走四妹的人家在哪里，很庆幸，终于找到了，两人见过一两次面，并留下地址，（在汉口一元路十六中附近）。六妹也在武汉硚口区，那个地方以前有个毛主席的铜像。

说到这里，奶奶流露出无限遗憾。她说还想在有生之年再见见武汉的姊妹，以后天上相见时，不会那么难受和痛苦。我于是就安排了一次聚会，让奶奶和武汉的四姨婆和六姨婆相见。我记得在武汉的那个晚上，她们三姊妹在姨婆家睡在一张床上，聊了一晚上。虽然我不知道她们聊的什么，但是，从那以后，奶奶说她百年归逝没有遗憾，姊妹天上团聚时，她也有脸去见她的母亲和父亲。

我又在众多的旧件中翻出一张1951年爷爷在鄂城县（今鄂城区）的机关干部业余学员成绩单。爷爷曾经服务的机关为黄冈水上公安局，各科考试品行都是甲等，学校意见是：学习态度好，工作表现优。1954年，武汉长江中下游一带发大洪水，爷爷奋战在抗洪一线长达三个月，终因肺病去世，享年60岁。

我串起两张旧照片和一些旧物中，回忆了记忆中的爷爷和奶奶。每一个个体的命运，都与时代浪潮联系在一起，每一个人都是特定历史阶段的见证者，每个人都或多或少、或主动或被动地参与到历史的进程之中。

爷爷一生命运坎坷，骨子里是一个善良、纯朴的普通人。但是他的原生家庭不幸福，导致他性格里的古怪，给奶奶和他的子女带来伤害，在以后的生活中潜移默化影响到身边人。早逝，对于多年肺病（那个年代没有特效药，几乎是绝症）缠身的他，也许是解脱。忽然，我对爷爷多了一些同情和理解。

我的奶奶和那个时代的许多女性一样，有看不见的孤独、不被欣赏的失落、不被尊重的委屈。

奶奶在爷爷早逝后，勇敢挑起整个家，没有抱怨，没有选择离开，依旧保持乐观心态，慢慢将还没成家立业的三叔四姑拉扯成人。人生最后几年，我也帮她见到了最想见的姊妹，然后安详地走完她的一生。

我总会时不时想这些，从汉口到鄂州，从鄂州到汉口。难道祖辈人曾经走过的路要不断重复上演？回忆的过程，温暖了我心底深处的悲凉。人应该向前看，我内心深处不想重复延续我童年时候曾受到的伤害，也不想像奶奶那辈人那样终其一生生活在得不到爱、不被看见的状态下。我希望我们即使屡屡受挫，仍旧不沉溺于伤痛，仍旧要兴致勃勃地学习、工作、教养孩子——哪怕无人欣赏，也要竭尽全力地绽放芬芳。

中年方知茶滋味

国网襄阳供电公司 罗保菊

以前，你对茶是不感兴趣的。虽然每年清明节之后都要买新茶，放在冰箱里作为待客之用，但你对这种传统的佳茗是沾也不沾一下的，偶尔在交际应酬中喝上半杯几口，也只当解渴，而对茶的滋味却是无感——除了觉得苦。

不知不觉过了不惑之年，人生仿佛爬上了最高的坡、看清了坡下的一切之后，开始在那崎岖坎坷的下坡路上徐徐前行，这时，有人把一杯新泡的绿茶端给负重前行的你，突然间，你开始对这神奇的饮品有了不一样的感觉。

端起这茶杯，看那嫩绿的叶芽在热水中缓缓舒展、旋转、浮沉，犹如一个古典的青衣女子在翩翩起舞，而丝丝袅袅的香气从茶杯口升起来，弥散氤氲在空气中。情不自禁地啜一口那碧莹清澈的茶汤，舌尖上轻轻触碰过的苦涩渐渐化为喉管里回味无穷的甘甜。一时间，你感到神清气爽、唇齿留香、心醉神驰。

闭上眼，你仿佛看到这几片叶芽曾经生长在那白云缭绕的山顶上，那里有成片的翠色欲滴的茶树，它们扎根于红色的沃土，被春天的雨水浇灌过，在雨后明媚的阳光里尽情呼吸着新鲜的空气。一位身穿白底蓝花布衣的姑娘发现了这些在朝阳里绿得透亮、嫩得可人的叶芽，她用尖尖的手指采下了它们，把它们放在自己的竹背篓里。然后，这些叶芽开始了一段不寻常的旅程，它们历经重重考验、跨越千山万水、借由因缘际会，辗转来到你身边。

两个生命相遇了，你发现了它的美，它也为你全然绽放，犹如王阳明所说："汝未看此花时，此花与汝心同归于寂；汝来看此花时，此花颜色一时明白起来，便知此花不在汝心之外。"

日本茶道有"一期一会"的说法，你与这几片叶芽终生也只有这一次的相会，好在中年的你已经懂得珍惜，你们没有彼此辜负。你遥想着这几片叶芽的生命轨迹，好似看到天地万物的奥秘。

你不由得想：为什么直到今天，才发觉了茶的美妙？或许是因为年轻时你有用不完的精力，不像现在，需要靠一杯茶来唤醒容易疲乏昏沉的神经；或许是因为年轻时你总是太心急，没有耐心去等待一杯茶慢慢变温后才小口地喝下去；或许是因为年轻时你本能地抗拒和逃避苦涩，不知道苦后的甜才是人世间的至味。

中年是苦的。这时的你上有老下有小，且老的日益病躯衰弱，小的正值情绪不稳的青春期，你背负着沉重的责任，需要面面兼顾，而自己的健康已经被岁月的车轮磨损，不再有强健的体魄，常常心有余而力不足。事业上倘若得意，也是挑着最重的担子，常常为分一些时间来照顾家庭而百般筹措；倘不得意，更是忍看少年时的梦想不复实现，心中不免怅然凄苦。

然而，中年也是甜的。经过世事磨砺，心智日益变得成熟，以那份清醒和笃定营造出一方外界风雨无法侵袭的安宁之地，任何情况下，不会完全丧失活着的乐趣。对自己看得越来越清楚，知道真正想要的是什么，有了放下和舍弃的勇气，知足与感恩本身就含着温暖的欢喜。踏踏实实地过着有节制的生活，不放纵自己，不再由着欲望和情绪任意支配自己，把平淡的日子过出丰富的滋味，感受到自律带来的深层次满足与快乐；懂得了真爱是什么，在付出与奉献中体会到最大的幸福；即使不再执着于某个结果，也在过程中努力寻找意义，默默精进着的每一天心中都有一份喜悦和轻安。

这便是中年的苦与甜，像极了茶的滋味。

茶中有禅意，茶道寓人道。著名的唐代高僧赵州和尚对向他请教禅理的人说"吃茶去"，这平白简单的三个字蕴藏着无限深意，具有直指人心的力量。

"吃茶去"就是去接触、去体验，人生的真谛全在于亲自去体验。

给自己泡一杯茶，用你的所有感官去体验这其貌不扬的叶子之神奇与美妙，想象它所承载的厚重历史与悠久文化，回味它充满哲学气息的丰富滋味，享受它带来的片刻清新和宁静。此时，人世间的所有烦愁暂且都抛在脑后，你拥有这杯茶，也拥有此刻的生活。

■ 文学作品

冬夜忆往

恩施永扬建设公司　王洪华

严冬肃立，下午6点天色渐暗了，趁着微光往家赶。在小巷的拐角处，猛然冒出一个人头。定睛一看，原来是我以前的"包租婆"老郭。

天冷，相互寒暄几句便匆匆道别了。独自往小巷深处行进，雾气越来越浓，夜色也越来越深，这个偶遇的人突然把我拉回了在她家租住的日子。

20年前的2003年夏天，是我和家属在外租房的第三年。当时为找一个长久的住处，也为了方便看看寄养在老人家的娃，我找到了老郭，正好她有一个租户刚搬走，便答应了我，并且只收我当时租房价格的最少租金。

那会儿老郭的房子还没翻修。百余平方米的楼房一共两层半，我们和另外一家租户住在一楼，布局跟我在电站的宿舍一样，里外各一间。我们把外面的一间放了一张三人沙发和一组矮柜当客厅，里面当卧室，进客厅的大门是一道破旧的木门，几根嵌在前后屋子窗户内已锈蚀的钢筋算是防盗设施。我平时在电站上班，只有倒班后才回来，家属也是早出晚归，没有厨房不能做饭，这个"家"最大的作用就是让我们晚上有个歇息地。

因要攒钱买房，加之原本收入不多，我更舍不得花钱租条件好的房子，即便房子简陋，我们也能克服。也是因为简陋所致，我们在2005年岁末遭遇了一次偷盗。

记得这年冬月底的一个夜晚，睡觉前家属说发了全年的夜班补贴和烤火费，一共约800元钱。我们商量着准备拿这钱买一头猪，给老人一半自己留一半，要是钱不够明天再找同事凑点。

当年猪价还算便宜，250斤重的猪大约只要1200元，但这也是我三个月工资总和。心里一度还舍不得买。但转念又想，大过年的总要置办点年货，便很快释然。家属还说他有一个同事就住在五峰山郊区，到时候找他帮忙买了一起熏好。商量既定，好像一件大事落地，我们安然睡去，梦里都是买到猪肉的喜悦。

第二天6点50分的起床闹钟准点响起，窗外还是黑的，家属习惯性地伸手摸放在床头柜的衣服，突然发现不见了，跳下床打着赤脚就往外屋跑去，在靠墙的沙发上找到了外衣。他下意识摸了摸衣兜里买肉的钱，结果如他所料：兜里空了。

我匆匆出来，看到坐在沙发上发呆的家属，也不知道怎么安慰他，心里也无比失落，那时的800元钱，对我们来说不是小数。我们心里满是自责，责怪自己瞌睡怎么那么大，要是警醒一点钱就不会被偷走了……

更不可思议的地方，是我们还在沙发的一角发现了少许烟灰，也就是说，小偷得逞后，并没有马上离开，他还优哉游哉地抽完了一根烟才离开！至于小偷为何偏偏是那晚"造访"，我后来和家属猜想，可能是我们商量买肉的那番话被隔墙的耳朵听见了。还有一种可能就是小偷是长期潜伏在我们身边的熟人，只等待时机的到来，因为门的防盗锁只需一张卡片便可以打开。

那以后，我们晚上不敢在家大声说话，要是哪天衣兜里有钱，睡觉前都会仔细搜出来压在枕头下。很长一段时间，我睡觉时不敢侧身对着窗户，害怕在我睁开眼时，突然发现一双贼眼正看着我。小偷是带杀气的，通过这件事我深深地体会到了这一点。

2009年国庆节，在好友们的帮助下，我们买了蜗居搬出了老郭家。装修时，我和家属因为装防盗网发生了争吵，家属说小区有保安有监控，不同意装，但我坚持要装，吵着吵着竟然还流了泪。搬进新蜗居后，发小曾问我住新房子的感受，我说：唯一的感受就是可以睡上安稳觉了，不用夜夜提心吊胆地防贼。

20多年的时光如白驹过隙，大环境的变化也给我们的生活带来了些许改变，回忆起那段租房的历程，我并不感到辛酸。偶尔回望一下来时的路，一旦遇到心浮气躁时会平静许多，提醒自己找回自己的定位。

■ 文学作品

如果那也算书房

国网咸宁供电公司 钟艳

房子里有几个书柜，上面摆满了一排排厚薄不一的书籍。书柜边上有一张柔软的沙发，茶几上刚泡好的茶，柔和的灯光照在我的书页上……如果你以为我的书房就是这样的，那你就大错特错。

我的思绪一下子穿越到小时候。书房是没有的，写作业时是在餐桌上，不做作业就是干不完的农活，没时间给你看书。出去放牛是我这个农村孩子看书最好的时光。如果在田埂上放牛，则一手紧拽绳子一手拿书，慢慢地走，一行一行地看书中的文字，牛儿也慢慢走，慢慢啃着青草，吃过一条又一条田埂。但这并不是看书最佳的时候，因为要时时提防牛儿馋嘴吃了庄稼，所以不能太专心看书。

最好的看书时间是选一处开阔的青草肥美的地方，牛儿悠闲吃草，我便席地而坐，从小包里拿出书来看。小包仅仅是用两块布缝在一起，粗糙得狠，但这已经够了，免得书被树枝划破，这些书可是我爸在村里找人借的。那时的我看得很认真，时间也过得很快，有时我看累了，把书放在小布包里枕在头下，躺在草地上，扯上两片树叶，跟着牛吃草的节奏一下一下地咀嚼，其实很多树叶、草叶真的是很涩口，牛儿却吃啃得香甜。看天边几只灰白的鸟飞过，飞到远处的树林不见了，我一下子感受到了书中"仰羡黄昏鸟，投林羽翮轻"的意境。

夕阳快要落山，该回家了，一个女孩子骑在牛背上，缓缓前行，挎着小布包，手上捧着

一本书，身后是一块块水田，水田的那一边是旱地。田间地头，三两个村民在干活。

这也是书房，我的书房在大自然。

那时候书籍类型有限，在大自然的书房中，我看了许多杂志——《知音》《故事会》，没什么营养但故事新奇。4~5厘米的厚书也看过，印象最深刻的是一本游记类的书，大约写的是一个人周游世界，其中有一个国家的见面礼节是趴在地上亲吻对方的脚背，没有封面也不知书名。还有武侠小说，一个女孩子那时觉得天涯多风雅，我要孤身走马，行侠仗义。

曾经有一段时间我的书房在猪栏，猪栏在农村就是养猪的地方。我和小伙伴在村子里玩游戏，也就是现在的"吃鸡"。机灵的我躲进了一户人家的猪栏里。猪圈的边上吊了一个破竹篮，天啊！里面竟然有——书，不止一本，是一篮子。原来这里有一个厕所，这户人家出了村里唯一的名牌大学生，估计他去上大学了，他妈就把这些书当手纸了。在书籍缺乏的年代，我一下子如获至宝般欣喜。

从此以后，我就把这里当成了我的临时书房。猪栏加厕所，可想而知，这是一间有味道的书房，但这不影响我看书。猪圈里有两头小白猪，我一去，它们就把前腿搭在栏板上，大约认出我不是来喂它们的，放下前腿就用鼻子轻拱着栏板，我就这样斜靠在猪圈旁。这里有很多习题册一类的书，别小看这些册子，里面有很多作文赏析、古文的译文，我喜欢读诗大概就是这时候形成的。其他科目的也有，我就这样一直看到要离开村去上初中。

时间回到现在，我的书房在厨房。水池的墙上粘一个置物篓，书的左页夹一个小夹子，择菜、洗菜、切菜、剥蒜，需要约40分钟，我就可以看书了，但这样看书看得断断续续，毕竟一家人还等着吃饭，我得麻利点。洗个碗估计要50分钟，我又可以利用这个时间看书了，水池的碗从左边洗好放到右边，书从右页翻到左页。

每个时间段的书房都有无限乐趣。咸宁的"香城书房"就是市民的共享书房，空调全天开放，冬暖夏凉，书籍种类繁多，书房外风景秀丽，只需办一张卡便可借阅，但终归没有自己家的书房方便。我什么时候有了自己的书房，一定让喜欢的书都住进去。

■ **文学作品**

一个人的狂欢

国网襄阳供电公司　闵莉

摇滚是什么？

"摇滚就是在这个尘世中，当很多人都心如死灰的时候，那些内心还有火焰的人发出的声音。"

"摇滚乐就是不甘平庸的觉醒，直面人生的力量，永远好奇的探索精神和主动改变生活的勇气。"

从记事起，每天放学回到家，家里录音机始终在唱邓丽君、徐小凤、梅艳芳、苏芮、齐秦的歌。家里有很多磁带，每一张背面印满歌词的纸，都被我翻得稀烂。

初中的时候我听到了《一无所有》，随着崔健发出的第一声呐喊，国内摇滚横空出世。我突然发现音乐除了邓丽君的歌以外，还能有另外一种声音。

那时候开始有男生在教室门口排成一排，看到心仪的女生经过，便开始大声齐唱："我曾经问个不休，你何时跟我走，可你却总是笑我，一无所有……"男生笑着闹着相互推搡，双眼晶亮。女生红着脸匆匆低头走过。我坐在教室惨白的日光灯下，遥遥地望着他们嬉笑，青春的画卷徐徐展开。

时间来到20世纪90年代。1990年，崔健录制了第二张专辑《解决》；黄家驹在非洲目睹当地人的苦难之后，写出了《光辉岁月》和《Amani》；北京现代音乐会上几百台喇叭震耳欲聋，几个长发青年因落选演出痛哭流涕，他们叫黑豹。那一年，薛岳用一首《如果还有明天》与自己36岁的人生告别；30年后，我再次听到这首歌，是好声音舞台上的姚贝娜……

那一年，我开始外出求学。远离家乡，总有难以言状的孤独。那时候学校有广播，每天播放伍思凯、谭咏麟、王杰、童安格、赵传……少男少女总是通过点歌台相互表白。某天中午，我独自在寝室吃饭时听到《大地》的前奏，立刻停止咀嚼，怕错过任何一个音符；那时有一个手抄的歌本，学会的歌自己抄上词，写上谱子；很多个下午的课堂上，我都会将耳机藏在长发中偷听随身听里的音乐，抵御绵延不断的困意……

那是个神仙打架的年代。1993年，穷困落魄的许巍写下*Don't cry baby*，之后被田震唱红大江南北。许巍说，我还能写出更牛的。张学友将《吻别》卖到400万张，黑豹开始"穿刺行动"巡演全国，"魔岩三杰"横空出世，一年后在香港红磡体育馆创造了世纪童话。

那时候的我在一个偏远的小站工作。孤身离家，夜晚独自听着窗外河塘里的蛙声难以入睡，于是把录音机声音开大，让窦唯的歌声帮我驱散漫漫长夜的恐惧和孤寂：

Take care I want to sleep
睡着的人可以自由地飞
Take care I want to sleep
睡着的人不容易流泪
……

那盒磁带被我听烂了，音质开始变化，那时窦唯已离开黑豹，我开始满大街找磁带：有黑豹吗？要窦唯唱的。

然而找不到了。那盒磁带成为我唯一的一盒。

再后来，在辗转中遗失。

那时候郑钧还在一遍一遍喊着回到拉萨，周晓鸥还在一遍一遍问着爱不爱我，张楚还在《爱情》里一遍一遍喊着离开……

90年代过去了。

那时候，黄家驹已经去世多年，Beyond风光难再；何勇遭禁演，张楚真的已经离开，窦唯彻底改变了音乐风格并逐渐隐退……红磡还在，只是当年的嘶吼与呐喊，早已无迹可寻。

我的青春，也无迹可寻。

当Beyond失去了黄家驹，当黑豹失去了窦唯，当零点失去了周晓鸥，摇滚的辉煌已然不在。可是，摇滚消失了吗？

并没有。

2002年，我怀着女儿，和朋友QQ聊天。对方播放了一首歌，前奏一起，瞬间击中了我。

没错，就是《故乡》。

当其他人聚了又散，只有许巍，一直都在。

之后买了他的专辑，后来买了车，专辑就放在车里，一开动就能听到他的声音。于是女儿出生后，我开始了领悟诗与远方的独自旅行。川北甘南、新疆、内蒙古……十年间，我走遍大江南北，许巍的歌声一直陪伴着我的旅程。

那是我最华彩的十年，也是许巍带给我的意义。

2023年，我去了许巍武汉演唱会，带着20岁的女儿。她不明白为什么《故乡》前奏一起我依旧泪流满面，因为我无法告诉她：

那是妈妈曾经有过，却再也回不去的故乡。

当我们度过生命中每一个平凡的瞬间，看天空流云变幻，看夜空的繁星与明月，看大漠沙如雪、燕山月似钩，看沿途的村庄与河流，看年幼的孩子在阳光下嬉戏……

那一刻，你心如止水毫无波澜，却不曾想到多年以后，回忆起那一个个情景，依旧会令你瞬间热泪盈眶。

因为，那些当时认为再平凡不过的瞬间，都是你曾经拥有却再也回不去的故乡。

姑 妈

国网宜昌供电公司 李娇艳

人到中年总算明白，时光最残酷，也最冷漠无情。

这些年，我心中一直藏着一个承诺，事关我的姑妈。

爸爸总共有四个兄弟姊妹，姑妈是长女，大伯排行老二，爸爸和幺爹是最小的，是一对双胞胎。姑妈的长子与爸爸差不多大，而我与侄子们也差不多同龄。

姑妈能说会道，很有想法，是个干练的女人，对爸爸他们几兄弟很好，对我们子侄辈更好，经常邀我们去她家玩。但姑妈家离我们家很远，幼时去姑妈家玩，要翻过好多座山，一走就是半天。一般一年当中只能去

一次，我们也十分乐意前往，大都选在放长假的盛暑。

姑妈家门前有两棵树，一棵是枣树，一棵是梨树，恰巧都是夏季开始逐渐成熟的"稀罕"物。梨和枣经常还没长大，就遭了我们的"毒手"。

还有她家的鸡，一听我们要去恐怕是闻风丧胆。

那时候姑妈的偏爱惹得表哥们十分"妒忌"，但又无可奈何，就揶揄着给我们几姊妹起了个"鸡货郎子"的诨名。我和堂妹好几次都被叫得要哭了，但一扭脸闻到那香味，实在也哭不出来了，毕竟表嫂的厨艺确实没话说。

吃饱喝足，我们几个好不容易没了约束，便要到处转一转。比我们年长十来岁的小表哥可就惨了，担了责，带着我们到处溜达。

姑妈家不远处有一处河流，在山谷低洼处奔流不息，还在山与山之间汇聚了一汪浅水滩，最深处也就只能没过小学时期的我的大腿。那还怕什么，狗都嫌的年纪，啥都敢试试。

我和堂妹甩开手就往水滩里蹦，浅泡一泡还不过瘾，必须爬上水滩之上的一块大石头，顺着水流往下滑，再从旁边攀着树枝野草爬上去，循环往复，乐此不疲。

片刻之后，觉得水太浅。还要去采些树枝和野草，配着石块堵住水滩流去的方向，筑起一个小河坝，抬高水位。在水里泡到暑气渐退，开始有些发冷了，才被表哥连唬带吓拖回家。

回了姑妈家，一个热水澡洗过，晚饭差不多就熟了。这生活，可比在家舒服多了。

小时候最爱看1987年版《西游记》，里面的神仙都住在深山老林，仙山洞府，我越看越觉得就像是家乡的山水。尤其去了姑妈家，我便时常带着堂妹和侄子们去看一看那些人迹罕至的山峦，寻一寻到底有没有神仙居住。所幸胆小，尚未闯下祸来。

一到姑妈家，他们也不采茶，也不种地了，守着我们切土豆片，晒土豆干。一晒一稻场，晒干了炸着吃，香脆可口，纯天然无污染的"薯片"，或者磨土豆浆、玉米浆，做"浆粑粑"吃。大人们都在一块帮着忙，我们就在满屋子里跑，比过年还热闹。

记忆最深刻的还属包饺子。我们在家也常包饺子，但在姑妈家不一样，人多，那个热闹劲儿，嘿！

爸爸他们力气大，就负责揉面擀面皮，姑妈和妈妈负责剁肉切菜拌馅儿调味，哥嫂和我们就是包饺子的主力军。农村的厨房往往跟餐厅相连，宽敞得吓人，我们就在姑妈的指挥下，各司其职干起来。包饺子这事在我们几个孩子手里，成了天马行空的手工课，我们不拘于饺子形状，各种创新，捏个小包子、小馒头算是正常发挥，捏个星星、月亮是创新，捏个四不像那就是四处招摇的时刻，到处要大家猜，到底包了个什么。那谁能知道，往往我们自己都不清楚，到底创作了个什么艺术品。

农村的锅大得惊人，一锅煮了捞起来，盛到碗里，满室生香！

孩子们虽然出力少，还捣蛋，但吃总是放第一位的。

再皮的孩子此刻也都乖巧下来，一个个伸长了脖子，等着大人把一个个小"元宝"添到碗里，放到桌上，赶紧上前认领自己的一碗。拿筷子一夹就要往嘴里喂，大人的一声怒喝才想起来还烫着呢，赶紧假模假式地吹上一吹，再等不及了，往嘴里一喂，烫！又舍不得吐掉，嚼巴两下，囫囵吞"饺"了。

这会儿学乖了，又去围着屋子互相追逐着跑上两圈，等转回来就再去夹一个，吹一吹，嘴巴试探着碰一碰，看看温度合适了，再慢慢咬开，农村的腊肉混合着蔬菜与葱姜蒜的香味，瞬间在口腔绽开，那香味似乎也迫不及待了，这下可大胆地吃开了。

不消片刻，一大碗饺子已下肚，摸着圆圆的肚子，碗一伸，还要。

大人们都笑了，姑妈见我们吃得开心，似乎比我们更开心，赶紧再添上一碗。

随着时间流逝，我们回家乡的机会越来越少，去姑妈家的机会更少，细细算来似乎也有十多年未去过了。

最近一次见姑妈，还是我生女儿的时候，姑妈从老家坐了很久的车赶来吃酒。

那时她已现老态，毕竟已是近80岁的人了。但与同龄人比起来，她依旧显得更年轻些，只是肉眼可见地虚弱了。

她对我说："我身体越来越不如从前了，你们几姊妹有时间一定要上去看看我，我可能再也没机会下来看你们了。"

我听着不由得有些心酸，但彼时客人很多，我拉着她安慰着，却说不出太多承诺的话，生活和工作似乎把我们的时间都占满了，再也没办法像小时候那样无忧无虑地去度假，去玩水，去寻仙了……

此后，我经常会接到姑妈的电话，电话接通，姑妈总是念叨着说："你们什么时候来看我呀？我身体越来越不好了，不知道什么时候能看到你们。"每次我都只能说等放假的时候看情况，不敢轻易给她希望，害怕她日日站在山间，遥望那条小路。

不说姑妈，那几年，就连我们堂兄妹几个都难以相聚。长大了，各自有了各自的生活，四散在各地。

有一年，我和弟弟还有堂妹聚在一起吃饭，席间我突然提起小时候去姑妈家玩耍的时光。弟弟妹妹也兴奋起来，随即也都唏嘘道："姑妈给我打过电话，有时候也像奶奶在世时一样，说几遍老说不准我们的名字。"大家就一起又沉默了。不知是谁起头，说我们要不找个时间约了一起去看看姑妈吧，当时大家一起郑重地点了头。

但又过去了几年，我们仍然未能成行。

实在未曾想到，过去千山万水，步行大半天也要走着去的姑妈家，在如今公路通到家门的时代，却成了遥不可及的地方，也不知究竟是什么阻碍了我们的脚步。

每每想起姑妈，心中就会升起无限的思念与愧疚。于是我便和弟弟谋划，等到十一假期，一定哪都不去，就去看一看儿时最爱的姑妈。

所幸，夏日的风已不再灼热，只剩下对金秋的期待。

拥抱高质量的独处

国网咸丰县供电公司 李伶俐

不得不说，独处是一种能力。长时间与自己和平相处，说起来容易，做起来难。

独处的时候，是一个人面对自然和社会的时候，是一个人静静思考、求真求实的时候，是独自抉择、独自狂欢的时候。于事业，"独处"会让他（她）更清楚该怎么实现目标，该采取什么样的措施更有利于目标的实现；于生活，"独处"会让他（她）拥有无限的热情和创造力。在这些时光里，他（她）会更专注、更富有创造力，即便做着渺小的事情，也富有非同寻常的意义。因为，所有独处的时光都完全属于自我，是无数次发现自我、挑战自我、战胜自我、调整自我、肯定自我的有趣过程。

大千世界，繁花渐欲迷人眼，五花八门的消息满天飞，能够独处下来静静思考与探索，的确值得庆幸。既然确定在某些时刻独处，说明还不曾忘记自我的方向、责任或者使命。抑或是遵从内心的决定，不追随，不盲从，能够让自己从喧嚣的人群中抽离，寻求一时半会儿的宁静，发现世界中更大的美好，反思现实中存在的是非对错，看还有哪些缺陷需要修补，看自己究竟具备多大的能量，看自己在生命旅途中到底能够实现多大的愿望。看自己——对待成功，是否坦然或者沉溺其中；对待失败，能否调整心态或者纠正不成熟的想法；对待赞美，是否能够增加自信或者有无察觉到虚荣；

对待批判，有无保持理性的头脑或者冷静地表达；对待他人的美好与获得，是否嫉妒或者不以为然……我总以为，人生就是一个不断挑战自我、不断审视自我、不断纠正自我的过程。这个过程会让人觉得很痛苦，可是会让人逐渐回归、返璞归真，因为所有的挑战、审视和纠正最终会服从于人的原始的天性，最终达到天人合一的境界。

当一个人具备独处的能力时，他（她）无疑是自由的。首先是思想，然后是行动。自由地思考，不管上帝发不发笑，但凡能够拿来思考的，只要时间充足，可以天马行空全部思考一遍、无数遍。自由地行动，包括工作、运动、看书、写字、弹琴、下棋、跳舞、美容、逛大街、旅行，总之除了为非作歹，想干什么就干什么。事实上，独处不等于自由，独处只是让一个人获得独立思考与生活的时空，它可以激发一个人的潜力，却不代表着绝对的自由，独处不代表可以放弃责任和义务。

我所理解的独处有两种：一种是一个人单独与自己相处，且称之为简单的独处；一种是一个人在人群中独处，称之为复杂的独处。简单的独处，外在的困扰要少很多，只管选对位置找准事项专心致志坚持下去就好；而复杂的独处则需要强大的内心，这世上是非并存、良莠不齐，需要具备辨别是非真伪和抵抗诱惑与挑剔的能力，当然在复杂的独处中仍可以做到专心致志坚持做好某些事，同时具备抵毁坏的定力与智慧。这种能力靠什么得来？我想，除了学习再无其他。面对大千世界，人只有保持谦卑的学习态度，才会有进步的空间。沧海一粟，就算一滴水能照见大海，可对于整个大海，一朵浪花算什么？巨浪滔天，是浪花一朵接一朵，无数个单独的个体借助风力和地心引力一起奋斗的结果。

一个人，若能做到高质量的独处，在集体中必定能够获得绝大多数人的尊重、理解和支持。因为这世上，总有那么一些人，拥有独立的思想和独处的能力，保持着积极阳光的生活态度。

我们三兄弟

国网宜昌供电公司　朱光华

我们家有三个"土匪"：老大、老幺和我。我们总是把自己的观点强加到对方身上，不是"土匪"又是什么？我虽然不这样，但我前后都是"匪"，也差不了哪里去。

老大总是抱怨我们不勤奋，让我们多写。他说：你看吧，某某又在哪里发了小说，还有谁正在写一个长篇，谁谁已经70多岁了，每天都在群里晒文章。别人都在搞啊。哪怕我写得少，这段时间还写了什么什么。老幺连连点头，说是的是的。老大就说：你就知道是的是的，要搞啊。老幺一脸哭相，说：唉，我们单位又在搞改革，我哪里有心思搞。老大便呵斥：你就会找借口，

边说边把老幺的陈年旧事翻出来，将他驳斥得体无完肤。

我在一旁不吱声。这些年，很多话耳朵都听出茧了。人和人怎么能一样，毕竟创作需要激情、时间和才干。有的虽然忙，可人家艺上身了，事半功倍。我和老幺不同，我是亚健康，经常头昏脑涨。老幺喜欢打点小牌，功力不够，也静不下心来。老大不听也不管这些，总是一而再再而三地强迫，时刻把"懒啊""不勤奋啊"挂在嘴边，真是等同于绑架了。

2022年，老大对我最早的"绑架"是让我把那个长篇弄出来。这事他给我说了三四

年，2019年轻描淡写，2020年开始催办。2021年他催得最多，隔三岔五就催促，但我工作实在太忙了，他也就认了。年底的时候，他给我下了最后通牒，说已经没时间了，你必须在2022年春节后把那个长篇弄出来。我知道他的意思，出书的合同已经签字，没有一点退路了。我说好吧，被逼上了架。

人在情势严峻时很能应激。我算了一下，离春节后不到两个月时间，必须周密部署，掐着点儿进行。每天下班后，我拖着疲惫不堪的身体开始打磨，晚上也不散步了，坐到电脑前就打字。老婆吃的菜，我下班回来顺便带点儿；儿子让我炒菜，我炒完就开始。我看了一下，那个毛坯大约10万字，里面大段大段、东拼西凑的垃圾必须删掉，基本可用的也就七八万字，也就是说我既要认真修改，还得再写两三万字，不然根本立不起来。那个时候已是年底，天很冷，身体等原因我根本不在状态。有时想坐到电脑前，一点也打不起精神；有时写个四五百字、七八百字就困了；甚至有时吃饭后，还是去散步，回头看一会儿电视，躺在床上在手机上

写。我把每天写的以文档的形式发送给自己，睡觉前就看看，上班时瞄一瞄，借此构思如何往下展开。那些日子，我的微信对话框里全是我给自己发的文档，把心思全用在稿子上，年也没过好。

2月底，我总算将稿子交差了。这之前，老大和他人沟通，把时间延长到了月底，给我多留出了点时间。即便这样，他依旧时不时地催促，像绑架者要人交钱不然就撕票的样子。我把文稿交给他时，如同关禁闭后见到了阳光，有一种获得自由的感觉。

第二次"绑架"是4月，市里拟深入打造屈原文化，要求写关于屈原的文章。老大把我拉进了群，还让我搞个什么编委。其实我不想搞这些，我的意思是术业有专攻，应该制心一处、不及其余才能有收获，其他的什么活动、征文不参加也罢。老大说：这个要搞，我已给你报名了。我半推半就只好答应。5月的时候，再次遭到强迫，他说：区文联要作家们写劳模，我给你也推荐了，写一篇劳模的文章。于是，我参加了作协的启动仪式，投入其中。我的一个中篇近两年磨磨蹭蹭写了两万五千字，他在我长篇写好后

便一再催促，参加上面两个活动时他偶尔也提一提，当我把两篇文章写好后，他催促得更凶了，说：你看吧，你开始还不想搞，我让你搞，你还把劳模的事写了个短篇，屈原的散文也完成了，不蛮好吗？你一定要早点把那个中篇弄出来，我都给你说了几年了，再不想说了。我说我知道。在他又催促了多次后，我开始对那个中篇进行处理，又写了五千字，完成了创作。

第三次"绑架"其实早在年初就开始了，他让我担任族谱修编财务管理，我不喜欢管账，人家发红包了得登记，账本上要写，电脑表格里也要写，特别麻烦。平时工作忙，有其他事要做，有时我几个月了再逐一登账，那个账目表格特别小，个十百千万的数字感觉像蚂蚁一样难认，出了几次错，每次出错特别伤脑筋，得反复地查。早就要我写一篇关于乐天溪镇的文章，说要收到族谱里面去，我一直拖着没干，不是真的不想干，而是知道族谱要好几年才能出版，这么长的时间慌什么，况且我手头也有自己的事要做。但他不这样认为，总是一催再催。他几乎每天都会打语音给我，最多一天打八九次，时间累积一个多小时。这样的电话时不时让我有一种被绑架的感觉。11月，我开始动笔，断断续续地写了半个多月，这才没有再催了。

老幺也经常"绑架"我，他的"绑架"是间接的。他希望我给他修改那个长篇，一直对老大抱怨，说：这老二怎么搞的，他的怎么还没搞完，搞完了好帮我看一下稿子。老大说：你不要指望别人，你不写好别人怎么改？老大说他的稿子写得不行，他有时还顶撞：你说不行，我到时候发老二看看。老大说：我说不行，你以为老二就会说行吗？你就在胡乱地写，一点儿没多看书，认真打磨，就戳一下动一下。只要是老幺有啥动静，他第一时间向我转述，说：这个老幺，我昨天又把他熊了一顿，写了两个短篇完全是垃圾。我说：老幺太懒了，他孩子上大学去了，时间很多，一直迷恋麻将。他说：是，这个老幺写得像什么东西，我狠狠地批他，他还不承认，乱七八糟的，他还洋洋自得，真是无可救药了。曾经我在河边散步，老幺给我打电话，让我给他看看他的长篇，我们同样话不投机。我说你发给我，我看了一下的确完全不行。他说：怎么搞的，老大开始说我写得蛮好，过后又说不行，你到底看完了没，就下结论？我说：我看完了也是这么回事，你怎么搞的，每个小节开头就是对话，什么过渡性的话也没有，和前面的完全连不起来，你得有个时间、地点。他说：哎哟，我是这方面有点差，你先给我看吧，看完我们再说。他说了后，我当天晚上赌气给他看了一夜，第二天上午又搞了半天，每一章每一节都写出了他的问题，列出了清单、评语和修改意见。这是他今年对我最大的"绑架"了。

下半年里，他再次"绑架"了我几回。一次是省行业协会组织赠书活动，他把他写的一段话给我看，说：老二，我觉得这么写蛮过瘾。我看了看有点意思，对里面两个生造词特反感，我说：这是啥词语？有这样的词吗？他说：这有什么哟。我说：我刚查了百度的，根本没有这两个词，看着就不舒服。他怒气冲冲地反驳我说：你说什么，人家大作家就有些词语不标准，你完全书看少了，根本就不懂！我强压住怒火说：好好好，你今后什么东西也别给我看了。当时我就下定决心，今后他的东西一律不看、不管。第二次是过了几个月后，他让我看他写的两个短篇，都是一万五千字左右，我看了后学乖了，轻描淡写地和他沟通，说出了他的优点和不足。这一次总算没争吵。

我们就这样吵吵闹闹地过，彼此"绑架"地过了一年。略为惊喜的是，这一"绑"还"绑"出了点东西；烦恼的是，既然是"绑架"，难免仓促，质量就差多了。

莫高窟的守护人

国网武汉供电公司　张璟

看莫高窟，不是看死了一千年的标本，而是看活了一千年的生命，一千年始终活着，何等壮阔的生命！《汉书》有云："敦，大也。煌，盛也。"盛大而辉煌，繁荣而长生。敦煌莫高窟，犹如沙漠之上的一颗明珠。那里云集着45000多平方米的壁画，荟萃着735个洞窟，伫立着2410尊彩塑雕像。

飞天，是莫高窟的历史名片，在佛教中飞天即是香音菩萨，能歌善舞，精通音律，而且自带水果香。诗仙李白称赞其"素手把芙蓉，虚步蹑太清。霓裳曳广带，飘拂升天行"。

鸣沙山上，粒粒黄沙，亘古千年的鸣唱，每一声都是英雄血溅沙场的悲壮；月牙泉，滴滴清冽，静卧在鸣沙山下，每一缕波光都曾映射过扬鞭的牧人，簇团的牛羊。"羌笛何须怨杨柳，春风不度玉门关。"往来使者如流，络绎商队穿梭，但有多少故人西出阳关回首不见，梦醒把泪倚栏杆，魂兮再度归故乡。

敦煌，你不是金戈铁马的战场，你丝绸铺路，你佛光普照。佛洞悬空的盛唐，莫高窟依偎在三危山的臂膀，丝路花雨拈花一笑，飞天起舞半个盛唐。

敦煌作为河西四郡之一，是国学大师季羡林口中"中国、印度、希腊、伊斯兰四大文明体系汇聚的地方"，是他唯愿把心留下的地方。在敦煌漫步，朝拜莫高窟，你可以收获"丹青不知老将至，富贵于我如浮云"的心灵的洗礼。

十集《敦煌》纪录片，让人唏嘘不已惆怅万分的莫过于斯坦因和伯希和这两个伪"探险家"。前者用600两银子买走了1万多件藏经洞的宝贝，后者用500两银子换得7000多件藏经洞文物，镜头到这里，每一个中华儿女的心都在颤抖，都在滴血。这是两个十足的盗贼、骗子和魔鬼！"忽有天炮响震，忽然山裂一缝"，道士王圆箓"同工人用锄挖之，欣然闪出佛洞一所，内藏古经万卷"，亚洲最伟大的文化瑰宝就这样吸引了世界的目光。"藏经洞文物藏于英国者最多，藏于法国者最精，藏于日本者最隐最秘"，而"藏于中国者最散最乱"。敦煌，实乃"吾国学术之伤心史也"。

面对莫高窟的壁画和文书，遥想曾经的敦煌，它是一个传奇，千年前的人间烟火，民族融合的火花，诸神诸佛的历史沧桑，从未间断，延续至今。一窟一世界，一眼一千年；一画入眼底，万事离心中。朝拜敦煌，更多的是了解自己渺小如沧海一粟，也明白了人这一生，终究会为自己挚爱的事业付出一世情深。

中国绘画史上少了一位油画大师，但敦煌却迎来了守护其一生的守护神——常书鸿，死后他得以葬在了一生心心念念魂牵梦萦的敦煌。硝烟四起、战火纷飞的1936年，常书鸿只身回到北平，向当时的国民政府提出组建敦煌艺术研究所，终于在6年之后的1942年，常大师带着5人专班坐着卡车颠簸了20个日夜外加5天骆驼，来到了数经浩劫之后的敦煌。在经费难以为继的情况下，常大师写信给于右任寻求支持，身体力行节衣缩食，甚至通过为他人画像获取捐助支撑着敦煌研究所的日常开支。他从内心深处想长期留在这里，永远留在这里，找到心灵的归宿。

《我心归处是敦煌》的女主人公樊锦诗被誉为"敦煌的女儿"，半百年华守护莫高窟，献了青春献终身。谈起莫高窟，头发花白的她神采奕奕、笑靥如花。樊锦诗说："守护莫高窟是值得奉献一生的高尚的事业，必然要奉献一生的艰苦的事业，是一代又一代人为之奋斗的永恒的事业。"丈夫彭金章也为了一家四口能团聚，主动申请调离武汉大学考古系，研究领域也从夏商周考古转入佛教考古，从"敦煌姑爷"成为"敦煌的亲儿子"。

中华文化之所以是奔流不息的大江，而不是江边的枯藤、老树、昏鸦，最重要的原因在于有了无数敦煌儿女的躬耕不辍，此生命定，他们就是莫高窟的守护人。而万千中华儿女正前赴后继，以"莫高精神"映照归途。

我和落日对视了一会儿

国网湖北直流公司　马小强

在花果山路

啊！已立秋，依然闷热难耐

在八月控制抒情也是徒劳的

窗外的枇杷树上，每天都有叶子落下

最高处的枇杷果，

每年都是成熟到自然掉落。

大门口的竹笋，在春雨夜里偷偷拔节，

院子里有刺猬和野兔跑过

听不懂雀鸟和鸣蝉在说什么

但已不像刚来时那样觉得吵闹

屋檐下的燕子每年都来

有一天，院子里来了一只受伤的信鸽

我们准备了水和食物

我们都希望它能找到回家的路

注：花果山路：中国第一个超高压直流输电工程——葛南工程首端站葛洲坝换流站所在地。

途中

室外是另一个世界。站在小区院子里
我只能看见一只青蛙看到的天空
很多时候，我蜷缩在室内，从文字里
寻找稠密地眨着眼的星星。七月已至
旅途在梦中，梦在昨天夜里。昨夜
我随一个成语来到战国，目之所及
炉火映红了半边天。回想在博物馆的一天
我半蹲着观察一件青铜器，反复思考
冶炼技术的发展。也想起一则报道
一个铸剑师，穷尽一生铸造陨铁剑。
如果有足够多的陨铁和耐心，这个世界
会多出无数把削铁如泥的陨铁剑
但仗剑走天涯的人，尚在途中
还未从武侠小说里走出来

修行

写诗的时候也不能安静下来，想到
外因通过内因发生作用的哲学论点
嫁祸于外界环境的欲望顿时全无

想到无数次穿越一个年轻导演取景的
隧道。有一次隧道塞车，半小时
纹丝未动，我在车里越发焦躁不安

收音机断断续续讲着一个故事：
一个苦行僧，七步一跪拜，八年
又三个月，徒步从山西五台山普化寺
抵达拉萨大昭寺。直到有车鸣笛催促
我才惊觉我是在昏暗的隧道

后来我在网上看到这个苦行僧的采访视频
他额头黑色的大茧引人注目，眼睛
闪着光，他平静地讲述着朝拜之路
——仿佛九十九个月的行程都是坦途

落日

傍晚，彩虹悬在云端的时刻
我躺在沙发上读一本小说
主人公任性爬上了树，迟迟不肯下来
儿时我也是爬树高手，一直爬到
白杨树高枝的鸟巢处，一直爬到
一棵老槐树颤巍巍的细枝丫处
往上攀爬似乎是轻而易举的事
有一次，我远远望见落日
挂在村头的一棵枣树上
我奔向枣树林，飞速爬上树
却发现落日挂在沟对岸的另一棵树上
我和落日对视了一会儿，它那么小
那么温柔。当我抱着树干
再往上爬了一点后，它消失不见了
我迟迟不想下树，直到一阵
又一阵的风，不断晃动着树枝

见证

时间无形。有人痴迷
印有魔幻诗句的纸质台历
有人痴迷撕台历，一页又一页

声音无形。有人陷于
同一张唱片制造的不同旋涡
有人循声观影，一无所获

我经常得意忘形。
绘声绘色地讲述着未曾发生的事
仿佛是未来的见证者

■ 文学作品

没有哪一天如此澄明如此清澈

国网丹江口供电公司　张静

今天的黑夜和白昼平分秋色

我想写一首诗

力求写出非黑即白的此生

没有哪一天如此澄明如此清澈

也没有哪一时段像今天一样志存高远

黑就是黑 白就是白 彼此泾渭分明

多年来习惯被一个地址反复研磨

我已面目不清神情模糊

空荡荡的夜一般没有边际

而今世界呈现清晰分明的此岸和彼岸

习惯在渐凉的世事里练习泅渡或龟缩的我

只是想借这一时节写下

一首诗表达不出的部分

我已举不起任何夜色

关于夜的话题如此不经提

它是打碎的蛋液

有些痛不仅仅来自身体

我们只会越描越黑

我早已不在他人身上下赌注

我早已和自己谈拢，左手和右手早已讲和

我们途经生活的断层还有多少必然

今夜我只是一遍又一遍地举杯

说散了吧散了

我左边的野草

动词　土里萌发的

这青绿色的书写者

它每天　不　每一个时辰

都在发力　向外拓展

它写下发芽的旅程

在我每天经过的路途埋下伏笔

当我在疾行的人间俯首认命时

进入我的眼睛　成为我的喜悦

倒映出踉跄的脚步

书写潦草而短暂的一生

我想

它们早已建筑在我的心里

否则我不会被一条山路领着

蜿蜒走进

尽管只有零落的几栋房屋

只有空茫的时光和荒草

被石块垒砌的寥落

只有从更深的山刮过来的风

一遍又一遍穿过石墙石瓦

和它的无言

当然　也穿过石块铺就而今落了叶子的院子

在院子里没有马车推搡的碾盘上回旋

我还是喜欢这里

甚至设想了一杯茶

就着这山风缭绕的下午

我想我最终不是喜欢这里

我是喜欢这人间原本的古朴

喜欢被山风　鸟鸣　空寂甚至是荒原

豢养

我们存在于世　被遗忘的样子

今夜　我们不谈悲喜

秋意渐落　今夜

只将这兵荒马乱的凡尘一掖再掖

在一场浩荡的秋风扫荡之前

守住内心尚存的暖意

今夜　我们睡意深沉

不谈梦境

无非

无非是刨挖

将看起来平整的地面切开

直到看见深埋的事物

无非是取土　疏通　理顺

在里面寻找出口

排水管道　电线网线

外面世界容易纠缠纠结的事情

都将在内部完成

耗时十日　三月五月不等

有的工程会耗时一生

无非是再填平抹光

使得这段生活看起来更加平整

诗歌四组

国网鄂州供电公司 赵志荣

在高塔上瞭望

1

在204米的高塔 瞭望天空

瞭望这秋季苍穹的美丽

瞭望祖国

飞入云霄的箭矢 在宇宙中蔚蓝

隆隆而来的 载着五千年风云

祖国啊 雄鹰在自由的空气里穿越

我听见 56个民族放歌

我爱中华

2

在204米跨江铁塔 俯瞰长江

俯瞰这秋季浪花的旖旎

俯瞰祖国

潜入海底的蛟龙 宣告一个民族复兴崛起

滔滔而来的 是东海火红的日出

祖国啊 海燕在风浪的咆哮里飞翔

我看见 960万平方公里的山河

坚若磐石

3

沿着高塔伸出的手臂　赞美三峡

赞美这秋季山川的雄伟

赞美祖国

珠穆朗玛的五星红旗　飞扬中国人的志气

猎猎作响的　是生长的骨骼挺立的脊梁

祖国啊　三山五岳和滔滔黄河

我热爱　红梅凌霜杜鹃啼血 还有坚强不屈的

青松气质

4

在204米高塔　倾听大地

倾听这秋季田野的诗行

倾听祖国

赤橙黄绿晕染红土黑土　高粱温润贤淑

汩汩流淌的　是血液和乳汁

祖国啊　母亲的乳房有盛开花蕊的力量

我吮吸　像安泰的双脚在你的怀里

不离不弃

5

在204米跨江铁塔　极目城市

像树木一样节节增高的城市

增高祖国

霓虹灯设计流水线制造　我的好兄弟

日夜旋转的　是轨道上不息的奔驰

祖国啊　梦想在青春的心中鼓噪而进

我阔步　五千年潮汐循环沧海桑田

唯有时间

6

沿着高塔伸出的银线　闻闻乡村

闻闻这秋季醇厚的香味

祖国的香味

粮仓里稻谷唱歌麦子吟诗　蜿蜒的路

款款走来的　是蔬菜瓜果的腰肢

祖国啊　游子千里也忘不了的原汁原味

我的故园　永不凋落的

星光和火焰

7

沿着高塔伸出的银线 探访灯光

是这秋季装扮了新娘

祖国红装

那些传承生命的孩子 正在温暖父母的臂弯

闪闪发亮的 是他们眼里未知的渴望和光彩

祖国啊 华夏子孙成长和劳动的家园

我祈祷 每一扇窗都弥漫和睦温馨

荡漾希望

8

在204米跨江铁塔 张开双臂

这秋季让我心里踏实

祖国踏实

我站得很直 筋骨充盈力道

每一次攀登 就像孩子爬上父亲的肩膀

祖国啊 我铭记历史的屈辱 承担现实的挫折

我要开出春日的花朵 结出秋日的果实

拥抱幸福

祖国啊 我在204米的电力高塔

为您的生日 祝福

让世界看到你的美（组诗）

我想对你说

一

飞翔　飞翔　飞翔

黑眼睛　蓝眼睛　黄眼睛

山顶洞人　玛雅预言

黄河摇篮曲　多瑙河圆舞曲

直立起来　弹奏

旋转着　姑娘的裙裾开出了玫瑰

旋转着　小伙儿的皮靴踏出了风采

眼睛飞翔　琴声飞翔　和平鸽飞翔

蓝眼睛给出一个吻

黑眼睛放出深情的光芒

黄眼睛怀抱流浪的风

是时候了

宇宙的儿女啊

我想对你说　我要对你说

二

2015年9月　联合国发展峰会

中国的国家主席　微笑着向世界发言

"中国倡议探讨构建全球能源互联网

推动以清洁和绿色方式满足全球电力需求"

追梦　少年骑着魔棒

从这里启程

2016年　魔棒上的少年飞翔

9月　丰收的季节　桂花飘香的季节

美丽的杭州　三潭的月色里

中国发起

东北亚电力联网合作备忘录

世界迈开探索的步伐

在宇宙太空　五星红旗

是火的形象　是能源的深度想象

一个美好的愿景　将在世纪中期

在人类的长河

竖起永恒的丰碑

三

北极的风　赤道的阳光

南美的河流　涌动的潮汐

伟大的自然啊　你生长了茅草树木

燃起人类的香火

你献出了江河湖海

灌溉了人类血脉

你储藏了石油煤炭

强壮了人类的筋骨体魄

如今　你又一次向人类敞开怀抱

慷慨无私的自然

我怎么表达对你的热爱

对你的感恩

对你的崇拜

用愚蠢换来的教训

用创造换来的硕果

用人类的智慧　智慧的人类啊

用密集的血脉　人类的血脉

用千千万万双神奇的手

织网

风的网　阳光的网

河流的网　潮汐的网

让宇宙惊讶的　全球能源互联网

依然是你的慷慨　你的奉献　你的指引

人类要治愈被欲念刺出的你的伤痕

人类要忏悔被无知伤害的你的心灵

四

是时候了

在蓝天还在我们头顶的时候

在蓝鲸还在大海里遨游的时候

在黑色的土地还没有塌陷的时候

在绿色的植物还在开花的时候

以天下为己任

以能源为己任

来吧　跳舞的年轻的姑娘

来吧　歌唱的年轻的小伙子

踏上这能源的高速公路

向远方　进发

五

这是置身于宇宙环境后的深刻反省

这是反省于人类持续繁衍的觉悟

这是觉悟于思想深处的爆裂

云从天边来

雨从云中来

风从山上来

闪电划破黑暗——

电 从远方来

西电东送 南北互供

水火互济 风光互补 跨国互联

丰盈又新鲜

像一首浪漫的情诗

触摸21世纪能源的嬗变

思量一些崭新的词语

清洁替代 电能替代……

六

黑眼睛 蓝眼睛 黄眼睛

我想对你们说

十年 成长了一代人

成长了新鲜生动的预言

成长了 中国特高压电网体系

那些铁塔伸展着翅膀

从中国山西的长治起飞

飞过高山 跨过大江

一直飞到

巴西的美丽山

那些缠绵于云中的银线

亲切地向大地致意

向森林致意

向河流致意

过去的十年 中国创造了一条

能源的金色航线

七

点亮指缝间的时光

空气有流水的清洁

流水有树与灌木的身影

我们 黑眼睛 蓝眼睛

黄眼睛

我们的视网膜 有更广阔的原野

那是呼唤 呼唤和平

呼唤幸福

在天空和大地震荡的和平啊

能量在奔跑 以电的速度

一路火焰

点燃千万双眼睛

千万双眼睛啊

一道银河 无数条电波

在宇宙的夜空

发出地球人永恒的光芒

点燃的预言

一

飞翔 飞翔 飞翔

黑眼睛 蓝眼睛 黄眼睛

一群天使 在预言里遨游

激活历史尘封

激活沙漠中红柳的枝条

激活大海里沉船的碎屑

无限伸展

去触摸风景和风景以外的惊喜

被黄沙掩埋的预言

被海浪翻滚的预言

二

2100年前　张骞出塞

用腓尼基红染过的中国丝绸

让沙漠驼铃声响清脆

千里迢迢中积攒的预言啊

骆驼的双峰　风沙掩埋的蹄印

驿站里葡萄酒的浓香

醉了多少使臣　醉了多少岁月

600年前　郑和下西洋

妈祖海神在南洋留下信仰的传说

宝船迎风　开辟了世界的大航海时代

万里风浪里积攒的预言啊

千帆侧畔　海鸟撑开的翅膀

船坞飘出的茶香

绵延在弯弯曲曲的海岸线

那诱人的芬芳啊

三

21世纪　埋藏在风沙中的预言

埋藏在风浪中的预言

埋藏在千千万万双眼睛里的预言

被红色点燃　被中国点燃

闪动电光石火

2013年9月　中国发出的声音

在"丝绸之路经济带"回响

历史醒了　一条走廊的清晨醒了

文明与文化的彩虹

东边牵着亚太　西边系着欧洲

世界最长的走廊啊

连接了人们吃穿用度的走廊

连接了世纪能源贸易的走廊

黑眼睛　蓝眼睛　黄眼睛

还要去寻觅烽火台的遗迹吗

卫星向世界传送着牛郎织女的爱情

还要去抚摸楼兰城的荒芜吗

葡萄架下　孩子们在采摘甜美的生活

四

2013年10月　中国发出的声音

在"21世纪海上丝绸之路"传扬

中国丝绸　在世界的每一个港口

盛开蔚蓝色的花朵

大海的花朵　邮轮的花朵

和平的花朵

海浪淘洗人间的烟尘

海水接纳融化的冰川

海船上勇士的胸章　反射太阳的光芒

水天连接之处

依然有黑暗发出失望和死亡讯号

依然有勇敢的探险家

这点燃预言的勇士

要把海洋变成平安大道

要在海平面　演绎美丽神话

五

一端连着历史

一端指向未来

一端连着中国

一端通往世界

丝绸之路经济带

21世纪海上丝绸之路

渐渐熟悉的古老和新鲜

渐渐明朗的昨天和今天

全世界都需要

一个叫"能源"的动力

就在"能源"这个节点上

中国书写了通向未来的预言：

全球能源互联网

"一带一路"

是人与人合作

文化与文化合作

经济与经济合作

中国的声音　中国的预言

超越了瓷器的脆响

继承了丝绸的韧性

奏响了古老的《高山流水》

现代的《黄河钢琴协奏曲》

贝多芬的《命运》交响曲

六

阳光与绿叶合作

水与根合作

大海与邮轮合作

风与风车合作

七

新的预言

是沃土中冒出的幼苗

是婴儿甜美的牙牙学语

是农人期盼的饱满的稻穗

是母亲的怀抱　爱的怀抱